어머니를
떠나기에 좋은
나이

어머니를 떠나기에 좋은 나이

ⓒ 이수경

1판 1쇄 발행　|　2017년 2월 17일
1판 2쇄 발행　|　2017년 5월 8일

지은이　　|　이수경
펴낸이　　|　정홍수
편집　　　|　김현숙 이진선
펴낸곳　　|　(주)도서출판 강
출판등록　|　2000년 8월 9일(제2000-185호)

주소　　　|　서울시 마포구 동교로 17안길 21(우04002)
전화　　　|　02-325-9566
팩시밀리　|　02-325-8486
전자우편　|　gangpub@hanmail.net

값 14,000원
ISBN 978-89-8218-218-1　　03810

이 도서의 국립중앙도서관 출판예정도서목록(CIP)은 서지정보유통지원시스템 홈페이지(http://seoji.nl.go.kr)와
국가자료공동목록시스템(http://www.nl.go.kr/kolisnet)에서 이용하실 수 있습니다.(CIP제어번호: CIP2017003363)

*잘못 만들어진 책은 구입처에서 교환해드립니다.

어머니를
떠나기에 좋은
나이

이수경 소설집

강

차례

가위바위보 _ 7

바람 이야기 _ 37

하얀 기차 _ 65

당신의 기억색 _ 105

빈 의자 _ 135

넉넉함을 위하여 _ 165

작고 마른 인생 _ 191

어머니를 떠나기에 좋은 나이 _ 233

작품 해설 괜찮은 것 같은데, 아니 괜찮은데, 안 괜찮은 인생

이병훈 문학평론가·아주대 교수 _ 275

작가의 말 _ 290

수록 작품 발표 지면 _ 292

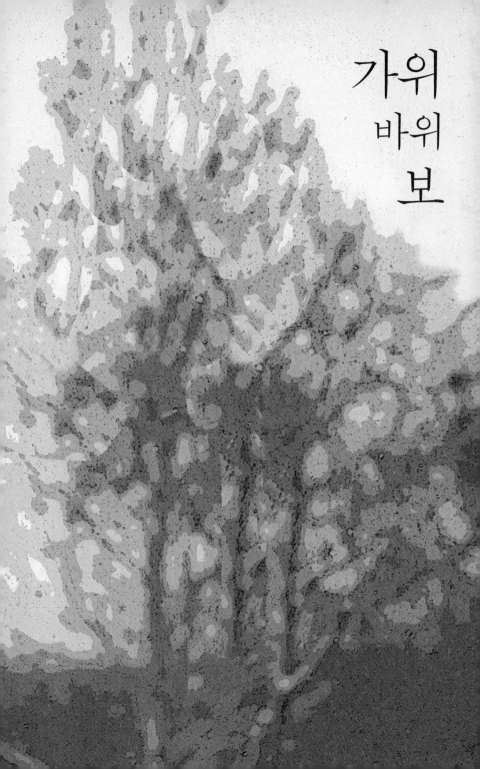

가위
바위
보

1. 가위

나는 막 해고당했다. 문을 박차고 뛰어든 판촉실장은 다짜고짜 나를 방송실 의자에서 끌어내렸다. 그는 영업을 통째로 망치기로 작정했냐며 이따위로 일할 거면 당장 그만두라고 소리쳤다. 나는 알았다고 대답했다. 내 목소리는 내가 듣기에도 의외로 차분했다. 월급날은 바로 며칠 전이었고 내가 여기서 근무한 기간은 반년 남 짓에 불과하므로 번거로운 퇴직 절차를 밟을 필요도 없을 것 같았 다. 나는 탈의실로 들어가 유니폼을 벗고 가방을 들었다. 내가 되풀 이시켰던 노래가 끝나가고 있었다.

머나먼 인생길엔 갈래길도 많단다…… 가위바위보, 가위바위 보…… 아무나 이겨라……

한산한 오전이고, 판촉실장은 저 음악을 거둬낸 다음 「헝가리무
곡」, 「G선상의 아리아」, 헨델의 「라르고」 등을 틀기 시작할 것이다.
방송실을 나오기 전, 나는 판촉실장을 향해 남은 기운을 다해 꼿꼿
이 목을 세웠다. 오늘 남자를 소개받을 것이고 한 가지 조건만 충족
된다면 그 남자와 결혼할 작정이라고, 어차피 여기는 오늘 그만둘
계획이었다고, 그만두기 전에 마지막으로 내가 듣고 싶은 노래를
실컷 들어보고 싶었다고. 내 말이 끝나기도 전에 판촉실장은 내 양
어깨를 잡아 쥐고 으르렁거렸다. 미스 박이 결혼을 하든 안 하든 그
건 내 상관할 바가 아니오. 하지만 방송을 망친 건 용서할 수 없소.
똑같은 음악을 몇 번이나 돌렸는지 아시오? 내가 셈해본 것만 해도
다섯 번, 지금 나간 것까지 치자면 자그마치 여섯 번이 넘는단 말이
오. 그렇지 않아도 날씨 때문에 매상이 바닥인데 미스 박이 매장 분
위기를 얼마나 어수선하게 만들었는지 알고나 있소? 방송실 문을
잠가놓고 이따위 장난이나 치는 것이 용납될 만큼 직장이 호락호락
한 곳이라고 생각하고 있었소? 똑똑히 들어두시오. 이건 사직이 아
니라 분명히 해고요, 해고. 사직과 해고의 차이를 모르진 않겠지?
  나는 정신을 가다듬고 방송실이 있는 오층에서 계단을 걸어 내
려가기 시작했다. 계단과 계단 사이 유리창으로 빗줄기들이 맹렬
한 사선을 긋고 있었다. 지금 심정 같아서는 오늘 소개받는 남자가
한 가지 약속만 지켜준다면 그가 어떤 사람이든 결혼해버릴 수 있
을 것 같았다. 나에게 왜냐고 묻지 않을 것…… 나에게는 스스로도
설명해볼 수 없는 부분들이 있다. 조금 전만 해도 그랬다. 내 이성

은 내가 선택한 노래가 백화점 음악 방송으로 적합하지 않다고 경고했고, 같은 노래를 반복시키는 것은 금물이라고 빨강 신호등을 깜빡여주었다. 하지만 그 시간 나를 점령하고 있던 것은 내 이성이 아니었다. 판촉실장이 당장 그만두라고 소리쳤을 때도 마찬가지였다. 내 이성은 그에게 공손히 사과하라고 일러주었다. 이 직장에서 앞으로 반년은 더 버텨야 적금을 탈 수 있고, 적금을 타야 한 학기 등록을 할 수 있다고…… 나는 서울 인근 도시인 이곳에 삶의 터전을 마련한 데에 자족하고 있었다. 자취방과 백화점은 도보로 십 분 거리고, 방세와 물가는 서울보다 저렴했다. 나는 원하던 대로 돈과 시간을 동시에 절약할 수 있었다. 전공 서적들을 뒤적이면서 복학을 꿈꿀 만큼 마음의 여유도 생겨났다. 내 조각난 사회 경험 속에서 음악다방 디제이로 일했던 것이 판촉실장 눈에 띄어 방송실 업무를 담당하게 된 것도 행운이라면 행운이었다. 방송실이라고 잡다한 업무나 다중적인 인간관계가 없지는 않지만 매장의 판매 사원이나 안내 사원에 비해 썩 한산한 근무 환경인 것은 분명했다. 나로서는 놓치기 아까운 직장이었다. 그러나 나는 무슨 까닭에선지 판촉실장을 향해 꼿꼿이 고개를 세우고 말았다.

　내 행동과 감정을 조율하는 것은 내 이성이 아니라 눈에 보이지 않는 기억들이었다. 양지보다 음지에서 자라나 우울하게 고여 있는 기억들은 나를 자기들의 음습한 늪 속으로 하염없이 잡아당기고 있었다. 그들은 내 안에서 나를 갉아먹으며 살아간다. 나는 한때 그 기억들을 버리려고 안간힘도 써보았다. 그러나 내가 그들을 잡고 있는 것이 아니라, 그들이 나를 잡고 있는 것이기 때문에 내 노력은 번번이 수포로 돌아갔다. 그들은 절대로 사라지지 않았고 부서지지 않았다. 썩지도 않았다. 내가 할 수 있는 일이란 그들의 비위를 건드리지 않도록 조심하는 것밖에는 없었다. 사흘 전 그 아이를 만나는 일만 없었다면 나는 성낼 기회를 엿보고 있는 기억들을 덧내지 않았을 것이고, 지금 방송실 의자에 앉아 음악 방송을 계속하고 있을 것이다. 그 아이를 만나기 전까지 나는 꽤 성실한 직원 축에 속했다. 여기서 근무하기 시작한 이래 나는 판촉실장이 제시했던 근무 지침을 충실하게 이행해왔다.

"미스 박이 먼저 알아두어야 할 것은 백화점에서 음악은 판매 실적을 위한 수단에 불과하다는 사실입니다. 고객들의 귀를 즐겁게 해주려는 단순한 서비스가 아니란 말이오. 여기는 문화 공연장이 아니라 그날그날의 판매 실적에 따라 희비가 교차하는 치열한 경쟁 시장이오. 어떻게 해야 물건을 팔 수 있는가. 다시 말하면 어떻게 해야 고객들이 물건을 사도록 유도할 수 있는가. 미스 박이 음악을 선택하는 기준은 바로 여기에 있어야 합니다. 배경 음악에 따라 매상이 적게는 십 퍼센트, 많게는 삼십 퍼센트까지 차이가 난다는 조사 결과도 발표된 바 있습니다. 백화점 방송실은 처음 근무한다니까 내가 몇 가지 기본 지침을 일러주겠소. 우선 오전에는 차분한 음악을 선택하면 큰 실패가 없을 거요. 매장이 한가한 오전 시간대에는 고객의 발길을 잡아두는 것이 중요하니까, 고객으로 하여금 마음의 여유를 갖도록 분위기를 조성해주는 음악이 필요하단 말입니다. 사람들이 몰려드는 오후에는 매장 회전율을 높이는 데 주력하시오. 고객들이 저절로 움직이고 싶어지는 빠른 템포의 음악들, 예를 들면 가볍고 경쾌한 발라드나 팝송 계열이 무난할 것이오. 특히 바겐세일 기간에는 평상시보다 서너 배 많은 고객이 몰려옵니다. 이때는 고객들의 발걸음을 최대한 재촉해서 매장 회전을 윤활하게 하도록 빠른 템포의 음악들을 연이어 내보내시오. 행진곡도 괜찮고 평상시보다 볼륨을 높여도 괜찮소. 저녁 무렵에는 흘러간 팝송 정도면 되겠지…… 잊지 마시오. 음악은 판매 실적을 위해 존재한다는 냉엄한 사실을. 매장 진열이 보여주는 환경이라면 음악은 들려주는 환경인 것이오."

단언하건대 나는 한 번도 그의 뜻을 거스른 적이 없었다. 나는 그의 지시대로 오전에는 차분한 클래식을, 오후에는 가벼운 발라드나 경쾌한 팝송을, 그리고 저녁 무렵에는 흘러간 경음악을 방송했다. 결근이나 지각을 함으로써 불성실한 근무 태도를 보인 적도 물론 없었다. 내가 시도했던 단 한 번의 일탈이 정당한 해고로 이어질 만큼 탄탄한 상식과 규칙으로 형성되어 있는 것이 이 사회라면, 내 삶을 깡그리 일탈시켰던 행위에 대한 책임도 누군가가 져주어야 마땅하지 않겠는가.

나는 바이올린 선율이 춤을 추고 있는 삼층으로 들어섰다. 정기 바겐세일 기간인데도 갑작스레 시작된 장마 때문에 매장은 전반적으로 한산했다. 오른쪽 홀 중앙에 장난감 매장이 있었다. 수백 종류의 장난감들이 아이들의 호기심과 부모들의 지갑을 유혹하며 반짝거리고 있었다. 장난감 매장은 돈만 치르면 아이들에게 무엇이든지 안겨줄 수 있는 요술의 나라다. 꿈과 희망을 줄 수 있고 풍부한 감성과 쑥쑥 자라는 지성도 줄 수 있다. 창의력과 상상력에서 탐구

심과 모험심에 이르기까지 세상을 살아가는 데 필요한 힘과 도구를 구입할 수 있는 공간이었다. 하지만 어디를 둘러보아도 자기 존재를 거부당했던 아이들의 깊은 상처를 치료해줄 만한 장난감은 눈에 띄지 않았다. 장난감 매장 직원은 계산대에서 장부 정리에 여념이 없었다. 그날 저 직원이 아이를 방송실로 데려왔었다. 음악을 내보내는 짬짬이 필요한 안내 방송을 하는 것은 방송실 직원인 내 몫이었다. 내가 해왔던 안내 방송의 태반은 손님이 잃어버린 물건을 찾거나 매장에서 손님을 호출하는 일, 또는 주차장의 전달 사항을 전하는 일 따위였다. 물론 미아를 찾는 방송도 심심찮게 있었다. 우는 엄마들의 아이를 찾아주기 위한 방송, 그리고 우는 아이들의 보호자를 찾아주는 방송…… 좀 시끄럽기는 해도 언제나 해피엔딩으로 끝나는 미아 찾기 방송이고, 나는 그 아이를 만났을 때도 가벼운 마음으로 방송을 시작했다.

서너 살쯤 된 여자아이의 보호자를 찾고 있습니다. 아이는 분홍색 반바지에 하얀색 티셔츠를 입고 빨간색 운동화를 신었습니다. 이 어린이의 보호자 되시는 분은 방송을 들으시는 즉시 오층 방송실 앞으로 와주시기 바랍니다. 다시 한 번 말씀드립니다. 서너 살쯤 된 여자아이를 보호하고 있습니다. 분홍색 반바지에 하얀색 티셔츠를 입은 어린이의 보호자 되시는 분은……

아이는 우리 나이로 세 살 정도, 성장이 늦다고 쳐도 네 살은 넘지 않아 보였다. 아이는 겁에 질려선지 자기 이름도 나이도 말하지 못했다. 딩동댕을 울리면서 이십 분 간격으로 방송을 해봤지만 아이의 보호자는 나타나지 않았다. 잔잔한 경음악이 매장을 썰물처럼 빠져나가고 방송의 끝 순서인 이별의 노래가 울려 퍼져도 아이를 찾으러 오는 사람은 끝내 없었다. 제 울음과 설움에 지친 아이는 방송실 구석에 쪼그린 채 꼬박꼬박 고개를 떨궜고, 내 안의 기억들은 이런 시간을 애타게 기다렸다는 듯 독버섯의 화려한 빛깔로 피어나기 시작했다. 어쩌면 저 아이도 한동안 괴로워할지도 모른다. 혹시 내가 움직였던 것은 아니었을까. 그랬을 거야. 움직였던 것 같아. 엄마가 또는 아빠가 꼼짝하지 말고 있으라고 했는데…… 화장실 갔다 온다고, 아이스크림 사 온다고 기다리라고 했는데…… 내가 움직였을 거야. 예쁜 공을 만져보려고 했던 것 같아. 인형을 쓰다듬어보려고 내가 한 걸음 움직였는지도 몰라. 움직이지 말았어야 했는데 내가 잘못했어. 내 잘못이야. 내가 나빴어. 내가 나쁜 아이야……

연락을 받고 방송실로 올라온 늙수그레한 경비원은 하고 싶은 말을 스스럼없이 뱉어냈다. 기아구먼. 미친 ××들, 갖다 버릴 자식을 낳기는 왜 낳아. 지들 마음 내키는 대로 살려면 자식도 아예 낳지를 말지. 별 희한한 일 다 일어나는 세상이라지만 콩알만 한 자식까지 내다 버리니 뭘 믿고 살아야 하는 건지…… 너도 딱하다. 험한 세상 뭐하려고 태어나서…… 구청은 문 닫았겠고 우선 파출소에 신고해야겠구먼. 구청에서 일하는 사촌동생 말을 들어보니 서울에서만도 이런 애들이 한 달에 백 명이 넘는답디다. 오죽하면 한양 김씨니 한양 이씨니 하는 본관들이 생겼겠소. 기아들한테 호적을 만들어주자니 본관과 성이 필요한데 어느 본관을 마음대로 갖다붙이겠어? 서울에서 주워왔다고 한양이라고 달아주는 게지. 경비원의 우렁우렁한 목소리 때문에 잠에서 깨어난 아이는 겁에 질려가고 있었다. 불안에 얼어버린 작은 얼굴을 물끄러미 마주보다 나는 아이의 작고 가벼운 몸을 힘껏 끌어안았다. 그리고 아이의 귓속에다 빠르게 속삭이기 시작했다. 배고팠지? 목마르고…… 네가 이렇게 떠날 줄 알았으면 먹을 걸 챙겨줬어야 했는데…… 미안하다…… 잘 알아두렴. 이건 절대로 네 잘못이 아니야. 네가 잘못한 것은 아무것도 없단다. 이 세상은…… 자기가 믿던 것으로부터 한 번쯤 버림받게 되는 그런 곳인지도 몰라. 누구도 자기한테 무슨 일이 벌어질지 모르고 살아가는 곳 말이야. 그러니 네 잘못은 아니야. 내 이름은 박경아야. 네가 살아가다 힘들 때, 비틀거리고 싶어질 때 나를 떠올릴 수 있겠니? 너의 이 순간을 지켜본 사람을…… 증인이 없는 시간 때문에 울어선 안 된단다. 울지 말렴. 부디 울지 말고 살아가렴.

아이는 자기가 버림받았다는 것을 확연히 깨닫는 그날까지 이 장난감 매장에 대한 기억을 놓지 못할 것이다. 깨달은 다음에는 기억이 아이를 놓아주지 않을 것이다. 자기를 갉아먹으며 살아가는 기억들을 견뎌내기 위해 아이는 무엇을 붙잡아야 하는 것일까. 나는 장난감 매장을 빠져나와 다시 계단으로 향했다. 경비원이 아이를 데리고 나간 그날부터 장마가 시작되었다. 나처럼 뿌리가 허약한 작은 도시는 금방 습기 냄새를 풍겼고, 가로수도, 붉은 보도블록도, 버스 정류장 간판도, 검은 아스팔트와 그 위를 질주하는 차들도 빗물에 녹아내리고 있었다. 그날 내 눈에는 모든 것이 울고 있는 것 같았다. 명멸하는 네온사인이 빗물에 젖어 울고, 바람에 흔들리는 버드나무 가지들이 흠씬 젖어 울고, 내 마음속의 기억들이 울고 있었다. 나는 내 자취방으로 돌아가는 일이 두려워졌다. 그 방에서 반년 가까이 세워왔던 건강한 계획들은 아무래도 꿈이었던 것 같았다. 어떻게 내가 사는 일에서 벗어나고 또 나를 기억하는 일에서도 벗어난 시간을 꿈꾸었단 말인가. 나에게는 두 가지 중 한 가지뿐이었다. 나를 잊어야 하는 시간이거나 아니면 먹고사는 일에 빼앗겨버린 시간이거나. 비를 맞으며 거리를 쏘다니던 나는 네온이 꺼지고 사람들의 발길이 끊긴 거리의 한 모퉁이에 주저앉았다. 가로등 불빛조차 없는 비 쏟아지는 어둠 속에서 나는 내 인생의 실체를 보고 있었다. 언제 어디서 우연이라는 불순한 틈입자에 의해 엉클어져 버릴지 모르는 허약한 그 무엇…… 제 몸 하나 지탱하기 어려운 옷걸이에다 나는 박경아라는 제2의 이름으로 기를 쓰고 희망이나 낙관 같은 아름다운 옷가지들을 걸어보고 싶어 했지만, 아무래도 내 인생은 어둠의 몫인 것 같았다. 나는 내 변변찮은 삶을 잡아뜯으며 그 자리에서 기어코 짐승 같은 울음을 토해내고 말았다.

나는 계단 유리창에 뺨을 대보았다. 유리창 저편에서는 끝없는 허공을 뚫고 날아온 빗줄기들이 땅도 하늘도 삼켜가고 있는데 내 뺨에 감지되는 것은 유리의 차가운 이물감뿐이었다. 나를 붙잡고 놓아주지 않는 기억들이란 것도 따지고 보면 이런 식이었다. 뺨을 대면 피부에 느껴지는 것은 생생한 이물감뿐, 무엇 하나 확실한 것은 없었다. 그러나 섬뜩한 느낌 저편에서 지금처럼 비가 내리고 있다. 한 여자가 있다. 한 남자가 있다. 그리고 세 살 또는 네 살쯤 된 내가 있다. 내 주위를 기어 다니던 아기도 있다. 뜨거운 피도, 몰캉한 살도, 체온도 없는, 숨 쉬지 않는 네 명의 사람들이 내 기억에 들어앉아 있다. 여자와 남자는 언젠가부터 심하게 다투었다. 나는 무서웠지만 울지는 않았던 것 같다. 여자가 커다란 가방을 끌고 나왔다. 여자는 아기를 업으려고 했다. 남자가 여자의 손을 후려쳤다. 아기가 울었다. 남자가 나를 손가락질했고, 여자는 고개를 저었다. 그들은 다시 싸웠다. 그들의 고함 소리 중에 분명코 내 이름이 들어 있었다. 내 이름은…… 아아, 내 이름은…… 그들이 소리쳤던 내 이름은…… 기억은 꼭 필요한 곳에서 나를 배반한다. 그들의 고함 속에서 내가 알고 있던 놀이 이름이 튀어나왔다. 가위바위보. 그리고 아주 선명하게 떠오르는 장면 하나, 가위바위보를 하던 두 개의 손, 그들의 손이 가르던 허공, 그리고 여자의 손과 남자의 손 사이에 떠돌던 이상한 침묵, 내 가슴을 할퀴고 지나가던 차가운 바람…… 장면이 바뀐다. 나는 말이 없는 남자와 살고 있다. 아마 아빠 또는 아버지라는 이름으로 나는 그를 불렀을 것이다. 아주 더운 날, 이마를 쪼아대는 햇살 때문에 눈조차 제대로 뜰 수 없던 길을 내가 총총거리며 따라가고 있다. 분수대 앞에서 남자가 말했던 것 같다. 기다리고 있으라고. 나는 그 자리에서 꼼짝하지 않고 기다렸다. 나는 그 자리에 못박혀 있었다. 목이 마르고 입안이 쩍쩍 달라붙었지만 나는 물을 찾아 나서지 않았다. 나는 남자가 정해준 바로 그 자리에서 그 남자를 기다렸다. 뙤약볕이 그늘로 바뀌고, 하늘이 어두워졌지만 나는 여전히 그를 기다렸다. 그의 말대로 그가 있으라고 한 그 자리에 오도카니 서서 한 걸음도 움직이지 않았다. 다리에 쥐가 나고 허기 때문에 곧 쓰러질 것 같았지만 나는 약속을 지켰고, 그를 기다리고 또 기다렸다. 분수대 옆에서 저녁이 되고 밤이 되었다. 남자가 정해준 자리에서 해가 지고 달이 떴다. 어느 순간, 분수대가, 달빛이, 밤하늘이, 나보다 더 길어진 내 까만 그림자가 빙빙 돌아가던 어느 한순간, 나는 불현듯 깨달았다. 내가 버림받았다는 것을. 나는 깨달음과 동시에 내 인생의 날줄을 자르는 날카로운 금속성의 가위 소리를 들었다. 그러나 나는 아직도 알지 못하고 있다. 부모가 가위로 내 운명의 날줄을 잘라낸 것인지, 아니면 그렇게 잘리게 되어 있는 것이 내 운명인지.

백화점 밖으로 나섰다. 그날 밤, 나를 울렸던 비는 아직도 계속되고 있었다. 직장을 잃었고, 이곳에 펼쳤던 내 생활도 거두어들여야 할 것이다. 또 어디로 가서 정착해야 하는 것일까. 내가 휴학과 복학을 거듭하는 사이, 졸업하고 벌써 쌍둥이의 엄마가 된 K가 말했다. 사는 걸 잊는 데 결혼만큼 좋은 약은 없다고. 나는 그녀의 말뜻을 정확하게 이해하지는 못했지만 내가 한 번도 떠올려보지 않던 결혼이라는 두 음절의 단어가 커다란 울림으로 내 귓속에 박혀오는 것을 느끼고 있었다. 사실 어떤 사람인지는 잘 몰라. 우리 아파트에 세 든 사람인데, 이 사람을 볼 때마다 네가 자꾸 생각나는 거야. 두 사람 분위기가 어딘지 모르게 비슷해. 내가 고등학교 때 너를 이유 없이 좋아하다 결국 대학도 너 간다는 곳으로 쫓아갔듯이 이 남자도 그냥 좋게 느껴지더라. 두 사람이 썩 잘 어울릴 것 같아서 내가 너 이야기를 꺼내지 않았겠니? 부모님 안 계시고 형제자매 없고 혼자 벌어서 혼자 산다고. 다른 이야기들은 안 했어. 네가 차차 할 기회가 있겠지 싶어서…… 그 사람은 너를 만나겠다고 하던데……
그럴래? 만나볼래? 그럼 약속을 정해볼까? 네가 언제 서울로 올 수
있니? 언제라도. 오늘도 괜찮고 내일도 좋아. 나 여기를 떠나야 할
것 같아…… 나는 K의 맞선 제안을 기꺼이 받아들였다. 하지만 사
는 걸 잊을 수 있다는 결혼이라는 단어가 내 영혼까지 울려왔다 할
지라도 그것을 너무 믿어서는 안 되는 것이 아닐까. 믿었던 것으로
부터 버림받는 것은 한 번으로 족한 것이 아닐까. 나는 지난 반년
동안 내 꿈을 붙잡아 맸던 백화점을 뒤로한 채 시외버스 정류장을
향해 천천히 걸음을 옮겼다. 내 온몸으로 비가 쏟아지고 있었다.

2. 바위

이런 자리에서 다른 여자 이야기를 꺼내다니…… 괜찮으시겠습
니까? 예, 그럼 계속하겠습니다. 그렇게 해서 저는 드디어 그녀의
결혼 동의를 끌어낼 수 있었습니다. 제가 그때 스물아홉이었는데
스물아홉 해를 살아오면서 그녀의 동의를 받아내던 그날만큼 가볍
게 날아갈 것 같은 날은 많지 않았습니다. 나의 행복이여, 나의 부
드러운 운명이여, 감탄사가 저절로 터져 나왔지요. 흔한 말로 이 세
상을 품에 안은 것 같았다고나 할까요. 대학 삼학년 때 그녀를 마음
에 둔 이래 제 배우자로 다른 사람을 떠올려본 적은 한 번도 없었
습니다. 소망은 끈질길수록 좋다, 왜냐하면 소망의 열매는 기다림
의 시간이 길수록 달기 때문이다, 이런 구절을 일기장에 적으면서

그녀를 해바라기해왔지요. 소망을 위해 팔 년을 기다려온 저였는데 막상 소망이 이뤄지고 보니 결혼식 날을 기다릴 일이 천릿길처럼 멀어 보이더군요. 그녀와 양가 부모님은 날씨가 선선해지는 가을쯤에 식을 올리자고 했지만 제가 칠월 중에 하자고 우겼지요. 저는 여름의 결혼식이 가을의 결혼식보다 아름다울 수 있는 이유를 일흔일곱 가지나 적어 갔습니다. 그녀는 알았다고 웃으면서 손을 내젓는데도 일흔일곱 가지를 하나하나 짚어가며 설명을 덧붙였습니다. 저는 그런 사람이었습니다. 목표를 정하면 목표를 달성할 수 있도록 치밀하게 계획을 세웠고, 있는 힘을 다해 계획을 실천했고, 실천의 결과를 꼼꼼하게 점검했지요. 한 치의 빈틈도 없었다고나 할까요. 네 귀퉁이가 꽉 차 있는 안정감 있는 사각형, 저는 삶의 형상이 그렇게 단순하다고 믿고 있었습니다. 평탄한 환경에서 성장하면서 제가 노력하면 큰 실패 없이 이뤄졌기 때문에 인생은 공평하고 정확한 것이라고 신뢰하게 되었지요. 인생이란 각자 나침반을 가지고 자신의 목표를 향해 항해하는 것이고, 항해도와 항해술처럼 여정에 필요한 것들을 정확하게 알고 나가면 난파하지 않으리라는 믿음이 있었습니다. 결혼식은 제 의견대로 칠월로 결정되었습니다. 그녀의 결혼 동의를 얻는 일이 끝인 줄 알았는데 결혼 합의에서 결혼식을 향해 가는 길도 쉽지 않더군요. 가령 이런 문제들이지요. 두 사람 직장이 강남에 있으니 직장 근처에 소형 아파트를 전세 얻자는 것이 그녀의 의견이면, 제 의견은 변두리로 나가더라도 은행 융자를 얻어 집을 빨리 장만하자는 쪽이었습니다. 물론 그 외에도 다른 의견들이 있었습니다. 혼수를 줄이는 대신 집값을 보태줄 테니 직장 근처 소형 아파트를 아예 구입하라는 장인어른 되실 분의 의견, 집에 빈방이 두 칸이나 있으니 합가해서 살다 제대로 된 아파트를 마련해서 분가하라는 제 어머니의 의견…… 그녀를 붙잡고 용인쯤 으로 나가 아파트를 사는 것이 현명한 투자라며 설득해봤지만 이번 에는 그녀도 쉽게 양보하지 않더군요. 저는 경제지와 부동산 전문 지에서 제 의견을 지지해줄 기사들을 스크랩하고, 강남에 전세 아 파트를 구했을 때와 용인에 자가를 마련했을 때의 전망을 비교, 분 석해서 다시 그녀 앞에 앉았습니다. 그녀는 제 고집을 말릴 방도가 없다고 생각했는지, 그럼 공평하게 가위바위보를 하자더군요. 가위 바위보 식의 승부 가르기야말로 제가 제일 싫어하던 삶의 방식이었 습니다. 저는 그녀의 제안이 얼마나 위험한 것인가를 조목조목 파 고들었습니다. 가위바위보란 결코 공평한 것이 아니다, 어느 누구 의 의지나 판단이 개입되지 않는다는 점에서 현상적으로는 공평해 보인다. 하지만 결국은 우연에다 자신의 결정을 위탁해버리는 것이 다, 자신의 선택권에 관한 책임 회피다, 인간의 사고와 이성이 개입 되지 않는 자리에 어떤 인간다움이 있을 수 있겠는가, 아마 이런 이 야기들을 길게 늘어놓았을 겁니다. 나중에는 이 세상의 이치란 무 엇이든지 제자리를 찾아가게 되어 있다, 더 나아가 현상적으로 우 연인 것처럼 보이는 우리 인생의 단면들도 그 내부를 들여다보면 그렇게 될 수밖에 없었던 내적 필연성과 합법칙성이 존재하는 법이 라며 저도 잘 알지 못하는 철학 용어까지 들춰냈지요. 그녀를 설득 하려다 보니 다소 현학적인 문구들이 튀어나오기도 했습니다만, 삶 이 필연의 누적인가 아니면 우연의 중첩인가 하는 질문 앞에서 저는 삶은 필연의 누적 쪽이라고 확신하던 사람이었습니다. 우연이라고 생각되는 것들도 세세하게 헤집어보면 그 안에 헤아릴 수 없이 많은 필연이나 필연적 우연의 모세혈관이 퍼져 있을 거라고 단정했었지요. 저는 실패나 좌절을 운명 탓으로 돌리려는 사람들을 솔직히 경멸했습니다. 운명은 각 개인의 성공이나 실패, 행복이나 불행을 좌지우지하는 것이 아니라 우리 손안에 쥐어진 나침반이나 항해도 같은 것이라고 생각했었지요. 누군가가 노력했음에도 불구하고 실패했다고 좌절하면 저는 제 척도를 그 사람에게 들이대면서 오만을 부렸습니다. 노력하는데 왜 안 되겠는가, 결국 노력이 부족했기 때문 아닌가…… 용인에 아파트를 계약했습니다. 결혼 예물 순서가 남았더군요. 그날은…… 날짜도 잊히지 않습니다. 유월 이십구일이었죠. 목요일이었고요. 원래 양가 부모님을 모시고 예물을 고르기로 한 날은 이틀 뒤인 토요일이었습니다. 그날, 목요일, 출근을 했는데 불현듯 그녀가 보고 싶어지는 겁니다. 바로 그 전날 저녁에 만났었는데 말입니다. 그녀의 사무실로 전화를 했습니다. 그녀는 저녁때 동창들 모임이 있다며 난감해하더군요. 그쯤 해서 제가 물러서야 했는데 쓸데없이 고집을 부리기 시작했지요. 남편 될 사람을 만나는 것이 친구들을 만나는 것보다 더 좋을 수밖에 없는 이유를 장난스럽게 늘어놓으면서…… 그녀는 알았다며 밀린 업무를 처리하고 나갈 테니 일곱시쯤 만나자고 하더군요. 제 눈앞으로 굴러오고 있던 운명의 바위를 낌새라도 챌 수 있었다면 그렇게 기막힌 고집을 부리진 않았을 텐데…… 저는 여섯시를 외쳤습니다. 결혼 예물의 디자인이나 가격 등을 한번쯤 미리 봐두는 것이 좋겠다며 서초동의 S백화점을 약속 장소로 정하고 말았습니다. 저녁 여섯 시, S백화점 커피숍……

아, 놀라지 마십시오. 어떤 사연인지 벌써 짐작하셨군요. 아마 짐작하시는 그대로일 겁니다. 담배 태우십니까? 그럼 커피라도 더 하시겠습니까? 예, 저도 더 마시지요. 저도 전에는 담배를 피우지 않았습니다. 이성적이고 필연적인 것을 좋아하던 저 같은 사람이 흡연할 까닭이 없었지요. 담배 한 개비마다 수명이 오 분 삼십 초씩 줄어든다고 하더군요. 하루 한 갑이면 백십 분, 산술적으로 따지자면 비흡연자의 하루는 이십사 시간이고 흡연자의 하루는 이십이 시간 남짓한 셈이더군요. 그 일이 없었다면 하루에 두 시간씩이나 생명을 갉아먹는 담배를 여전히 혐오하고 있었을 겁니다. 하지만 언제 어디서 어떻게 될지 한 발자국 앞을 내다보지 못하는 무력한 존재가 인간 아닙니까? 요즘은 제 인생이 하늘에 떠다니는 연처럼 위태롭게 여겨집니다. 얼레를 들고 있는 것은 저 자신이지만 제가 아무리 애를 써도 가느다란 연줄에 이어진 연이 언제 끊겨져 나갈지 예측할 수 없잖습니까? 사실…… 저는 결혼을 위해 맞선을 본다는 마음가짐으로 여기에 온 것은 아닙니다. 결혼 같은 것을 떠올릴 심정이 아니었다고나 할까요. 친구분이 그러더군요. 저와 경아 씨가 어딘지 모르게 잘 어울릴 것 같다고…… 그 말을 들으니 그냥 만나보고 싶었습니다. 제가 그녀와 함께 다니면 닮았다는 소리를 여러 번 들었거든요. 죄송스런 말씀이지만 혹시 그녀와 닮은 여자가 아닐까 싶은 짐작 때문에 나왔습니다. 그런데 전혀 다른 분위기더군요. 솔직하게 말씀드려서 찻집에 들어와서 경아 씨를 처음 봤을 때,

경아 씨의 어둡고 지친 듯한 모습이 불안했었습니다. 아, 저 여자도 맞선을 보러 나온 여자는 아니구나, 하는 느낌…… 그런데 시간이 조금씩 지날수록 경아 씨가 편안하게 느껴지는 겁니다. 자꾸 제 이야기를 하고 싶어지고요. 이제 그 이야기를 마저 해야 할 것 같습니다. 그날, 여섯시, S백화점 커피숍, 전화를 끊기 전에 제가 덧붙였죠. 미래의 아내가 미래의 남편을 기다려주는 모습도 한번쯤 보아두고 싶노라고. 지나간 시간을 찾을 수만 있다면 저는 다시 말하고 싶습니다. 미래의 남편이 미래의 아내를 기다리는 즐거움을 끝까지 누리고 싶다고. 한 번 흘러가면 영원히 흘러가는 시간인 것도 모르고 저는 그녀에게 다짐했던 겁니다. 늦지 말라고…… 제 직장에서 약속 장소까지는 차로 십 분 거리였습니다. 정확하게 다섯시 삼십분에 저는 사무실을 출발했습니다. 그녀와 결혼을 약속하고 꼭 한 달이 지난 날이라는 것을 기억했기 때문이지요. 백화점에 조금 일찍 도착해서 꽃다발을 준비하고 그녀를 기다릴 예정이었습니다. 카드에 쓸 문구까지 떠올려두었지요. 지난 팔 년간 매일, 매 계절 당신을 생각해왔듯 앞으로 팔십 년간 그렇게 당신을 생각할 것이오. 하지만 시간은 머리 위 공중에서 소리 없이 원을 그리면서 제 안의 부드러운 것들을 쪼아 먹을 기회를 엿보고 있었습니다. 굶주린 부리와 날카로운 발톱이, 억센 날갯죽지가 저에게 그림자를 드리운 것도 모른 채, 저는 휘파람을 불었습니다. 그날따라 제 차가 신호등마다 걸리더군요. 또 정지 신호가 떨어지기에 차를 무리하게 좌회전 차선으로 빼내려다 그만 옆 차와 부딪치고 말았습니다. 가벼운 접촉 사고라 현장에서 합의를 보긴 했습니다만 시간이 상당히 지체

되고 말았더군요. 교대역을 막 지나쳤습니다. 그런데 바로 저 앞에서, 제 눈앞에서…… 무슨 일인가가…… 벌어졌습니다…… 분명히…… 무슨…… 엄청난 일이…… 아주 순식간에…… 벌어졌습니다. 제가 교대역을 막 지나쳤는데…… 백화점이…… 엄청난 굉음과…… 폭격 소리…… 자욱한 흙먼지…… 건물이 주저앉고…… 쏟아져 내리는 돌멩이들…… 불꽃…… 연기……

아니, 괜찮습니다. 이 이야기를…… 제 입으로 꺼내는 것이…… 처음이라서…… 커피보다 술을 좀 마셔도 되겠습니까? 우리나라 사람 백 명 중 한 명은, 그러니까 전체 인구 중 사십 오만 명은 술집에서 지구의 종말을 맞이하고 싶어 한다더군요. 저도 이제는 그 안에 끼어야 하지 않을까 싶습니다. 그날 만나야 한다고 고집을 부렸던 사람은 저였고, 약속 장소를 거기로 정한 사람도 저였고, 약속 시간을 여섯시로 해야 한다고 고집했던 사람도 저였습니다. 저는 그녀에게 지각하지 말라는 당부까지 덧붙였지요. 그녀를 죽인 사람은 바로 저인 것입니다. 가장 사랑했던 사람을 죽음으로 몰아넣은 인간이 혼자 살아남아 술집 아니면 어디서 지구의 종말을 맞이할 수 있겠습니까? 자, 잔 받으십시오…… 사람이 믿지 않으면 보이지도 않고 들리지도 않는다는 것을 저는 그때 경험으로 알고 있습니다. 그 일이 있고 한참 시간이 흐른 뒤에야 저는 제가 무엇을 보았고 무엇을 들었는지를 기억해냈습니다. 제가 보고 들은 것을 나중에 기억해낸 것이 아니라 제가 봤다는 사실을, 제가 들었다는 사실을 나중에 기억해낸 것입니다. 제 말을…… 이해하실 수…… 있겠습니까? 저는 믿을 수가 없었던 겁니다. 텔레비전을 통해 비행기가 추락하고 다리가 무너져 내리고 여객선이 침몰하고 주택가 가스가 폭발하는 사고 현장을 보았을 때는 끔찍한 사고 내용이 내 몸에 그대로 감지되었는데, 내 앞에서 벌어진 사고는 도무지 감이 잡히지 않더란 말입니다. 백화점이, 그것도 하고많은 백화점 중에서 그녀가 나를 기다리는 백화점이 내 앞에서 무너지다니요. 그 백화점은 제가 가장 행복하던 시기에 가장 행복한 꿈을 꾸던 장소였습니다. 직장이 강남에 있었지만 그녀와 결혼 약속을 한 뒤에야 거기에 처음 가보았지요. 우리는 그 백화점 어디에서고 우리의 시야가 닿는 곳이면 행복을 찾아낼 수 있었습니다. 함께 잠을 자게 될 침대, 아침마다 빵 굽는 냄새를 맡을 작은 식탁, 나란히 앉아 음악을 들을 수 있는 이인용 소파, 거품을 내어 서로를 간지럽힐 수 있는 라벤더향 목욕용품, 우리 아기에게 입히고 싶은 앙증맞게 작은 옷들과 기저귀…… 우리는 그 백화점을 돌면서 우리의 행복을 시인했습니다. 그런데 우리가 미래의 그림을 그렸던 그 백화점이, 가장 아름다운 꿈만을 꾸었던 그 장소가 그렇게 무너져 내리다니요. 저는 제정신이 아니었습니다. 제가 무슨 행동을 했던 것일까요. 피투성이가 된 사람들…… 콘크리트 더미에 깔리고 돌무더기에 깔린 채 신음하고 비명 지르는 사람들…… 정신을 잃고 널브러진 사람들…… 구조의 손길을 기다리는 사람들 천지였지만 전 미안하게도 그들에게 손을 내밀지 못했습니다. 저는 아수라장이 된 폐허 속에서 정신없이 커피숍을 찾아다녔습니다. 어디가 커피숍인가, 여기인가 저기인가. 어디 있니? 어디 있는 거니? 제 마음은 수천 번, 수만 번, 그녀 이름을 외쳤습니다. 그러면서 마음 한쪽으로 기도했습니다. 제발 그녀가 도착하지 않았기를…… 밀린 업무를 처리하느라고, 길이 막혀서, 아니면 약속을 억지로 정한 나에게 화가 나서 아직 오지 않았기를…… 저 아비규환 속에 제발 그녀가 없기를…… 하지만 혼이 빠진 채 우왕좌왕 뛰어다니면서도, 그렇게 간절히 기도하면서도, 저는 이미 깨닫고 있었습니다. 저를 향해 빠른 속도로 굴러 내리던 거대한 바위 덩어리가 이미 저를 덮쳤다는 것을…… 환각과도 같은 시간이 영원히 제 가슴에 정지하고 있으리라는 것을…… 그 뒤의 일들은…… 말씀드리지 않는 편이 낫겠습니다. 만약 제가 그날 그녀에게 전화하지 않았다면, 제가 그 백화점을 약속 장소로 정하지 않았다면, 약속 시간을 앞당기자고 하지 않았다면, 그리고 일찍 오라는 소리를 하지 않았다면, 이 여러 가지 중에서 한 가지만이라도 제가 하지 않았다면, 아니 그날 제 차가 정지 신호마다 걸리지 않았다면, 접촉 사고만 나지 않았다면…… 이런 가정법이 통하지 않는 것이 인생이더군요. 세월이 흘러간 지금 나는 비로소 생각해봅니다. 그날, 생과 사의 갈림길에 섰던 그녀와 나는 무엇인가. 그녀를 짓눌렀던 운명의 바위는 그녀의 목숨을 뺏어갔고, 나를 짓눌렀던 운명의 바위는 나에게서 그녀를 뺏어갔는데…… 저는 대답해봅니다. 인생이란 제가 신봉해왔던 내적 필연이나 인과의 법칙 따위에 의해 주관되는 것이 아니라, 개인의 힘으로는 도저히 예측해볼 수 없는 우연에 의해 좌우되는 것이 아닌가. 거창하게 우연, 필연을 논할 것도 없이 앞도 모르고 끝도 모르는, 인생이란 그저 막막한 것이 아닌가. 그 일이 있은 이후 저는 제 고집을 버렸습니다. 삶에 대한 신뢰감도 버렸습니다. 이제 저에게 삶은 안정감 있는 사

각형이 아니라 언제 어느 방향으로 쓰러질지 모르는 역삼각형, 또
는 어디로 굴러갈지 모르는 타원형 같은 것입니다. 맥주가 시원하
군요. 한 잔 더 받으십시오. 아까 말씀드렸듯 저는 결혼 상대자를
찾기 위해 이 자리에 나온 것은 아닙니다. 그녀를 향한 그리움 또는
죄책감 때문일 수도 있겠지만 설사 제가 그녀를 잊는다 하더라도
어떻게 결혼을 하고 안 하고 하는 중요한 선택을 저 스스로 내릴 수
있겠습니까? 제 선택이 또 누군가를 불행하게 만들지도 모르지 않
습니까? 저는 이제 아무 결정도 내리고 싶지 않습니다. 제 노력이
나 힘으로 어떻게 해볼 수 없는 세상, 가위바위보 하듯이, 발 닿는
대로 살아갈 뿐이지요.

3. 보(褓)

그는 아직 돌아오지 않았다. 그는 말했다. 저는 삶을 다시 한번
믿어보고 싶어졌습니다. 파란 하늘처럼 눈부신 세월을 살게 될지는
알 수 없지만 절대로 기다림 때문에 경아 씨를 울게 하지는 않겠습
니다. 함께 살기 시작한 이래 그는 약속을 지켰고 예고 없이 이렇게
늦는 일은 처음이었다. 재 깍 재 깍 재 깍 시계의 초침 소리에 맞춰
방이 흔들리는 것 같았다. 보육원을 나온 이래 나는 흔들리는 방들
을 전전해왔다. 기차가 지나다닐 때마다 방 전체가 덜컹거리던 옥
탑방도 있었고, 내 마음속의 기억들처럼 장판과 벽면이 시커멓게
썩어 비 오는 날마다 나와 함께 눈물을 흘리던 지하방도 있었다. 등

록금이 없어서, 생활비가 바닥나서 흔들렸던 방들도 있었다. 하지만 이 방만은 흔들려서는 안 되는 방이었다. 이 방은 단순한 주거 공간이 아니었다. 그와 내가 서로의 상처를 흡입해주던 방이었고, 가슴에 영원히 정지해버린 기억들에도 불구하고 삶을 끝까지 살아보고 싶도록 서로에게 꿈을 투입해주던 방이었다. 이 방은 서로의 생을 감싸 안기 위해 우리가 펼쳐놓았던 운명의 보(褓)였다. 나는 걸레를 집어 들었다. 방이 흔들리는 것을 막을 수만 있다면 걸레뿐만 아니라 책이 수북이 쌓여 있는 책상도, 저 나무 장롱도 못 들 것이 없을 것 같았다. 나는 힘을 주어 바닥을 닦기 시작했다. 전등 아래 희미하게 어른거리는 가구들의 그림자를 지우고, 귀청을 울리는 초침 소리를 밀어내면서 구석구석 걸레질을 해나갔다. 그 찻집에서 만남을 계속하던 어느 날인가도 그는 몹시 늦은 적이 있었다. 이십 분쯤 지났을 때 내 입술이 마르기 시작했다. 그는 나타나지 않을 것이고 두 사람의 관계는 이것으로 마침표를 찍은 것이라고 생각하면서 나는 계속 그를 기다렸다. 어느새 그는 내 안에 들어와 있었던 것이다. 삼십 분이 지나고 사십 분이 흘러갔을 때 분수대 옆에서의 기억은 나를 완전히 사로잡아 나는 차갑게 날이 서 있는 에어컨 바람에도 불구하고 그날처럼 진땀을 흘렸다. 한 시간을 넘기고서야 그가 모습을 드러냈다. 나는 그에게 기다렸다고 말했고, 내 심장에 어떤 화살이 박혔는지 알아챈 그는 수없이 반복했다. 미안합니다…… 미안합니다…… 사실은 저도 두려워서…… 제 감정이…… 새롭게 꿈을 꾸어보려는 제 열정이 무서워서…… 미안합니다. 그는 기다림에 대한 내 공포를 이해하고 있는 사람이었다. 허리를 폈을 때 방은 확실히 안정감을 찾은 것 같았다. 나는 방이 불안에 떨지 않도록 풀어진 두루마리 휴지를 끝자락까지 꼭꼭 여며준 뒤 밖으로 나섰다.

주인집이 거주하는 안채는 깊은 잠에 빠졌고, 고적한 달빛이 인기척 없는 마당을 기웃거리고 있었다. 만월이었다. 차가운 겨울 하늘에 둥그렇게 떠 있는 보름달…… 계절이 안고 있는 스산함에도 불구하고 달은 풍성해 보였다. 빈자리 한 군데 없이 풍성해서 혼자만으로도 부족함이 없어 보이는 달을 나는 처연하게 바라보았다. 저 달처럼 혼자 떠 있을 수 있는 인생은, 혼자서도 넘칠 수 있는 인생은 행복할 것인가. 무르익은 행복에는 불행이 디딜 땅이 없으리라. 슬픔이나 연민 등의 고달픈 감정들이 파고들 빈자리가 없으리라. 만약 그가 저 보름달처럼 한 치의 빈틈도 없는 사람이었다면 나는 내 일그러진 유년기를 그에게 고백하지 못했을 것이다. 그가 인생의 모든 일에 필연의 논리를 들이댈 수 있는 사람이었다면 나는 그를 사랑할 수 없었을 것이다. 그의 어머니를 만났을 때, 나에게 주어진 첫번째 질문은 그를 사랑하느냐는 거였다. 나는 고개를 끄덕였다. 사랑은 아가씨가 사랑한다고 그렇게 즉각적으로 대답할 만큼 적나라한 것이 아니에요. 나도 아가씨만 한 나이 때는 사랑이 상대편을 소유하는 것이라고 생각했던 적이 있었어요. 하지만 진정한 사랑은 자기 자신보다 상대편을 먼저 고려하고 생각해주는 거랍니다. 아가씨가 알다시피 우리 애는 마음에 상처가 있어요. 그 일이 있고 나서 직장도 그만뒀고, 집에서도 뛰쳐나갔어요. 아가씨 말이 나왔을 때 웬만하면 결혼을 시키려고도 해봤어요. 하루라도 빨리 결혼을 해야 악몽 같은 죄책감에서 벗어날 텐데 싶어 집에서도 혼처를 수소문하던 중이었는데 본인이 결혼하고 싶은 여자가 있다니 얼마나 반가웠는지…… 그런데 아가씨 상황이 너무 예상 밖이더군요. 우리가 백번 양보한다고 가정도 해봤어요. 대학은 이학년까지 마쳤다니까 결혼 후에 학교를 다니게 하고 졸업시키면 되겠구나, 가진 게 없는 건 나무랄 수 없는 일이니 내가 혼수며 예물이며 표 안 나게 처리해줘야겠지…… 그런데 아가씨, 내가 아무리 애를 써도 도저히 받아들여지지 않는 건 아가씨의 근본을 알 수 없다는 사실이에요. 아가씨 앞에서 하기는 뭣한 말이지만 차라리 어릴 때 부모가 다 돌아가셔서 고아가 된 거라면 마음이 썩 내키지는 않아도 이렇게까지 거부감이 생길 것 같지는 않은데…… 여기 오기 전에 내가 아가씨 대학도 찾아가보고 보육원도 수소문해서 방문해보고 알아볼 만큼 다 알아봤어요. 호적도 보육원에서 만들어주었더군요. 정확한 생년월일도, 고향도, 원래 성과 이름도 도무지 확인해볼 방법이 없더군요. 어떻게 부모가 자식을 버리면서 이름 석 자, 생년월일도 안 적어넣었는지…… 도저히 아니다 싶었고, 이건 내가 참을 수가 없었어요. 아가씨가 정말 우리 애를 사랑한다면 제발 떠나주세요. 우리 애를 자유롭게 놓아주는 것이 올바른 사랑일 거예요. 결혼은 여건이 엇비슷해야 서로 불행해지지 않는 법이랍니다. 무엇보다 우리는 절대로 아가씨를 며느리로 받아들일 수가 없어요…… 절대로 받아들이지 못해요…… 절대로.

그는 어디 있는 것일까. 나는 그가 편안했고 그에게 기대고 싶었다. 마찬가지로 그는 나를 편안해했고 나에게 기대고 싶어 했다. 우리는 어떤 경우에도 서로에게 왜냐고 묻지 않았다. 그는 내 기억들이 거북하지 않게 다리를 뻗을 수 있도록 어루만져주었고, 나 또한 그의 기억들이 더 이상 그를 무력하게 하지 않도록 다독거려주었다. 우리는 함께 나누고 싶어 했다. 우리의 소망과 관계없이 꾸역꾸역 터져 나오는 향기롭지 못한 기억들도, 그 기억들이 남긴 상흔도, 그리고 그 뒤의 절망이나 허탈까지도. 나는 이런 감정과 배려에 걸맞은 이름으로 사랑 외의 다른 이름을 찾아내지 못했다. 그는 어디서 두려워하고 있는 것일까. 방을 구했다던 날, 그는 눈을 감고 나에게 한참을 기대 있었다. 다시는 고집을 부리지 않으려 했는데 제가 또 고집을 부리고 있군요. 어머니가 소리치시더군요. 이번에는 또 무슨 일을 당하고 싶어서 경아 씨한테 이렇게 집착하냐고…… 저도 경아 씨를 만나지 않으려고 애쓸 만큼 애써보았습니다. 어느 날인가는 일부러 약속 장소와는 반대 방향으로 차를 몰고 달아나기도 했었고…… 언젠가 다시 엄청난 불행이 닥쳐올 것만 같아서 제 마음에 싹트는 감정을 무수히 짓밟았지요. 누군가를 좋아한다는 것이, 사랑한다는 것이 마치 퍼런 칼날 위를 걷는 기분이더군요. 우리의 결정이 과연 우리를 행복하게 해줄 것인지 아니면 또 다른 불행을 가져올 것인지…… 행복이 찾아온다 하더라도 과연 내가 행복해도 되는 사람인지…… 아무것도 선택하지 않고 아무것도 결정하지 않고 발길 닿는 대로 살아가려 했는데, 언제 어디서 우연에 급습당해도 무서울 것 없이 살려 했는데…… 나는 그의 머리카락을 손가락으로 천천히 쓸어내리면서 말했다. 어떤 불행이 닥쳐와도 당신과 같은 공간, 같은 시간 속에서 나누는 것이라면 두려울 게 없노라고. 이런저런 이야기 끝에 큰 웃음을 터뜨리던 그의 얼굴이 갑자기 건조해지고, 사랑한다고 말하다 말끝을 채 맺지 못한 채 급하게 담배를 피워 물고, 나를 안고 뺨을 비비다가 어느 순간 그의 손끝이 경직되는 것을 나는 지켜보았다. 그는 행복해지려는 본능과 행복을 피하려는 의지 사이에서 방황했고, 우리 생활에서 행복의 기미가 느껴질 때마다 불행이 닥쳐올까 봐 섬뜩한 긴장감 속으로 빠져들곤 했다. 그는 정신의 균열을 끌어안고 어디서 술을 마시고 있는 것일까, 아니면…… 또 다른 우연에게 급습당하고 있는 것일까. 얼어붙은 마당을 서성거리는 내 그림자는 기다림 때문에 목도 키도 길게 늘어나 있었다. 그날 그는 유난히 질린 얼굴로 뛰어들어 왔다. 괜찮소? 아무 일 없었어요? 괜찮은 거지요? 정말 괜찮은 거지요? 그는 나에게 아무 일도 없다는 것을 몇 번이나 확인한 뒤 툇마루에 무너지듯 주저앉았다. 집에 오는데 갑자기 생각났소. 오늘이 우리가 함께 산 지 한 달째 되는 날이라는 사실이…… 꼭 무슨 일이 당신한테 벌어졌을 것만 같아서…… 그때부터 내 정신이 아니었소. 그의 눈빛은 황망했다. 그때처럼 그가 어디선가 불쑥 튀어나올 것 같아 나는 두리번거렸지만 내 의식의 촉수에 걸려드는 것은 무덤처럼 가라앉아 있는 겨울밤의 정적뿐이었다. 내 배 안에 생명이 자라고 있다는 것을 확인하던 날, 그의 눈에는 눈물이 어른거렸다. 삶은 필연의 누적인가 아니면 우연의 중첩인가 하는 질문 앞에서 다시 확신해봅니다. 예고 없이 닥치는 숱한 우연에도 불구하고 삶은 필연의 누적 쪽이 아니겠냐고. 그렇게 되어야만 하지 않겠냐고. 그는 어디에 있는가. 그는 돌아오지 않는가. 아니다. 그는 반드시 돌아

올 것이다. 우리가 그의 어머니의 지적처럼 서로를 사랑하는 것이
아니라 우리에게 주어진 운명을 거역하기 위해 무모하게 운명의 새
장을 펼쳤다 할지라도, 우리는 또 다른 우연이 우리를 덮쳐오지 않
는 한 저 방에서 필연의 삶을 엮어가야 하는 것이다.

　나는 대문을 열고 골목으로 나섰다. 골목을 점령한 한밤중의 정
적은 평화롭게 잠들어 있는 담장 안쪽을 기웃거리면서 슬금슬금 손
가락을 뻗고 있었다. 정적의 소리 없는 손이 담장을 넘어가 누군가
의 머리채를 성큼 낚아챌 것만 같아 나는 일부러 발소리를 내면서
골목을 서성이기 시작했지만 내 발소리에 어지럽게 치이면서도 정
적들은 손가락 뻗기를 멈추려 하지 않았다. 가위바위보…… 가위
바위보…… 저 담장 안에서 행복하면 행복한 대로, 불행하면 불행
한 대로 어둠과 함께 하루의 안식을 취하고 있을 사람들. 그들은 잠
속에서나마 숨어 있는 손들의 가위바위보 소리를 듣고 있을 것인
가. 나는 건너편 집 담벼락에 기대섰다. 우리 방의 불빛은 골목의
어둠을 밝히지도 못하고 어둠 속으로 함께 침몰하지도 못한 채 차
가운 허공에서 부유하고 있었다. 창백한 빛을 내보내고 있는 사각
의 방, 우리는 저 안에서 우리만의 갈래길을 꿈꾸었지만 지금 저 방
은 잠들지 못하고 있다. 멀고 어두운 겨울밤을 불빛 하나로 버텨야
하는 그와 나의 방은 삭정이에 걸린 연처럼 위태로워 보였다. 어쩌
면 우리가 펼쳤던 보(褓) 또한 두 사람 사이에 새롭게 탄생하는 한
생명의 낯선 운명을 감싸 안기에는 너무 작은 것이 아닐까. 그는 아
직도 돌아오지 않고 있다. 눈물 때문에 내 눈에 어리는 달은 자꾸만
기울고 있는데.

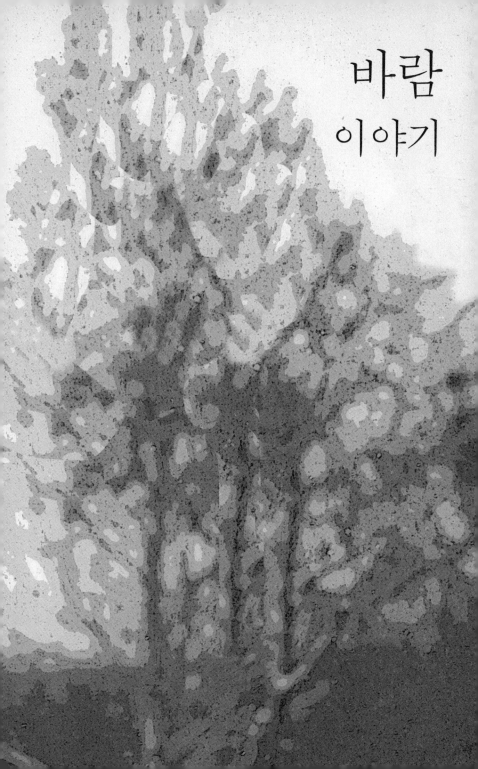

바람
이야기

나는 오늘 또 하나의 인생을 만나러 간다. 내 직업은 얼굴이 없고 이름이 존재하지 않는 작가, 고스트 라이터(ghost writer)이다. 글 안에서 타인의 삶을 사는 것은 자신의 고단한 삶을 견디는 것만큼이나 쉽지 않다. 나를 버리고, 내 안의 타인의 얼굴들 속에 새겨진 감상과 희로애락을 버리고, 작업을 의뢰한 타인의 분신이 되어 펜대를 움직이다 보면 원래의 나는 저만치 구석진 곳에서 몸을 떨고 있다. 그렇게 나를 외면하고 자아를 추방해보아도 한 권의 책이 완성되면 내 핏줄을 타고 흘러나왔음이 분명한 진동의 흔적들이, 때로는 어쩔 수 없는 내 내면의 그늘진 초상화가 곳곳에 어른거리게 마련이다. 오늘 만나는 고객은 어떤 인생의 주인공일까. 그 고객의 인생을 언어의 새장 안에 가두다 보면 나는 또 이곳저곳에서 반사되기 시작하는 내 생의 음향들과 조우하게 될 것이다.

이른 아침에 로션을 토닥이다 거울 속에서 마주친 삼십대 여자는 낯설었다. 창백하고 꿍한 얼굴에 손에 익지 않은 화장을 하며 나는 잠 속에서도 울고 있을 것만 같은 아이에게 먼 시선을 주었다. 운동화 때문에 어제저녁 내내 서럽고 슬펐던 아이는 잠들기 전까지도 나에게 심술을 부렸다. 엄마 미워. 엄마 바보야. 나 하고 싶은 것 안 사주니까 엄마도 담배 피우지 마. 작은 입술을 앙다물고 빨개진 눈에 눈물을 글썽이는 아이에게서 운동화를 빼앗아 가게 주인에게 되돌려주며, 신을 만한 신발이 있으면서 떼쓰면 안 된다고 아이를 타일렀지만 그 시간 내 머릿속을 점령했던 것은 검약의 정신이 아니라 비어버린 지갑이었다. 만화영화에 나오는 선가드 운동화, 두 발자전거, 미니카를 얻을 수 있는 켄터키 프라이드치킨과 피자, 새 크레파스, 현란하게 번쩍이는 장난감 기관총들, 하얀 곰돌이 인형, 요술 상자 같은 피코, 아이스크림과 솜사탕에 이르기까지, 이 세상에는 제 어미를 울리는 것들만큼이나 다섯 살짜리 아이를 울리는 것도 많았다.

신문사 건물에 도착하니 손목시계는 9시 20분을 가리켰다. 강부장과의 약속 시간까지는 십 분이 남아 있었다. 신문사 뒤편 통로는 주차장으로 통했다. 나는 바람을 등지고 서서 라이터를 켰다. 바람 때문에 얼굴 쪽으로 쏠리던 머리카락들을 몇 번이나 태워먹은 뒤에야 담배에 불을 붙일 수 있었다. 한 가지를 얻고 다른 한 가지를 잃는 것, 이것을 두고 세상이 공평하다고 말하고 싶은 사람도 있을 것이다. 그러나 생각해보면 얼마나 쓸쓸한 일인가. 얻고 잃음이, 만남과 헤어짐이, 길고 짧음이, 행복과 불행이 그리고 삶과 죽음이 한 짝을 이루고 있다는 사실은. 나에게서 불안하게 떠나간 사람들, 내

40

가 떠나보내야만 했던 사람들, 이제는 기차의 기적 소리처럼 사라지고 멀어진 사람들…… 땅거미 깔린 늦가을 어득한 벌판을 가로질러 적적한 상여와 만가로 떠나간 부모, 이 땅과 작별하고 시드니에서 정반대의 계절을 살아가고 있는 유일한 혈육인 오빠와 그의 가족, 그리고 이 바람 부는 도시를 탈출하는 데 잠시 동행이 되었던 유부남인 그 사람. 함께만 있다면 넉넉히 한 우주를 탄생시킬 것만 같았던 모진 착각의 시간들이었다. 지금도 내 눈망울에 슬픔처럼 눈물이 어린다면 그것은 그를 향한 그리움이나 쓸쓸한 추억 때문이 아니라 아이의 뿌리가 되기 위해 허정거리며 살아가야 할 내 남은 세월과 차가운 편견과 법률로 도장 찍기를 좋아하는 이 사회에서 사생아라는 명찰을 달고 살아가야 하는 아이의 처지에 대한 회한 때문이리라. 아이가 무수한 날갯짓 끝에 제 상처를 깨닫게 되는 날, 나는 아이에게 무엇을 말해줄 수 있을 것인가. 앞으로도 나는 또 다른 만남과 헤어짐 사이를 왕복하면서 내 삶의 실타래를 감아가게 되겠지만 그 어떤 만남과 헤어짐도 내 마지막 청춘의 결별처럼 시린 자국을 남겨놓진 않을 것이다.

구내전화를 받은 강부장은 곧 내려왔다.

"잘 지냈어? 더 마른 것 같은데 잘 챙겨 먹어. 요즘 같은 때는 건강이 최고잖아?"

첫 직장이었던 신문사에서 수습기자와 편집차장으로 만났던 강부장은 언젠가부터 머리에 서리가 내리기 시작하더니 이제는 어쩔 도리 없이 하얀 노년의 풍경으로 접어들었다. 강부장이 운전하는 차는 광화문을 벗어나 마포 쪽을 향하고 있었다.

"지금 만날 이는 내 고향 선배 되는 사람이야. 나이는 나보다 두세 살쯤 많을 테고. 시골 동네라서 어떻게 살아가는지 소식은 소상히 전해 듣는 편이지. 사생활이 좀 복잡하단 소문도 들었고…… 명절 같은 때 고향에서 인사를 나눈 적은 있지만 무슨 특별한 친분이 있는 것은 아냐. 외견상으로는 중소기업체 회장, 하지만 전국에 있는 땅이니 건물이니 하는 부동산들을 따져보면 재벌 부럽잖을 사람이라고들 하더군. 자서전을 내겠다며 느닷없이 청탁을 해왔기에 가원 씨를 적극 추천했어. 이 양반 딱 부러지게 말은 안 해도 다음 국회의원 선거 때 출마할 눈치야. 사람이 그런 것 아니겠어? 돈 있으면 명예가 부럽고 명예 있으면 권력이 부럽고. 교육사업 한다고 장학재단 설립했던 것이 아마 재작년쯤이지."

마포대교에서 차가 밀리기 시작하자 강부장은 담뱃갑을 꺼내 들었다.

"가원 씨도 한 대 태우지. 그나저나 언제까지 남의 글 뒤치다꺼리하고 있을 거야?"

"밥 먹고 살아야죠."

"하긴 사는 게 먼저야. 세상일 모두가 자기 뜻 같지 않지. 크게 안달할 것도 크게 아파할 것도 없어. 그저 사는 게 최고야. 애는 잘 크나?"

"……예, 이번에 유치원에 입학했어요."

유치원에서 엄마, 아빠한테 인사하는 법을 배우고 나서 고지식하게 엄마한테 똑같은 인사를 두 번씩 해야 한다고 고집했던 아이였다. 엄마, 안녕히 주무세요. 아…… 아니, 또 엄마, 안녕히 주무세요. 아빠 참여 수업이 있던 날, 집에 남아 생기 없는 모습으로 찰흙을 주무르며 형체가 분명하지 않은 것을 만들고 부수고 또 만들어보는 아이를 지켜보면서 스스로를 모반하지 못해 안달했던 지난날의 내 무모함이 나를 아프게 찔러왔다. 아빠뿐만 아니라 양쪽 할아버지와 할머니도, 고모와 삼촌도, 이모나 외삼촌도, 심지어는 말 한 번 걸어볼 사촌조차 가지지 못한 아이의 조그만 가슴 안에는 무엇이 들어앉았을까. 아이의 가슴과 내 가슴에 탯줄이라도 달린 양 마음에 써늘한 슬픔이 밀려왔다. 어쩌면 세상을 산다는 것은 제각각 자기 가슴이 감당할 수 있을 만큼의 슬픔을 쌓아가는 과정인지도 모른다. 아이에게도 그리고 나에게도. 그렇다면 간간이 터져 나오려는 남루한 엄살 따위는 집어치워야 할 것이다. 막막한 순간마다 눈물이나 쏟고 있어도 좋을 만큼 인생이 낭만적인 것도 아니고, 애달픈 단조의 감정으로 살아갈 만큼 대단히 비극적인 것도 아닐 것이다. 비장하고 웅장한 무엇인가가 있다고 믿었던 것, 추락과 비상을 동시에 꿈꾸었던 것…… 어리석은 꿈이었지만 그 꿈마저 없었다면 건조한 젊음을 무엇으로 버텨왔을 것인가. 차는 여의도의 한 빌딩 앞에 멈춰 섰다.

"오시느라고 애쓰셨소, 강부장. 그리고 미스……"
"이가원 씨입니다. 가원 씨, 홍달석 회장이신데 인사드리지요."
"처음 뵙겠습니다. 이가원이라고 합니다."
"반갑습니다. 앉으십시다. 김과장, 여기 뭐 음료수라도, 가만, 뭐로 하실까요? 녹차 괜찮습니까? 건강을 돌봐야 할 나이이다 보니

차 한잔을 마셔도 몸에 좋은 걸 찾게 된단 말입니다, 허허."

"홍 선배께서 신경을 쓰셔서 그런지 썩 건강해 보이십니다."

"건강과 의욕은 비례한다지 않소? 건강하니까 매사에 의욕이 생기는 것이고, 또 의욕이 있다 보니 건강을 생각하는 것이지. 사실 나를 필요로 하는 곳이 한두 군데가 아니라서 말이야. 오늘만 해도 시간을 만드느라 몇 군데 선약을 취소하지 않았겠소. 참, 강부장께서 이가원 씨를 재원이라고 칭찬이 대단하시던데 미스 아니면 미시즈?"

"미즈입니다."

"허허, 미즈라…… 내가 다시 물어봐야겠군. 미혼이십니까? 아니면 기혼?"

피곤한 질문을 한 번으로 끝내지 않으려는 사람들은 어디를 가나 있게 마련이었다. 선뜻 대답을 못하고 있자 내가 살아온 날들을 비교적 가까이서 지켜봐온 강부장이 대화의 방향을 틀어주었다.

"시골에는 자주 내려가시는지요?"

강부장과 홍회장이 고향 안부를 주고받는 동안 나는 직업의식의 예민한 촉수로 홍회장의 표정을 관찰하기 시작했다. 웃거나 찡그릴 때마다 고객의 눈가 주름에 생겨나는 우수나 감상, 말보다 훨씬 정직하게 움직이는 눈빛과 눈동자, 자신감이나 자기 과시의 정도를 측정해볼 수 있는 언어와 말투의 두께, 입가 근육에 묻어나는 냉소나 비장함 따위를 하나하나 따라가다 보면 고객의 내부에 용해되어 있을 인생의 명암과 농도가 어느 정도 피부를 통해 전해지기 마련이었다. 내가 써야 하는 것은 고객이 원하는, 고객의 회상을 담은,

고객의 자서전이므로, 고객이 원하고 있는 위엄이나 체면, 또는 위신 같은 것을 잘 파악할 필요가 있었다. 자서전을 의뢰해왔던 사람들은 각각의 판이한 삶의 유형에도 불구하고 한 가지 점에서는 닮은꼴이었다. 자서전이 암담한 실패나 부끄러운 삶의 뒷자락까지도 숨김없이 뒤집어 보여야 하는 정직한 기록문학이라는 기본적인 원칙에는 동의하면서도, 한결같이 있는 그대로의 날것이 아니라 다듬고 씻고 조리하여 근사하게 접시에 담아낸 생을 보여주고자 했다. 살아온 삶과 평가받고 싶은 삶이 다른 경우는 다반사이며, 심지어는 자신이 실제 살아온 삶이 아니라 자신이 살아왔다고 생각하고 싶은 삶, 또는 살기를 갈망했던 삶을 살아왔다고 진지하게 착각하는 사람들도 없지 않아 있었다. 타인에게 자신을 홍보하기 위한 수단으로 자서전 발간을 계획한 고객일수록 스스로 명확하게 정리해놓은 화면 속 그림을 갖고 있는 법이다. 홍달석 회장은 자서전에서 무엇을 원하고 있을까. 홍회장은 마치 사진기를 향해 있는 사람처럼 자주 웃고 자주 미소 지었다. 향우회 회장직을 어쩔 수 없이 수락했다는 말끝에도 만족한 웃음이 터져 나왔고, 장학재단 설립 대목에서도 미소가 묻어났다. 웃음과 미소는 인간의 본성이라는 말도 있고 마음이 평화로운 사람이 더 잘 웃고 더 자주 미소 짓는다는 말도 있긴 하지만, 내가 겪어본 바에 의하면 웃음 혹은 미소와 인간성 사이에 특별한 상관관계가 있는 것 같지는 않았다. 내가 만나온 웃음과 미소는 자연스러운 내면 표출의 방법이라기보다는 대부분 자신 본래의 모습을 방어하거나 숨기기 위한 대인관계용 표정인 경우가 많았다.

"자, 이제 우리 본론으로 들어가봅시다. 홍달석이가 어떤 사람이고 어떻게 살아왔는지를 내 입으로 구구히 읊는 것은 모양새가 좋지 않을 듯싶어 비서실에 자료 정리를 지시해놓았소. 우리 김과장이 그동안 상당히 애쓴 모양이던데 자네가 직접 브리핑을 해보라고."

"예. 강부장님께서는 고향 후배 되신다니까 제가 새삼스럽게 강조하지 않아도 익히 알고 계시겠고 이작가님도 저희 회장님 첫인상에서 충분히 짐작하셨겠습니다만. 홍달석 회장님은 이 시대에 보기 드문 훌륭한 기업인이십니다. 우선 경영인으로서 타기업의 모범이 될 만한 견실한 운영을 해오셨습니다. 경영 자원의 효과적인 이동을 위해 일찍이 사업 내용의 다각화를 추진하신 결과 동종 업체들의 빈번한 도산 속에서도 저희 기업은 순조롭게 운영되고 있을 뿐만 아니라, 자본 회전율이 높아 국내 중소기업 대부분이 심각한 부도 위기를 겪고 있는 현상황에서도 자금난 없이 탄탄하게 경영되고 있습니다. 회장님께서는 기업 사망률이 유난히 높은 현 경제체제에서 부침 없는 장수 기업을 일궈내기 위해 단기적인 이윤 추구보다는 부단한 경영 혁신을 통한 경쟁력 강화에 주력하고 계시기도 합니다. 회장님의 경영 철학을 한마디로 요약하자면 기업의 이윤은 사회로 환원되어야 한다는 것입니다. 재작년, 회장님의 사재를 쾌척하셔서 장학재단을 설립하신 일도 이러한 경영 철학을 몸소 실천하신 것 중의 하나라고 볼 수 있습니다. 지금은 지역사회 중고등학생들의 학비 지원 수준에 머물고 있습니다만 장차 전국의 학술 연구자들을 대상으로 연구비를 지급할 수 있는 교육사업으로 확장시킬 계획이십니다. 회장님께서 지역사회 발전에 기여한 공로를 기리기 위해 현재 모 대학에서 명예박사 학위 수여를 검토하고 있으며, 그동안 각종 기관이나 단체로부터 받은 감사패와 표창장만 해도 무려…… 그럼 먼저 회장님의 성장 과정부터 말씀드리도록 하겠습니다. 일천구백사십일년 정월 대보름 저녁, 독립운동가였던 부친 홍……"

내 나이 또래나 되었을까. 자신이 입고 있는 흰색 와이셔츠의 빳빳한 깃처럼 긴장감 밴 자세로, 김과장이라는 사람은 정리해놓았던 원고를 일사천리로 읽어 내리고 있었다. 일인용 소파에 깊숙이 몸을 파묻은 채 지그시 눈을 감고 길게 늘인 원고 내용을 경청하던 홍회장이 만족스럽게 고개를 끄덕일 때마다 김과장의 얼굴에서는 안도감 같은 것이 피어났다. 확실히 홍회장은 자서전의 구도와 색채를 미리 결정해놓은 사람 같았다. 이런 경우 고스트 라이터인 나의 일은 상당 부분 제약을 받을 수밖에 없다. 고객들이 스스로 정리해놓은 화면 속 그림은 일정한 정형을 갖고 있게 마련이다. 자기중심적인 원근법, 자기가 원하는 방향에서의 시각적 접근, 자신의 이해관계에 따라 재창조되고 재해석되는 색채…… 그런 고객들을 위해 내가 할 수 있는 일이란 글을 도구로 해서 고객의 마음에 들어앉아 있는 그림을 정확하게 모사해주는 것뿐이다.

"저, 잠깐. 김과장님, 그거 뭐 일일이 힘들게 읽으실 게 아니라 이가원 씨한테 그냥 넘겨주시면 될 것 같군요. 앞으로 작가의 취재에 많이 협조해주시고요. 홍선배, 이렇게 자서전을 갑작스럽게 출간하시려는 속사정이 있는 것 같은데 자서전을 통해 말씀하고 싶은 바가 무엇인지 구체적으로 짚어주시지요."

"하하하. 확실히 언론사 사람들 눈은 매처럼 무섭다니까. 좋소. 내 솔직하게 털어놓지. 사실은 말이요, 작년에 이름이 알려졌다는 작가 한 사람을 어렵게 만나서 은밀하게 자서전 청탁을 넣지 않았겠소. 그런데 이 사람이 보내온 글을 읽어보니 영 마음에 안 차더란 말이요. 김과장, 이왕 말이 나왔으니 그 작자 원고를 가지고 와봐요. 내가 비록 문학이니 예술이니 하는 것들과 썩 친하게 지내지는 못해도, 자서전이라는 게 분칠도 좀 하고 가릴 것은 살짝살짝 가려서 뭔가 향긋한 냄새가 풍겨야 한다는 것쯤은 기본 상식으로 알고 있어요. 갖고 왔어? 그래, 이리 줘봐. 그런데 이놈의 원고는 심하게 말하자면 홍달석이를 인간쓰레기쯤으로 만들어갖고 왔더란 말이요. 취재한답시고 주변 사람들을 가리지 않고 만나고 다니더니 나를 소재로 삼아 개떡 같은 소설을 써왔어."

홍회장은 언뜻 보아도 넉넉히 단행본 한 권 분량이 되는 원고를 탁자 위에 내던지며 목청을 높였다. 마저 꺼내놓지 못한 분노와 짜증이 그의 마음을 어지럽히는 듯, 홍회장의 얼굴은 평온을 잃고 벌겋게 달아오르고 있었다. 나는 이번 일이 쉽지 않을 것 같은 예감에 홍회장의 흥분을 향해 신경을 곤두세웠다. 누구인지는 몰라도 돈을 받기로 하고 그 대가로 원고를 썼을 작가가 홍회장을 흠집 내기 위해 생트집을 잡지는 않았을 것이고, 홍회장에게 뭔가 구린 사정이 있는 듯싶었다. 아무리 고객이 원해도 낮이 밤이 되고 밤이 낮이 될 수 없는 부분들이 있는 법이다. 그러나 성급한 판단이나 앞질러 가는 직감은 금물이다. 홍회장이 보여주는 것만큼만 보고 그가 말하는 것만큼만 들어두는 편이 나에게 이로울지도 모른다. 고객이 생각하는 자신의 인생과 내가 판단하는 고객의 인생, 그 두 지점 사이의 거리가 멀면 멀수록 갈등 때문에 원고에 속도가 붙지 않는 것을 누차 경험했다.

"강부장, 우리 인생이라는 게 뭔지 알 만큼 충분히 산 나이이니 툭 터놓고 얘기해봅시다. 세상사, 보기 나름 아니겠소? 앞을 보면 희고 뒤를 보면 검은 거요. 때와 장소에 따라 흰 것도 검다 하고 검은 것도 희다 해야 하는 게 세상살이요. 글이란 것도 마찬가지 아니겠소? 똑같은 물이라도 장엄한 바다를 그려내느냐 시궁창을 그려내느냐 하는 것은 쓰는 사람 마음 아니겠소? 위인전이니 자서전이니 하는 것들 보면, 어릴 때부터 대통령이 될 조짐이 있었다는 둥 태어날 때부터 위대한 인물임을 암시하는 상서로운 기미가 비쳤다는 둥 그럴듯하게 꾸며놓지 않났 말이요? 내가 잠시 흥분하긴 했지만 뭐, 이 원고가 처음부터 끝까지 모조리 잘못되었다는 뜻은 아니오. 가족사라든지 기업사 같은 부분은 꽤 매끄럽게 썼더구먼. 장렬하고 훈훈한 감동 같은 것이 없어서 아쉽기는 하지만 그냥 발간해도 무리는 없겠더구먼. 그런데 제일 문제되는 것이 사생활 부분이오. 여기 미스, 아니 미즈 리가 앉아 계신데 아직 결혼을 했는지 안했는지도 모르는 젊은 여자분 앞에서 이런 말 꺼내기는 뭣합니다만 우리 시대 남자치고 외도 안 해본 병신이 어디 있습니까? 속된 말로 바람 한 번 안 피워본 남자가 어디 제대로 된 남자겠소? 그래도 나는 첩이니 세컨드니 하는 것 둔 적도 없고 밖에서 데리고 들어온 자식도 없이 깨끗한 사생활을 유지해왔다고 나름대로 자부하고 있어요…… 가령 말이오, 어떤 괜찮은 유부남이 처녀애하고 해프닝이 있었다 칩시다. 여기다 옷도 입히고 장신구도 달아서 얼마든지 아름다운 내용으로 만들 수 있는 게 바로 글쓰는 사람들의 능력 아니오? 영화나 소설에도 이런 소재, 흔하지 않아요? 유부남과 처녀의, 본질적으로 이루어지지 못하는 사랑, 운명적으로 만나 사랑의 포로가 되었지만 결국 운명적으로 헤어져야 하는 가슴 아픈 두 사람, 이런 식으로 설명하고 나가면 얼마나 감동적이냔 말이야. 그런데 감동은커녕 홍달석이가 무슨 대단한 파렴치한 짓이나 저지르고 다녔던 것처럼 융통성 없는 삼류 소설을 만들어가지고 왔단 말이오. 세상에 오점 없는 인생이 어디 있겠소? 옥에도 티가 있다지 않아요? 그 오점 때문에 희롱당하고 웃음거리가 된다면 누가 자서전을 펴내겠소? 사내대장부가 돈 있겠다, 사회적 지위 있겠다, 힘 있겠다, 어찌 다가오는 여자들이 없었겠소. 그래서 유부녀하고든 처녀애하고든 한두 번 잤기로서니 그게 그렇게 비난받아야 할 일이겠소? 막말로 내가 사생아를 낳은 것도 아니고 사회에 대단한 해악을 끼친 것도 아닌데 이 삼류 소설은 나를 형편없는 탕아로 등장시켰더란 말이오."

홍회장은 감정을 자제해보려는 듯 녹차 잔을 집어 들고 있었지만, 자서전을 써온 작가에 대한 원망 때문에 눈가 근육이 떨리는 것을 감추지는 못했다. 강부장의 난감해하는 얼굴이 나를 향하고 있었다. 관습에서 한 발짝 비켜서 있는 내 삶을 비난하는 사람이든 측은해하는 사람이든, 나를 보는 그들의 눈빛에는 안정감이 없었다. 정면에서 맞닥뜨리는 비난의 시선은 차라리 눈을 감아버리거나 오기를 세워서 극복할 수 있었다. 그러나 측은함과 연민이 복합된 시선 앞에선 내 가슴에 차오르는 처연한 통증을 다스릴 방법이 마땅치 않았다. 나는 어설픈 웃음으로 강부장을 마주보았다. 내가 하는 것은 로맨스이고 남이 하는 것은 스캔들이라는 웃지 못할 우스갯소리도 있지만, 자신이 저질렀던 일들은 고운 꽃병에 꽂아두고 보고 싶은 것이 인간의 심리이리라. 나 역시 마찬가지였다. 그와의 만남이 계속되는 동안 불륜이나 간통 같은 음습한 단어들을 떠올렸던 적은 없었다. 나는 어리석게도 나의 사랑을 운명적이라고 믿고 있었다. 그와의 만남이 운명적이라고 생각하고 서성거리던 무수한 검은 밤들이 있었다. 기댈 곳 없던 고독 때문에, 때로는 찰나적인 목마른 성욕 때문에 그를 끌어안았으면서도 그것을 그와 나의 운명적인 관계로 미화시키고 싶어 했다. 그러나 돌아보면 그와의 사랑이 운명적이었다기보다는, 혈혈단신 인적 없는 내 삶이 내팽개쳐버리고 싶을 만큼 막막하여 운명적인 사랑 같은 것을 애타게 기다렸을 것이다. 나는 사랑에 빠져들 준비, 그리고 사랑에 상처 입을 준비까지도 완벽하게 하고 있던 상태에서 그를 만났다. 어느 날 갑자기 마법의 보자기가 나를 덮어씌운 것이 아니라 자진하여 마법의 보자기를 덮어쓰기 위해 안달하고 있었던 것이다. 내가 도취했던 대상은 그가 아니라 운명적 사랑이었으며, 사랑했던 사람 또한 그가 아니라 운명적 사랑에 빠져 있는 나 자신이었다. 하나의 원 안에서 중심점은 언제나 하나, 하나의 인생에서 주인공도 한 명인 법이다. 나는 중심에 있었고 그는 주변에 있었다. 그의 입장에서 본다면 그가 중심에, 그리고 나는 주변에 존재했을 것이다. 그가 나의 외로움을 해소하기 위한 장치였다면, 끊임없이 방황할 힘을 얻기 위해 여자를 사랑했던 그에게 나는 그의 방황의 근원인 슬픔이나 그리움 따위를 불러일으킬 도구였을 것이다. 따라서 남의 말 하기 좋아하는 입들이 수군거리듯 그 남자가 나를 대상으로 유희를 벌인 것이 아니라, 운명적 사랑의 허상을 좇던 내 허위의식과 덜 여물었던 관념이 스스로를 대상으로 유희를 했다는 것이 적확한 표현이리라. 그는 떠나기 위해 여자를 사랑했고, 나는 고독을 덜기 위해 남자를 사랑했으나 남자를 사랑함으로써 더 고독해졌으므로 우리의 결별은 어쩌면 당연한 귀결이었다. 내 인생에서 운명이니 운명적이니 하는 낭만적인 어휘를 떠올릴 수 있었던 것은 그때가 마지막이었다. 팍팍했던 청춘이 나를 떠나가면서 마지막으로 던져주고 간 선물은 운명적 사랑이라고 이름 붙일 만큼 거창한 남녀의 만남은 아예 존재하지 않거나 운명적 사랑 자체가 그렇게 대단한 것이 아닐지도 모른다는 깨달음이었다.

그런데 홍회장은 지금 운명적 사랑을 요구하고 있는 것이다. 그것도 대단한 감동의 운명적 사랑을…… 운명적. 이 단어처럼 평범한 본질에 비장함을 부여해주는 말이 또 있을까. 내가 만나왔던 고객들은 대체로 홍회장처럼 운명적인 것을 좋아했다. 운명이라는 명사나 운명적이라는 형용사는 순수, 정직, 양심 등의 단어만큼이나 고객들이 선호하는 말이다. 사업과의 운명적인 조우, 운명적으로 타고난 정치가의 길, 거센 운명의 개척, 일생의 운명을 건 모험, 비극적 운명의 극복, 새로운 운명의 시작, 운명적 동지애, 운명적 관계의 출발, 운명적인 사랑, 그리고 운명적인 만남에서 시작해서 운명적인 헤어짐에 이르기까지, 운명이나 운명적이란 어휘를 삽입함으로써 무게를 줄 수 있는 상황은 많았다. 고객들은 자신의 삶이 필연적이었다거나 운명적이었다고 믿고 싶어 했다. 자신의 인생이 소설 서너 권 분량쯤 안 될 것이라고 생각하는 사람은 드물었다. 어쩌면 사람은 너나 할 것 없이 나르시시즘 경향을 갖고 있는지도 모른다. 영화나 소설을 감상하면서 울고 웃는 것도 결국은 그 안에서 자신의 인생을 반추해보려는 나르시시즘 때문일 것이다. 자신의 삶에 도취하다 보면 가벼운 발라드도 장엄한 교향곡으로 들려오는 법, 착각은 자유겠지만 착각에 대한 책임은 결국 착각했던 사람의 몫이다. 눈앞에 흩어지고 있는 아이의 모습에 나는 고개를 저었다. 홍회장 자서전은 아무래도 내 몫이 아닌 것 같아 서먹한 눈길이 원고 뭉치에 머물러 있는 동안, 홍회장은 평정을 회복한 듯 다시 얼굴을 빛내고 있었다.

"미즈 리는 젊으신 분이니 남녀의 사랑이나 연애에 대한 이해도 훨씬 자유로우리라 믿소. 남녀의 만남이란 것도 보기에 따라선 전부 운명 아니겠소? 내가 원하는 바는 기왕에 사람들이 다 알고 있는 사실들, 이 일들이 없었다고 거짓말해달라는 것이 아니오. 누가 봐도 눈물 쏙 뽑을 만큼 아름답고 슬프게, 운명적인 사랑으로 색칠해달라는 것이오. 그래, 홍달석이는 이러이러한 여자들과 관계가 있었다, 하지만 그 관계가 너희들이 상상하듯 그렇게 지저분한 성격의 것은 아니었다, 바로 이 점을 설득시킬 수 있어야 한단 말이오. 나뿐만이 아니라 누구라도 그런 상황에선 그렇게 될 수밖에 없겠구나 하는 이해를 받을 수 있도록…… 미즈 리가 내 의도를 정확히 알아야 좋은 원고를 써줄 테니 앞으로의 계획까지 털어놓으리다. 내가 이제 살면 얼마나 살겠소? 남은 인생, 이 어려운 시기에 우리나라의 정치를 위해 헌신해보고 싶은 것이 솔직한 마음이오. 그런데 선거판에서 상대편 후보를 공격하기에 가장 알맞은 재료가 도덕성이니 윤리성이니 하는 부분들 아니겠소? 나의 여자관계가 그동안 호사가들 입에 적잖게 오르내린 것이 부정할 수 없는 엄연한 사실이고 보니 꼼짝없이 흑색선전에 말려들게 되어 있더란 말이오. 그래서 그걸 미리 방어하고 해명해보려고 자서전까지 펴낼 생각을 했던 것인데 이 원고는 해명은커녕 사실을 모조리 시인하고 거기다 사죄까지 하고 있으니 내가 분통이 터지지 않을 수 있겠소? 부디 내 이야기를 비장한 운명적 사랑으로……"

요지는 파악되었다. 내가 그의 분신이 되기로 작정만 한다면 홍 회장의 과거 여자관계를 그가 줄기차게 바라고 있는 운명적인 사랑으로 각색해주는 일쯤이야 그리 어렵지 않을 수도 있다. 홍회장은 갑옷을 입고 투구를 쓴 채 관능적이고 신비한 귀부인에게 이루지 못할 운명의 사랑을 구하는 중세 서유럽의 기사가 될 수도 있다. 만약 그에게 집안일을 돌보던 가정부를 겁탈하여 임신이라도 시킨 전력이 있다면 대문호 톨스토이의 『부활』에 등장하는 젊은 귀족 네플류도프의 변신으로 만들어줄 수도 있고, 그가 원하기만 한다면 청소년들이 즐겨 읽는다는 로맨스 소설의 남자 주인공처럼 금발의 머리카락을 어깨까지 나풀거리며 뭇 소녀의 시선 속에 살아가는 깜찍한 청년으로 변화시켜줄 수도 있을 것이다. 나는 어금니를 악물었다. 관자놀이에 통증이 몰려왔다. 바람처럼 떠돌아다니면서 일 년 사계절 다양한 인생들을 순례해왔다. 자기 삶의 어두운 부분들이 글 속에서 삭제되기를 희망한 고객도 있었고, 마음 안에서 이미 장례를 지낸 기억들은 들춰내지 않으려는 고객도 있었다. 하지만 홍회장처럼 구체적으로 사실의 왜곡을 요구해왔던 고객은 없었다. 담배 연기라도 들이마시지 않으면 두통이 더 심해질 것 같아 나는 자리에서 일어섰다.

"응, 그래, 가원 씨. 일 생각하니까 머리 아프지? 그렇지 않아도 홍회장님하고 개인적으로 할 얘기가 있으니까 그동안 바람 좀 쐬고 와요."

회장실과 얇은 베니어판으로 공간을 구분한 비서실에도 소파가 있었다. 나는 건물 밖으로 나갈까 하다가 탁자 위에 놓인 유리 재떨이가 눈에 띄었으므로 비서실 소파에 주저앉았다. 회장실에서 흘러나오는 이야기 소리가 귀에 꽂히고 있었다.

"요즘 상황에도 홍선배께선 끄떡없으신 것 같습니다."

"솔직히 말해 기업체 회장이야 명함일 뿐이지, 내가 실속 차리는 건 딴 데 있지 않소? 예전만은 못해도 뭐, 걱정할 건 없어요."

"그런데 부친께서 독립운동을 하셨습니까? 까맣게 몰랐습니다. 어릴 때 읍내에서 정미소를 경영하시던 것은 기억납니다만……"

"으흠. 그게…… 나도…… 워낙 오래전 일이라서 말이지. 나중에 직접 읽어보시지요. 근데 강부장, 저 여자는 도대체 미스요, 미시즈요?"

"미스면 어떻고 미시즈면 어떻습니까? 원고만 잘 써주면 되지요."

"많은 여자를 만나봤지만 글 쓴다는 여자는 처음이라서 말이야. 미스면 연애 한번 해볼까? 기업가와 여성 작가의 사랑, 어때? 근사하잖소? 흐흐흐."

"여자 문제 때문에 곤혹스러워서 자서전까지 발간하려는 분이 아직도 그런 마음이 생기십니까? 참 어지간하십니다. 그런데 홍선배 말씀을 듣다 보니 의뢰하는 것이 자서전 전체를 새로 쓰라는 것인지 아니면 사생활 부분만 개작해달라는 것인지 애매하더군요."

"에…… 일단 그 부분만 개작하도록 해봅시다. 다른 부분도 맘에 안 차지만 시간이 급해서 말입니다."

"어떻게 이런 일을 저한테 청탁하시게 됐습니까?"

"이 일을 아무한테나 청탁할 수 있겠소? 말이 잘못 나기 시작하면 여우 피하려다 호랑이 굴에 들어가기 십상인데. 강부장이 고향 사람이니 특별히 믿고 맡기려는 것 아니겠소. 그런데 저 여자는 믿을 만한 거요? 입이 무겁냔 말이요?"

"그 점은 염려 안 하셔도 됩니다만 글쎄, 이가원 씨가 남이 쓰던 원고를, 그것도 일부분만 맡으려 할지…… 참, 제가 하고 싶었던 얘기는 바로 고료 문제인데요. 만약 가원 씨가 원고를 쓰게 되면 대기업 사보보다 더 높게 책정해주셔야 합니다. 그리고 가급적이면 선불로 지급해주시고요."

"아, 글만 잘 써주면 돈이 문제겠소? 마음에 들도록 행동하면 돈보다 더한 것도 해줄 수 있지."

"이가원 씨 애 엄마입니다. 소개한 사람 얼굴을 봐서라도 괜히 쓸데없는 생각하지 마십시오."

그렇다. 돈이 필요하다. 지난번, 정치인 수상록의 일부를 청탁받아 밤낮없이 매달린 뒤 받아들었던 5백만 원은 바닥이 나 있었다. 아이와 둥지를 틀고 살아가야 하는 여덟 평, 큰방만 한 아파트의 전세금이 3백만 원이나 올랐다. 카드 빚을 갚아야 했고, 유치원 입학금과 3개월 치 수업료 55만 원을 납부했다. 전세금 융자의 이자, 그동안의 관리비, 신문 대금, 전화 요금, 그리고 반찬값. 혼자 놀라고 아이를 윽박지르면서, 엄마 일만 끝나면 로봇을 사준다고 철석같이 약속했지만 지키지 못하고 있었다. 아이에게 해준 것이라곤 고료를 받아오던 날, 근처 석촌호수에 데리고 나가 놀아준 것과 돌아오던 길에 피자를 배불리 먹인 것이 고작이었다. 신발가게에 껌처럼 들러붙었던 아이에게 끝내 새 운동화를 사주지 못했던 것이 내내 목안을 뜨겁게 했다. 검약을 가르칠 만큼 아이에게 무언가를 넉넉하게 주어본 기억은 아무리 찾아봐도 없었다. 일감이 마음에 맞고 안 맞고를 따지고 있을 만큼 한가한 처지가 아니라는 자각이 들자 마음이 급해졌다. 나는 필터까지 타들어가는 담배를 서둘러 끄고 자리에서 일어섰다.

깡충거리며 롯데월드와 아파트 단지 근처의 시장을 돌아다녔던 아이는 초저녁부터 발갛게 입술을 벌리고 단잠에 빠져 있었다. 아이의 머리맡에는 지구의 용사 선가드가 그려진 새 운동화 한 켤레와 로봇이 조심스럽게 놓여 꿈속에서도 아이의 행복을 지켜주고 있을 것만 같았다. 아이의 반쯤 펼쳐진 손바닥 사이로 켄터키 프라이드치킨집에서 받아온 하얀색 미니카가 보였다. 나는 아이의 이마에

솟아 있던 땀방울을 닦아주고 이불을 펴서 다독거려주었다. 바람 소리와 더불어 낡은 나무창틀이 흔들리고 있었다. 느슨해진 창틀에 제 몸을 맞춰야 하는 유리창이 덜컹거렸다. 무엇 때문에, 무엇을 위하여, 바람은 낮에도 밤에도 쉬지 않고 불어가고 또 불어오고 있는 것일까. 아침이면 자취 없이 사라질 가로등 불빛이 고독하게 창에 붙어 서서 밤을 기다리고, 나는 바람 소리를 등에 업은 채 홍달석 회장의 자서전을 수정하기 위해 책상 앞에 앉았다. 홍회장이 자신을 파렴치한 인간으로 만들어놓았다고 분개했던 부분에서 일인칭이던 서술자가 삼인칭으로 바뀌고 있었다. 취재를 마쳤던 작가가 차마 홍회장의 입을 빌려 문란했던 사생활을 고백하게 할 수는 없었던 듯, '나를 스쳐 간 여인들'이란 소제목 아래 원고는 소설 형식으로 구성되어 있었다.

어림잡아 이백 자 원고지 삼백 매가 넘어 보이는 홍회장의 사생활을 읽으면서 내 입에선 긴 한숨이 쏟아져 나왔다. 먼젓번 작가가 이 부분을 서술하기 위해 고심했던 흔적들이 곳곳에 묻어 있었다. 최대한의 감상적인 어휘들과 문학적인 표현들을 동원하여 홍회장의 행태를 변명해주려고 애쓰고 있었지만 홍회장이 밟아온 과거 행적 자체가 변명 정도로 넘어갈 수 있는 가벼운 무게가 아니었다. 나는 홍회장의 여자관계 부분을 처음부터 다시 읽어 내려가면서 소소한 여자관계들을 제외하고, 홍회장 주변에서 잡음이 일었을 사건들을 뼈대만 추려서 기록하기 시작했다.

1. 1980년 홍회장 40세. 결혼 생활 8년째. 2남 1녀. 여자 23세,

C여대 졸업반. 신촌의 칵테일바에서 우연히 합석, 데이트, 홍회장 집에서 여러 번 동침. 당시 홍회장 부인은 아이들과 함께 LA 친정에서 1개월 동안 거주. 여자가 약혼하자 홍회장이 상대편 남자에게 사실을 폭로, 파혼시킴. 여자 부모는 홍회장의 가정과 회사로 강력 항의.

2. 1984년 홍회장 44세. 상대편 여자 21세, 여상을 졸업한 홍회장 회사 경리 사원. 임신한 여자가 홍회장에게 이혼하고 자신과 결혼할 것을 요구. 주변이 시끄러워지자 홍회장은 불량배를 동원하여 여자를 집단 강간. 후유증으로 아이 낙태. 여자의 행방 모름. 불량배들이 홍회장을 협박, 추가 금품 요구하면서 주위에 알려짐.

3. 1990년 홍회장 50세. 상대편 여자 정확한 나이 모름. 홍회장 회사 아르바이트생. 야근을 핑계로 홍회장이 여자를 강간. 이틀 뒤 여자가 홍회장 사무실에서 유서 남기고 자살 기도. 구급차에 실려감.

고객들이 보여주고 싶어 하는 또 하나의 인생을 창조하기 위해서, 고객의 뼈가 손에 잡히지 않으면 내 갈비뼈를 하나씩 빌려왔고 쓸 만한 살이 모자라면 내 허벅살이라도 떼왔다. 하지만 홍회장의 범죄 행위들을 옹호하기 위해서라면 머리카락 한 올도 뽑아주고 싶지 않은 것이 솔직한 내 심정이었다. 나는 잠든 아이의 얼굴을 물끄러미 바라보다 방 밖으로 나왔다. 혼자 앉아 술판을 벌이기에 딱 알맞은 넓이의 부엌. 바람은 손바닥만 한 부엌 유리창에서도 어김없이 덜컹거리고 있었다. 자기가 불어왔던 곳으로는 결코 돌아가지 않는 바람…… 그러나 홍회장에게 운명적 사랑의 옷을 입혀주기 위해 나는 내가 지나온 곳을 되밟아가야 하리라. 내 무모한 청춘의 절정에 서서 운명적 사랑의 유희를 시작해야 하리라. 나는 술을 마시기 시작했다. 아이…… 돈…… 원고…… 홍회장…… 운명적 사랑…… 나는 배회하는 단어들을 술 한 잔에 하나씩 실어 가슴속으로 띄워 보냈다. 두번째 소주병을 열었다. 담배 연기는 하얗게 곡선을 그리며 날아가고, 나는 연기처럼 가벼워지지 못해 내 안에 기어들어와 있는 그의 얼굴을 생각한다. 홍회장에게 육욕이 사랑이었다면 그에게 사랑은 방황의 다른 이름이었을 것이다. 내가 홍회장과 운명적 사랑이라도 나눈 듯한 더럽고 추잡한 기분은 두 병의 소주로도 해소되지 않았다. 나는 세번째 소주병을 집어 들어 입으로 가져갔다.

내 옆에 뒹굴고 있는 빈 소주병들처럼, 술병을 타고 흐르는 저속한 유행가 가락처럼, 불안한 바람 소리에 뒤척이는 음습한 밤처럼 흘러왔다 흘러가는 것이 인생이라면 홍회장에게 그럴듯한 운명적 사랑쯤 못 만들어줄 것도 없지 않은가. 어느 날 밤의 헛된 꿈처럼 사랑한다, 사랑한다, 속삭이면서 음영 짙은 사랑의 각본을 시작해가면 될 것 아닌가. 내 살갗 속으로 흘러들던 그의 나지막한 속삭임에 얼굴을 묻고 그때의 호흡을 되살려 장엄한 교향곡을 들으면서 상실된 것들을 복원시켜가면 되지 않겠는가. 어차피 사랑은 자기 모반의 환상인 것을, 한번쯤 더 나를 모반한다 하여 크게 달라질 것은 없지 않은가. 바람은 바람이기 때문에 그저 불어오고 불어가는 것, 거기서 심각한 인식의 단초나 고요한 철학을 찾아낸다 한들 불어오던 바람이 불어오던 것을 멈추겠는가, 아니면 불어가는 바람을 붙잡을 수가 있겠는가. 살아가야 하는 날들이 있어 살아가는 것이라면 아이와 나의 삶을 위해서 그까짓 것 붉은 심장이라도 뚝 떼어 던져줄 수 있는 것 아니겠는가. 나 또한 밀려왔다 밀려가는 바람인데…… 나는 빈 술병을 내려놓고 유령이 되어 허정허정 방으로 걸어 들어갔다. '운명적인 사랑의 여인들'이라고 소제목을 달아놓고 고스트 라이터는 아무 의식 없이 손을 움직이기 시작했다.

한 인간에게는 자신의 인생에서 운명 또는 숙명으로 명명할 수밖에 없는 불가항력의 순간들이 있는 법이다. 운명이나 숙명의 여신이 그 인간에게 사회의 관습이나 제도, 그리고 도덕의 금 밖에 위치할 것을 명령해 온다면, 자신의 절대 의지나 투쟁에 가까운 노력에도 불구하고 운명이 요구한 자리에 설 수밖에 없는 필연적인 시간들. 나에게도 운명이라든지 숙명으로 명명할 수밖에 없는 그런 순간들이 있었다. 나와 한때 인연을 맺었으나 이제는 바람처럼 불어가버리고 없는 여인들. 불륜의 주홍 글씨를 가슴에 달고 온갖 비난의 화살을 맞으면서도 내가 사랑할 수밖에 없었던 내 숙명의 여인들. 그들의 영상은 지금도 내 가슴 안에서 펄럭이고 있다. 1980년 가을, 내 나이 마흔 살이었다. 이십대부터 착수했던 사업은 승승장구 뻗어가고 있었지만 인간에게는 사회적 성취만으로는 충족되지 않는 인간 본연의 욕구들이 있는 듯, 그 무렵 내 가슴은 벌판처럼 허허로웠다. 아내와 아이들은 로스앤젤레스의 처가에 거주하고 있었다. 회사 경영에 몰두하다 밤늦은 시간 집으로 돌아오면 나의 둥지는 항상 어둠 속에 텅 비어 있었다. 불안한 전등 불빛 아래 피로한 몸을 누이면 나처럼 외롭게 가을밤을 밝히는 풀벌레들의 울음소리가 집 안으로 기어들어 오곤 했었다. 혼자라는 사실이 그때만큼 견디기 힘들던 때는 없었다. 아내와 아이들을 향한 그리움이, 함께 웃고 울어줄 피붙이에 대한 간절한 그리움이 분수처럼 솟구쳐 오르면 나 또한 잠들지 못하는 한 마리 풀벌레가 되어 고독한 휘파람을 불어보기도 했지만, 바람 소리 뒤척이는 가을밤은 여전히 길고 서글펐다. 그날은 쓸쓸하게 비까지 쏟아지고 있었다. 가만히 눈을 감고 누워서 추적추적 퍼붓는 어지러운 빗소리를 듣고 있자니 마치 내가 싸늘한 검은 관 속에 들어 있는 것 같았다. 자리에서 벌떡 일어선 나는 하마터면 국제전화를 넣어 아내에게 귀국을 종용할 뻔했다. 아니 당장 비행기 표를 끊어 가족이 있는 로스앤젤레스로 날아가고 싶었다. 그러나 아내에게는 아내 나름의 계획과 자신의 삶이 있는 법, 한순간의 고독 때문에 상대의 삶을 침범하는 못난 남편이 되고 싶지는 않았다. 나는 전화기에서 손을 떼고 바바리코트를 걸쳤다. 행복한 사람들은 다 잠들어 있을 시간, 나는 비 내리는 거리로 무작정 걸음을 옮기고 있었다. 내 사십 년 인생이 그날 밤처럼 어둡고 무겁게 느껴졌던 적은 없었다. 사람의 일생은 세 번 회한의 옷을 갈아입는다고 한다. 청춘이 지나간 자리의 회한, 고독한 중년의 회한, 그리고 죽음을 앞둔 지점에서의 생에 대한 회한…… 아마 그 밤 나의 비애는 중년이라는 내 나이와도 무관하지 않았을 것이다. 적막한 도시의 거리를 얼마나 헤매고 다녔을까. 스산한 거리에서 어느 순간, 내 눈에 잡히는 작은 불빛이 있었다. '섬'. 나는 나를 기다리는 듯한 불빛 안으로 들어서기 위해 '섬'의 문을 밀쳤다. 박정미(가명. 본인의 사생활 보호를 위해 본명은 밝히지 않습니다)와의 운명적인 만남은 그렇게 이루어졌다.

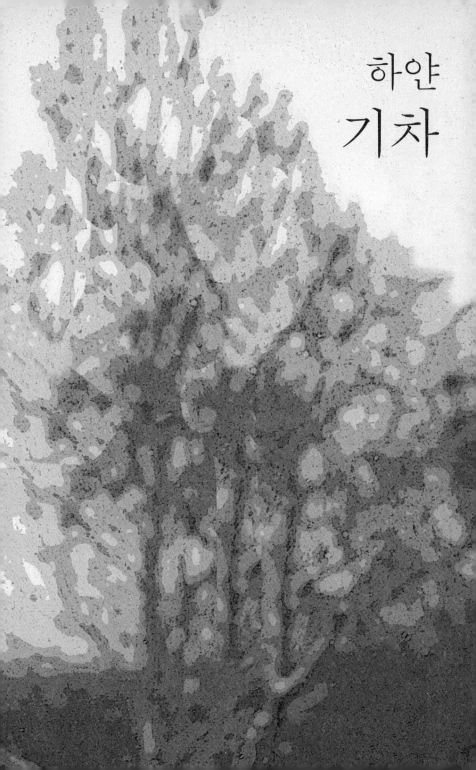

하얀
기차

1

하얀 기차의 손님으로는 다소 엉뚱해 보이는 저 중년 사내가 오른쪽 끝 테이블에 자리를 잡은 것은 유리창 밖에 어둠이 가득하던 여덟시 무렵일 것이다. 연인들의 소곤거림으로 점점 더 아늑해지는 실내 분위기에 동화되는 흔적이 전혀 없이 외따로 떨어져 있는 중년 손님은 마치 안내 방송 없이 여러 번 멈춰 서고 느릿느릿 움직이는 썰렁한 야간 완행열차의 승객처럼 외롭고 피곤해 보였다. 그는 연신 담배를 피워 물며 연민이 담긴 눈길로 카페의 젊은이들을 스쳐보고 있었다. 하얀 기차 손님들의 대부분은 이십대 초반, 그것도 연인들이었다. 사십대 남자가 혼자서 이곳을 찾는 경우는 드물었고, 또 저렇듯 테이블에 꺼내놓은 노트에다 무엇인가를 끄적이는 경우는 더더욱 드문 일이었다. 어쩐 일인지 나는 중년 손님의 모습에서 찬바람을 맞으며 흐린 불빛으로 서 있는 작고 마른 등대 하나를 연상하고 있었다. 이 지역에는 스스로 등대임을 자처하는 거리의 남자도 있었다. 어디에 사는 누군지는 모르지만 회색 양복을 단정하게 차려입고 붉은 확성기를 통해 똑같은 말을 반복하며 해가 떨어지는 시간까지 근방을 맴도는 거리의 남자는 이미 이 지역 풍경의 일부였다. 확성기 소리를 견디다 못한 여관 주인 하나가 거의 멱살을 잡다시피 하고 도대체 누구냐고 따져 물었을 때 거리의 남자가 태연하게 대답하는 것을 지켜본 적이 있다. "나는 등대요. 꿈을 잃고 방황하는 젊은이들을 위해 눈물 흘리는 등대요. 젊은이들이여, 부디 방탕하지 마시오, 간음하지 마시오, 음란하지 마시오, 젊은이들이여, 부디 방탕하지 마시오, 간음하지 마시오, 음란하지 마시오……"

테이블은 빈 곳이 없었다. 사람과 사물이 지닌 냄새와 빛깔이 왜 어둠 속에서 더 명확해지는 것인지 설명할 수는 없지만 나는 분명히 느끼고 있었다. 창밖의 어둠이 짙어갈수록 더 밝아지는 조명등의 불빛과 더 구수해지는 원두커피 향을, 그리고 더 쓸쓸해지거나 더 감미로워지는 음악의 선율과 더 뚜렷하게 발산되는 손님들의 내면을. 나를 향해 나란히 앉은 왼쪽 두번째 테이블의 남녀는 아까부터 말이 없다. 그들은 눈길이 부딪칠 때마다 뭔가를 말할 듯하다가 부끄러운 표정으로 다시 입을 다물어버린다. 사랑에 빠져들고 있는 듯한 그들의 모습을 지켜보다가 나는 저 수줍은 남녀를 위해 음악을 바꿔주기로 작정한다. 먼 훗날, 그들에게 하얀 기차가 추억의 장소 또는 비밀의 장소로 기억되기를 바라며 나는 롤랑 디앙스의 「파리 기타」를 거둬내고, 휘트니 휴스턴의 음반을 걸었다. 영화 「보디가드」의 주제가인 「I'll always love you」. 나는 항상 너를 사랑할 거야…… 내 침대 머리맡에는 그가 사다놓은 입술 인형이 있었다. 입술 모양만 본떠 만든 그 중국산 장난감은 아랫입술을 살짝 건드려주기만 하면 언제든지 '아이 러브 유'를 연발했다.

그는 어제도 돌아오지 않았다. 나와 함께 이 기차를 타고 사랑과 우정, 꿈과 낭만, 젊음과 환상이 있는 곳으로 달려가야 할 그는 요즘 종종 돌아오지 않는다. 머리카락을 무스로 납작이 누른 채 헐렁한 티셔츠와 찢긴 청바지를 아무렇게나 걸치고 대학가를 기웃거리면서, 또 젊음의 호흡이 격렬한 록카페를 순례하면서 그는 싱싱한 헤드 카피를 낚아올리느라 잠시 이 열차를 잊고 있는 건지도 모른다. 그가 옆구리에 끼고 다니는 노트 속에는 "그녀는 프로다 프로는 아름답다" "작은 차이가 명품을 만듭니다" "크리넥스로도 닦을 수 없는 그리움이 있다" "사나이 울리는 신라면" 등의 이미 다른 카피라이터들이 히트시킨 카피들이 스크랩되어 있고, 어디선가 인용해온 "카피를 쓴다는 것은 90%가 think고 10%가 ink다" 같은 구절들도 군데군데 박혀 있었다. 길을 걸을 때도 식당에서 밥을 먹을 때도 그의 동공은 감도가 높은 언어를 포착하기 위해 언제나 활짝 열려 있었다. 광고를 읽고 싶게 만드는 헤드 카피, 고객을 설득할 수 있는 보디 카피, 미각 후각 촉각 청각 시각 등 오감을 자극하는 언어, 기억으로 스며들어 가슴에 남는 문장, 은유와 반복, 역설과 생략, 그리고 패러디의 활용…… 그의 머릿속은 재미와 울림, 감동을 얻어낼 수 있는 카피의 조건들로 꽉 채워져 있었다. 비록 지금까지 그가 활자화시킨 것들은 여자의 축축함이 어떻다는 식의 사람의 색정을 비릿하게 자극하는 섹스어필 카피들이었지만 그의 마음 안에는 그가 창조하고 싶은 카피들을 향한 그리움과 열망이 샘솟고 있었다. 언젠가는 "산소 같은 여자" "탱크주의" 같은 히트 카피를 써보는 것, 더 나아가 카피를 통해 사람들의 마음에 오래 살아남는 꿈을 만들어주는 것—이것이 바로 카피라이터인 그의 꿈이었다.

어떻게 보면 이 열차 카페도 꿈의 창조에 굶주려 있는 그가 꿈꾸듯이 만들어낸 하나의 결과물일 것이다. 카페 운영을 계획했던 사람은 나였지만 폐차된 열차를 구입해 하얀 기차로 꾸민다는 발상은 순전히 그의 생각 속에서 튀어나왔다. '지금은 커피를 맛있게 끓이고 좋은 음악을 서비스하는 정도로 카페 경영에 성공할 수 있는 시대가 아니야. 독창적이고 새롭고 충격적인 요소가 없으면 카피나 카페나 실패하기 십상이지. 낯익은 것은 사람들을 감동시키지 못하거든. 자동차 카페나 교도소 카페, 또 교실이나 병영 카페들이 인기를 끄는 것도 참신한 분위기 때문이라고. 눈에 보이는 것들로 눈에 보이지 않는 것들을 자극해줄 필요가 있어. 추억이든, 호기심이든, 아니면 표피적 감각이든 말이야. 사람들 마음을 건드릴 이색적인 뭔가가 있어야 하는데…… 아마 양평 쪽에 열차 카페가 있다지. 기차를 네다섯 량 연결해 상당히 멀끔하게 꾸며놓았다더군. 그래, 우리 이렇게 해보면 어떨까. 내가 은행 융자를 알아봐줄 테니 지금 가진 돈에다 보태서 기차를 한 량만 구입하는 거야. 그리고 모두 하얀색으로 장식하는 거지. 기차 색깔에 대한 고정관념부터 깨고 들어간단 말이야. 기차 바퀴부터 화장실의 비누, 타월까지 하얀색이 아닌 건 아무것도 없어야 해. 주인도 하얀색 옷, 꽃도 하얀 장미, 그리고 하얀색 커피 잔에 하얀색 전화기…… 장소는 서울에서 한두 시간 거리에 있는 들판 같은 곳이면 좋겠지. 다소 황량한 분위기의 들판에 서 있는 하얀 기차…… 근처에 간이역이 있어 가끔씩 기적 소리가 들려오면 더욱 좋을 거야…… 이 기차에 뭐를 싣고 달리느냐면…… 그래, 바로 꿈이야. 사람들은 누구나 꿈을 꾸지. 너도, 나도, 꿈을 꾸고 있어, 그렇지 않아? 꿈이 없는 삶은 죽음일 거야. 꿈을 싣고 달리는 하얀 기차, 어때? 괜찮아?'

그는 그가 썼던 섹스어필 카피처럼 자극적인 어휘들을 내 귀에 밀어넣어 내 성감대를 계발했고, 그가 쓰기를 갈망하는 꿈의 카피들을 나에게 주입해 나로 하여금 날마다 꿈꾸게 했지만 결코 사랑한다는 말은 하지 않았다. 가끔 장난처럼 입술 인형을 건드려볼 뿐이었다. 아이 러브 유, 아이 러브 유…… 그는 자신의 생활을 위해 꿈을 꾸는 사람이 아니라 꿈을 위해 자기 자신을 소모하면서 살아가는 사람이다. 그는 자기 꿈을 방해하거나 얽어매는 것, 압박하거나 불편하게 하는 것을 향해 단호한 거부의 몸짓을 취했다. 그에게 사랑은 상상 속에서 점점 무르익어가다 최고의 감도를 지닌 어느 날 언어의 그물망으로 건져 올려져 그의 카피에 등장해야 하는 가치였지, 그의 현실 생활 속에서 소유하거나 확인하는 가치가 아니었다. 자신의 모든 것을 바쳐 좇아가도 결코 거리감을 좁혀주지 않는 그의 꿈 때문에 그는 부쩍 피폐해지고 있었다. '내 나이면 이 세계에선 할아버지야. 나는 매일 꿈을 꾸어왔지. 노출증과 관음증을 유발하는 삼류 카피가 아니라, 꿈을 창조해내는 예술적인 카피를 꿈꿔왔어. 카피라이터가 되기로 마음먹었던 스무 살 이래 내 꿈이 변한 적은 한 번도 없었어. 그런데 항상 미래 속에 존재하는 것 같았던 내 꿈이 어느새 과거 속으로 흘러들어가려 해. 꿈을 창조하는 건 고사하고 사람들 기억 속에 남는 카피 하나 탄생시키지 못한 채 한 번도 현재 속에 있어보지 못했던 내 꿈이 미래에서 과거로 훌쩍 건너뛴다니…… 자, 이리 와봐. 우리 기차를 타고 꿈과 젊음이 있는 환상 속으로 달려가보자. 기차의 기적 소리를 들으면서 말이야.' 그는 그의 꿈속으로, 나는 나의 꿈속으로 달려가기 위해 우리는 함께 있는 시간이면 습관처럼 섹스를 했다. 꿈이 먼 미래 속에서 손짓하던 스무 살 시절로 돌아가, 최고의 온도로 충혈된 저 살 마지막 안쪽에서 우리는 아득하게 굴러가는 꿈의 기차 바퀴 소리를 듣곤 했었다. 그가 나를 찾아오지 않는 것으로 보아 그는 과거로 건너뛰려 하는 그의 꿈을 목격하며, 내가 그랬듯 식은땀과 함께 악몽을 꾸고 있는지도 모른다. 그가 직접 하는 사랑한다는 말은 안 듣는 편이 나을 것이다. 그의 입에서 그런 소리가 나온다는 것은 그의 꿈이 완전히 과거 속에 정착했음을 의미할 테니까.

나는 고개를 저었다. 오늘따라 손님들은 도무지 일어설 기미가 보이지 않는다. 아홉시를 넘어섰으니 새 손님이 들어설 시간도 아니다. 이렇게 테이블 물갈이가 안 되는 날이면 나는 쉽게 권태로워졌고, 권태는 쓸데없는 상념을 불러오기 마련이었다. 하얀 기차 안에서 한 마리 우아한 열대어로 변신해 환상의 끈을 놓치지 않고 계속 탱탱한 성공의 꿈을 꾸려면 나는 화려한 지느러미를 흔들며 쉴 새 없이 이 공간을 유영해야 한다. 하얀 가죽 스커트에 하얀 터틀 스웨터를 받쳐 입고 하얀 부츠를 신은 내가 손님들과 눈인사를 나누고 주문을 받고 그들의 시선 속에서 커피를 나르고 계산을 하고 테이블을 정돈할 때 얼마나 활기찬 모습인가를 나는 잘 알고 있다. 내 무료함을 꿰뚫어본 듯 중년 사내가 주인을 찾는 손짓을 보내고 있었다. 나는 상념의 커튼을 걷고 나와 광고대행사에 보냈던 사진 속에서처럼 환한 미소로 중년 손님의 테이블을 향해 걸어갔다.

2

"주인께서 비교적 한가하신 시간인 것 같군요. 괜찮으시다면 저와 얘기 좀 나누시지요."

중년 사내의 태도는 정중했으나 가까이서 보니 눈매가 상당히 예리한 편이었다. 훈훈한 실내 공기 때문에 손님들이 으레 벗어놓기 마련인 점퍼까지도 그대로 걸친 채 재떨이에 담배꽁초를 수북이 쌓아놓고 있었다. 커피나 음료를 추가 주문하는 것이 아니라 이야기를 나누자는 뜻밖의 제안에 나는 잠시 어리둥절했으나 그대로 등을 돌리는 것도 손님에 대한 예의가 아닌 것 같아 맞은편 좌석에 자리를 잡았다. 중년 사내는 유리창 밖 희미한 가로등 쪽으로 눈길을 보내며 중얼거렸다.

"이 자리에서 백하역이 바로 보이는군요."

"예, 바로 저기지요. 하루 네 번만 기차가 지나다니는 간이역이랍니다."

황량한 들판이 있는 간이역 주변을 물색해보라는 그의 조언에 따라 장소를 보러 다니다 백하역 앞에 임대가 가능한 마땅한 공터를 찾아냈던 것이 작년 말이었다. 낮에는 이 오른쪽 좌석에 앉으면 창을 통해 백하역이 한눈에 들어왔다. 깊은 잠에 빠져 있던 청색 기와지붕의 역사(驛舍)가 이곳에 정차하는 열차가 도착할 때 부스스 잠에서 깨어났다가, 하품하듯 입을 벌려 몇 사람의 승객에게 길을 터준 뒤 다시 나른한 수면 속으로 빠져드는 것을 나는 카페 안에서 지켜봐왔다.

"이 들판에 처음 생겨난 카페가 하얀 기차 맞습니까?"

"예. 제가 문을 열 때는 이 근처에 민가밖에 없었지요."

이월이었다. 페인트칠 냄새가 채 가시지 않은 하얀 기차에 앉아 있으면 카페 주변은 내 기억 속의 집처럼 삭막한 잿빛이었다. 가라앉은 하늘, 산을 파헤치는 작업이 진행 중인 산등성이로부터 날아오던 팍팍한 흙먼지, 메마른 들판과 헐벗은 나무들, 전깃줄에서 우우하고 울부짖는 것 같던 바람…… 퇴락해가는 공기 속에서 식구들을 뿔뿔이 흩어지게 했던 내 성장기의 집처럼 어느 것 하나 잿빛 아닌 빛깔은 없었다. 낮에도 드문드문하던 손님의 발걸음은, 서편으로 기울어가는 해의 음음한 광선이 그늘처럼 하얀 기차를 덮을 때면 흔적조차 없이 끊어지기 일쑤였다. 차창 밖을 물들이기 시작하는 스산한 저녁노을을 지켜보면서, 또 성큼 달려들 것 같은 창밖의 까만 어둠을 안간힘으로 밀어내면서, 혼자서 색소폰으로 연주되는 재즈를 감상하며 술을 마시다 보면 그가 하얀 입김을 뿜으며 문 안으로 들어서곤 했다. 그는 우리 만남의 장소로 내 원룸 아파트나 그의 오피스텔보다 하얀 기차를 더 선호했다. '집 생각? 이 좋은 저녁에 그런 우중충한 생각을 뭐 때문에 하고 있어? 들어봐. 꿈은 이뤄지지 않는 것이 본질이라잖아. 현실화되는 순간 꿈은 이미 꿈이 아니거든. 저 백하역의 선로처럼 일정한 거리를 두고 영원히 평행선을 긋는 것, 그런 게 꿈일지도 몰라. 그렇다면 우리가 반드시 미래를 꿈꿔야 할 필요는 없는 것 같아. 미래가 꿈꿔지지 않는 사람들도 있는 법이니까…… 마음속의 기억들을 다시 만들어보자. 따뜻한 집이 있어. 참 작고 예뻐 보이는 집이다. 그렇지? 저녁이면 언제나 불빛이 새어 나오는 집이야. 사람의 체온이 느껴지고 음식 냄새가 풍기는 집…… 그 안에 네가 있구나. 그리고 사랑하는 가족이 있어…… 소녀인 네가 웃는구나. 참 행복해 보이는 웃음이야……'
나는 하얀 기차 안에서 하얀 꿈을 꾸기 위해 수시로 청소 대행업체 직원을 불러 기차 외부를 물청소했고, 창밖 풍경에 연두색 물이 오르고 진초록 잎사귀들이 무성해가면서 내 꿈 또한 풍성해지는 것을 지켜보았다. 지금 어둠에 잠긴 초겨울 거리에서 나무들은 다시 헐벗었지만 내 꿈은 아직 여름이었다.

"그럼 근처에 하얀 기차를 본뜬 카페와 술집, 여관 등이 생기기 시작한 것은 대략 초여름 무렵이겠군요."

나는 나이로나 분위기로나 하얀 기차와는 동떨어져 있는 듯한 이 낯선 중년 사내가 왜 나에게 이런 식의 화제를 꺼내는 것인지 감을 잡지 못해 떨떠름해하다 혹시 직장에서 명예퇴직이나 감원을 당하고 이 근방에 카페나 술집을 해보려는 사람인지도 모른다 싶어 내가 아는 사실들을 그대로 답해주었다.

"그랬어요. 오월 말, 아니 유월 초쯤부터 사람들의 발걸음이 끊이질 않더군요. 저도 놀랐으니까요. 특히 주말이면 젊은 애들이 몰고 오는 승용차들이 주차 공간을 찾지 못할 정도였지요. 그러면서 근방에 건물들이 갑자기 생겨나기 시작했어요. 술집도 생기고 비디오방, 여관도 생기고…… 무슨 소문을 듣고 오는 것인지 청춘 남녀들 사이로 중년 부부나 중고등학생 같아 보이는 애들도 드문드문 눈에 띄기 시작하더군요. 요즘은 계절 탓인지 오히려 손님들이 줄어드는 편이에요. 누가 그러더군요. 날림 공사를 한 건물들이 우후죽순처럼 돋아나니 백하역 주변의 운치가 다 사라지고 있다고요."

"제가 둘러보니 상호들이 전부 '하얀 기차'를 연상시키더군요. 카페도 '흰 기차' '화이트 트레인' '하얀 열차' '백설 기차', 술집도 '화이트 바' '화이트 비어' '하얀 기차 여행', 거기다 여관 이름까지 '하얀장' '화이트 모텔', 저쪽에는 '하얀 장미 여관'까지 생겼더군요. 이름만 비슷한 게 아니라 실내외 장식도 모두 하얀색 일색이고, 카페 앞에 하얀색 물레방아를 만들어놓기도 했더군요."

"글쎄요. 무슨 까닭인지는 모르겠지만 유독 저희 카페를 찾는 손님들이 많았어요. 테이블이 열 개밖에 없으니까 자리를 차지하지 못한 손님들은 밖에서 줄을 서서 기다릴 정도였지요. 토요일 같은 때, 마치 개찰구에서 개찰을 기다리는 사람들처럼 하얀 기차 출입문 밖에 줄 서 있는 젊은이들을 보면, 이 하얀 기차가 저 승객들을 태우고 진짜 어디론가 달려갈 것 같은 착각마저 생겼으니까요. 그러다 보니 저희 카페 상호나 분위기를 흉내 낸 것으로 볼 수 있지 않을까요? 처음부터 그랬던 건 아닌 것 같아요. 제 기억에, 뭐더라,

발음이 쉽지 않은 외국어 이름을 달았던 술집도 있고 '사랑장' 여관
이나 '젊음 만들기' 같은 카페도 있었는데 손님들이 안 찾으니까 결
국 간판을 바꿔 달더군요. 장식도 흰색으로 바꾸고…… 그게 뭐 그
렇게 중요한 일인가요?"

"후발 주자로 영업을 시작한 사람들은 왜 하얀 기차를 흉내 내야
장사가 되는지를 대략 알고 있는 것 같던데, 주인께선 잘 모르시는
군요. 혹시 컴퓨터 통신을 하십니까?"

"전혀요. 지금은 할 필요를 못 느끼니까…… 이 카페에 단순히
차를 드시러 온 손님은 아니신 것 같은데 무슨 일인지는 모르겠지
만 저는 이만……"

내가 몸을 일으키려 하자 그는 계속 앉아 있어달라는 손짓을 하
며 테이블에 놓인 노트 속에서 뭔가를 끄집어냈다.

"혹시 이 글을 읽어보신 적이 있으십니까?"

나는 그가 건네는 종이를 받아들면서 이런 식의 대화를 계속하려
는 중년 사내의 목적을 물어보지 않을 수 없었다.

"무슨 일로 이러시는 건지요?"

"아, 뭐, 별거 아닙니다. 어떤 월간지에서 르포를 써달라기에 잠
깐 나와봤습니다. 한번 읽어보시지요."

그는 자기가 하는 일이 정말 별것 아니라는 표정으로 시선을 비
켜서며 얼버무리고 넘어갔지만, 나는 그의 입에서 튀어나온 월간지
니 르포니 하는 말에 어느새 신경이 곤두서고 있었다. 하얀 기차가
무슨 이유로 월간지 르포에 등장한단 말인가. 불법 영업도 아니고
미성년자를 고용한 것도 아닌데 말이다.

"그 르포와 제 카페가 무슨 관계가 있어 이러시는 건가요?"

"아, 예, 차차 아시게 될 겁니다. PC 통신에 하얀 기차에 대한 글이 많이 올라오다 보니 한번 알아나보자는 거지요. 일단 제가 드린 것을 읽어보시지요."

나는 내키진 않았지만 더 캐묻는 것이 상대편을 추궁하는 듯한 인상을 줄 것 같아 복사지의 회색 글자들을 읽어가기 시작했다.

백하(白河).

그 옛날에 하얀 물줄기가 흘렀다는 곳. 내내 바닥이 말라 있던 하천에 일 년이면 두세 차례 어디서 시작되었는지 알 수 없는 하얀 물줄기가 세차게 뻗어왔다가 흔적도 없이 사라져갔다는 곳. 그 물에 몸을 담그고 비는 소원은 거짓말같이 이뤄졌다는, 꿈과 소망의 하얀 하천이었던 백하.

지금은 그 자리에 백하역이라는 자그마한 간이역이 자리 잡고 있지요. 그런데 이런 말을 들어보셨나요? 백하역에 가끔, 아주 가끔, 달빛 밝은 밤에 하얀 기차가 나타난다는군요. 기적 소리도 없이 슬며시 말입니다. 어디서 달려왔는지도 알 수 없고 어디로 달려가는지도 알 수 없는, 신기루처럼 나타났다 바람처럼 사라져 가는, 그 옛날의 하얀 하천처럼 기다리는 사람들에게만 보인다는 열차. 그리움의 눈으로만 볼 수 있다는 열차. 이 기차를 타는 사람은 누구든지 자기가 꿈꾸는 곳에서, 자기가 꿈꾸는 것을 하면서 하루 동안 머물 수 있다고 하더군요. 물론 하루 뒤에는 쓸쓸한 간이역으로 다시 돌아오게 되겠지요.

현실을 떠나지 못하는 사람들의 꿈과 소망을 하루 동안 싣고 달리는 하얀 기차, 저는 오늘 그 기차를 타러 갑니다. 이루지 못한 꿈의 뒷생각들을 봇짐 싸서 매고 잠시 꿈의 여정에 오르러 갑니다. 꿈속에서도 찾아갔던 꿈, 그러나 이제는 꿈길밖에 길이 없는 제 꿈 따라 하얀 기차를 만나러 갑니다. 여러분도 가보지 않으시렵니까? 사랑과 우정, 꿈과 낭만, 젊음과 환상—그리워하면서도 품에 안지 못했고, 이미 지나가버린 것을 알면서도 차마 외면하지 못하는 소중한 것들을 만나러 가지 않으시렵니까. 꿈을 두고는 못 돌아서는 우리 청춘의 마지막 향기를 모아 잠시나마 꿈을 향한 징검다리를 놓아보지 않으렵니까.

　나는 글 속에서 그의 체취를 맡고 있었다. 백하역에 관한 전설이며 백하역에 나타난다는 하얀 기차 이야기 등은 처음 들어보는 소리였으나 나는 이 글이 그가 쓴 것임을 확신할 수 있었다. 그랬다. 이 하얀 기차는 내 꿈을 하루 동안 싣고 달리는 꿈의 열차였고, 그리워하면서도 내가 품에 안지 못했던 것들을 상상 속에서 안아보는 내 환상의 공간이었다. 이 카페 안으로 들어서는 순간 나는 나를 잊는다. 단 한 번도 전신 모델로 서보지 못하고 다리와 입술 따위의 부분 모델로 쓸쓸하게 떠돌다 모델 생활을 마감했던 내 꿈의 험한 자국도 망각한다. 하얀 기차에는 내 귓가를 덥히던 그의 달콤한 언어들이 부드러운 비눗방울처럼 떠다니고 있다. '꿈은 만들기 나름이야. 이룰 수 없는 것, 손 닿지 않는 것, 현실에 부재하는 것, 이 모두를 우리는 꿈꿀 수 있지. 자, 상상해보자. 잘 살펴봐. 너의 맑고 투명한 피부를 광고주들은 선호하고 있어. 전신 광고를 찍기에 부족함이 없는 몸매지. 이미 광고계에서 검증받은 힙과 다리 선은 슈퍼모델보다 훨씬 나아. 카메라의 렌즈를 들이대고 싶을 만큼 너의 속눈썹과 입술은 관능적이고…… 너는 모델로서 이미 충분히 아름다워. 그렇기 때문에 성공하는 거야. 충분히 성공할 수 있고말고. 광고계의 신데렐라로 떠오르는 거지……' 영롱하게 반짝이던 비눗방울들은 내 눈길이 닿을 때마다 눈부신 일곱 빛깔 무지개를 타고 내 품으로 미끄러져 들어왔다. 그가 나에게 속삭였던 윤택한 말들은 내 꿈의 상처를 핥고 소독해주어 나는 스튜디오 한쪽 구석에서 열두 시간을 기다린 끝에 유명 CF 모델의 다리가 되어야 했던 때의 설움과 화장품 회사 전속 모델인 인기 탤런트의 수영복 촬영을 선망의 눈길로 지켜보다 지루한 기다림을 털고 일어서 그녀의 종아리가 되었던 때의 상처받은 자존심을 치유받을 수 있었다.

"그러니까 이 글이 통신에 올랐다는 말씀이신가요?"

"그렇습니다. 카페에 들어오면서 문에 적힌 글을 읽어보았지요. 제 짐작에는 동일인이 쓴 것이 아닌가 싶습니다만…… 주인께서 하얀 기차를 개업하신 날로부터 이틀 뒤인 2월 19일에. 아, 뭐, 놀라지 마십시오, 르포라는 게 워낙 시시콜콜 파헤치고 검증하는 일이다 보니 제가 개업 날짜를 알아보았습니다. 지금 읽으신 그 글이 문제의 발단이 되긴 했지만 조회 횟수가 많았던 것도 아니고 별 주목을 끌었던 것도 아니더군요. 그런데 누군가가, 어떤 대학생이 오월 중순쯤에 그 글을 퍼다 다시 여기저기 퍼뜨렸단 말입니다. 그때부터 실제로 하얀 기차를 타봤다는 사람들의 경험담이 나타나기 시작했지요. 이건 통신에 올랐던 댓글 중에 극히 일부를 제가 뽑아본 것인데 보시겠습니까?"

나는 그가 건네는 몇 장의 종이를 다시 받아들었다.

5/23, 하얀 기차에 대해서—몇 달 전, 하얀 기차에 대한 글을 읽었을 때만 해도 나는 전혀 믿지 않았다. 지금이 어떤 세상인데 달밤에 하얀 기차가 나타나 환상 속으로 실어다준단 말인가. 정신이 이미 나간 사람이거나, 나가고 싶은 사람이 올린 글이려니 했다. 그런데 나는 우연히 백하역에 가게 되었고, 믿을 수 없게도 거기서 하얀 기차를 진짜로 본 것이다. 몸통도 바퀴도 하얀 기차, 하얗지 않은 것은 아무것도 없는 기차. 나는 망설이지 않고 하얀 기차를 탔고 소원을 성취했다. 내 소원이 뭐였느냐고? 그건 비밀이다. 부디 당신도 하얀 기차를 타기를 그리고 소원을 이루기를.

6/2, 내가 탄 하얀 기차—나도 드디어 하얀 기차를 탔어. 이상한 나라의 앨리스가 되었지. 과자를 먹고 내 키가 천장에 닿을 정도로 커졌어. 나는 나를 미워하던 사람들을 실컷 두들겨줄 수 있었지. 또 홍당무를 먹으니 손톱처럼 작아졌어. 내가 궁금해하던 사람들의 집으로 살짝 숨어들어 그들이 하는 짓을 일일이 구경했지. 커다란 버섯에 누워 있는 벌레와도 이야기를 했어. 여왕과 크로켓 경기도 했지. 카드 병정들이 나를 쫓아와 지옥철을 탔을 때처럼 땀도 흘렸어. 정말 신나는 모험의 하루였어. 나는 또 하얀 기차를 탈 거야.

6/27, 사랑하는 어머니—하얀 기차를 타고 나는 네 살이 되었

다. 슈퍼마켓에 갈 때마다 초콜릿을 사주시던 어머니, 품에 나를 안아서 머리를 감겨주던 어머니…… 나는 어머니한테 온종일 안겨 있었다. 안겨서 우유를 먹고 밥도 먹고 잠을 잤다. 내가 네 살 때 돌아가신 어머니는 여전히 부드럽고 따뜻했다.

8/21, 모두 정신 차리자—요즘 들어 하얀 기차 운운하는 글들이 많은데 우리 모두 정신 좀 차립시다. 어떤 미친 ××가 시작했는지는 몰라도 이런 허황된 이야기를 믿어서야 되겠습니까? 그러잖아도 세상이 어수선해 살맛이 안 나는데 통신에 오르는 글까지 어수선해서야 어디 되겠습니까?

8/21, 앞의 의견에 이의 있음—단언하건대, 하얀 기차의 꿈은 없는 것보다 있는 것이 백번 낫다. 자기 상상 속에서 하루쯤 놀아보는 것, 이게 뭐가 나쁜가. 우리는 하얀 기차를 탔다는 사람들의 이야기가 상상이라는 것을 이미 알고 있지 않은가. 상상조차 막아서야 어디 진짜 살맛이 나겠는가? 우리 모두 하얀 기차를 꿈꾸자. 꿈이 없는 세상에 꿈을 만들어 살맛을 키워보자.

8/21, 꿈도 꿈 나름이지—아무거나 꾼다고 다 꿈인가. 이왕 꿀 바에야 가치 있는 꿈을 꿔야지. 유령 같은 꿈을 꾸면 그게 유령이지, 사람이니?

8/21, 꿈을 꾸나 안 꾸나—꿈꾼다고 세상이 변하나. 또 꿈 안 꾼다고 세상이 안 변하나. 꾸고 싶은 사람은 꾸고, 꾸기 싫은 사람은 안 꾸는 거지. 그래, 안 그래?

10/11, 하얀 기차? 웃기지 마라—가보니까 온통 하얀색 술집과 찻집, 여관밖에 없더라. 호기심을 자극해 주머니를 우려내려

는 빤한 장삿속에 속지 말자.

10/31, 기다림의 하얀 기차—하얀 기차는 기다림이다. 몇 시간 정도의 가벼운 기다림으로는 절대로 하얀 기차를 만날 수 없다. 나는 하얀 기차를 만나기 위해 꼬박 한 달을 기다렸다. 새벽 공기가 축축하게 내 폐를 적셔올 때 저 멀리서 나타나는 하얀 기차를 볼 수 있었다. 소망을 이루는 데 어찌 한 달을 못 기다릴 것인가. 부디 하얀 기차를 타고 싶은 사람은 기다리고 또 기다리자. 나는 지금 다시 하얀 기차를 그리워하고 있다. 다시 한번 하얀 기차를 탈 수만 있다면 일 년, 십 년이라도 기다리리.

11/17, 드디어 대학에 붙었다—삼수생이다. 세 번이나 떨어졌던 대학에 드디어 붙었다. 그냥 붙은 것이 아니라 수석으로 붙었다. 아버지는 감격의 눈물을 글썽이고 어머니는 입이 찢어지려고 한다. 나도 자신 있게 말한다. 그래도 공부만큼 쉬운 게 없더라고. 하얀 기차 만세! 만만세!

"실제로 타봤다…… 재미있군요. 하지만 뭐가 문제인 거지요? 누가 읽어도 이건 상상의 한 부분이란 것을 짐작할 수 있을 텐데요."

"다들 그렇게 말하더군요. 경험담을 올렸던 사람들 일부와 전화 통화를 해봤습니다. 도대체 문제되는 게 뭐냐고, 하얀 기차가 꿈같은 소리라는 것을 알고 장난스럽게 올린 글이 왜 문제가 되느냐고, 꿈도 마음대로 못 꿔보냐고 오히려 저에게 반문하더군요. 하긴 저도 여기에 오기 전까지만 해도 이런 이야기들이야 안 믿는 것보다 믿는 것이 꽉꽉한 세상 즐겁게 살아가는 방법이 아닌가, 생각해보기도 했습니다. 그런데 이 지역을 온종일 돌아다니다 보니 그렇게 편하게 생각할 것만은 아니더군요. 우선 제가 궁금한 것은 제일 먼저 이 글을 올렸던 사람이 누군가 하는 점입니다. 뭐, 비난하거나 매도하려는 의도는 추호도 없습니다. 제가 그럴 자격도 없고요. 단지, 하얀 기차 신드롬이랄까. 이런 문화 현상을 진단해보려면 이 신드롬의 시초가 되었던 사람을 한번쯤 만나봐야 할 것 같아서 말입니다. 메일을 보내봤는데 도통 회답이 없더군요. 눈치로 보아 주인께서 직접 올린 글은 아닌 것 같고, 누군지 말씀해주시겠습니까?"

그의 휴대전화 번호와 직장 전화번호는 내 수첩에 들어 있지만 나는 대답을 꺼내놓지 않았다. 이 카페 개업 무렵에 썼다는 쓸쓸해 보이는 그의 글이 내 마음에 걸렸다. 어쩌면 그는 벌써 사라지고 멀어져가는 그의 꿈의 뒷모습을 보고 있는지도 모를 일이다.

"하얀 기차 신드롬을 진단한다고 하셨는데 신드롬이니 진단이니 하는 단어를 들으니 사람들한테 잠시 꿈을 만들어준 것이 무슨 대단한 해악이라도 끼친 것처럼 느껴지는군요."

"꿈을 만들어준다? 글쎄, 그렇게 생각할 수도 있겠지만 정말 그럴까요? 제가 만나보니 여기에 찾아오는 젊은이들의 대다수는 하얀 기차의 존재는 애당초 믿고 있지 않더군요. 호기심에 한번쯤 찾아와 '하얀 기차'에서 차를 마시고, '화이트 바'에서 술과 안주를 축내고, '하얀장' 여관에서 욕망에 탐닉하는 것, 이걸 과연 꿈이라고 보아야 하는지…… 아, 저기 손님들이 일어서는군요. 주인께서 선선히 답해주실 것 같지 않으니 저도 오늘은 이만 가봐야겠습니다.

내일 중에 다시 찾아뵙도록 하지요."

　중년 사내와의 예상치 못했던 대화는 나에게 막연한 불안감을 던져주었고, 나는 손님들이 청하지도 않은 생수를 서비스하고 자주 음반을 바꾸는 것으로 중년의 그가 남기고 간 서먹한 공기를 걷어냈다. 마지막까지 남았던 왼쪽 두번째 테이블의 수줍은 남녀가 나가고 나자 혼곤한 피로가 몰려오기 시작했다. 나는 커피 잔들을 싱크대에 쌓아놓고 정리를 대략 마친 뒤 귀갓길을 서둘렀다. 자동차에 열쇠를 꽂으면서 나는 달빛을 이고 있는 하얀 기차를 바라보았다. 내 과거의 꿈을 싣고 달리는 기차, 행복한 소녀와 성공한 광고 모델이 있는 곳…… 그러나 나는 이제 하얀 기차를 잠시 떠나 원룸 아파트 사각의 벽 안에서 이지러진 내 꿈을 마주하게 될 것이다.

3

　그는 어젯밤에도 나를 찾아오지 않았다. 전화가 그와 나 사이에 놓여 있었지만 나는 긴 정적 속에서 간간이 입술 인형의 아랫입술을 건드려볼 뿐 그에게 연락을 취하지는 않았다. 꿈과 생명을 강제로 박탈당한 듯한 입술 인형의 건조한 기계음이 전율처럼 밤공기를 건드렸다가 다시 움츠러들곤 했다. 아이 러브 유…… 아이 러브…… 유…… 아이…… 러브…… 내가 저 멀리 있는 내 꿈을 바라보면서 타고난 내 그릇의 형편없는 폭과 깊이를 절감했던 때 사랑이라는 감정 속에서 선하게 솟아 나오던 그의 어떤 말도, 내 체온보다 더 따뜻하게 느껴지던 그의 체온도 나에게 위로가 되지 못했고, 나는 한동안 그를 찾지 않았다. 상실된 꿈속에서 피폐해져 가는 시간, 누구나 혼자 걷고 싶은 때가 있는 법일 게다. 나는 지금도 알지 못한다. 어느 정도의 적당한 열정으로 꿈을 꾸어야 꿈과 작별한 뒤 혹독하게 상처받지 않고, 떠나보내고 남아 있음의 쓸쓸한 여운을 음미한다든지 또는 추억으로 살아 있을 것들에 대한 그리움을 간직할 수 있는 것인지…… 그는 지독한 화상을 입는 중일 게다. 다리 모델과 광고대행사 직원으로 만나 연인이 되고 칠 년의 세월이 흘러가는 동안 이렇게 연락이 두절된 경우는 두 번뿐이다. 한 번은 내가 내 꿈을 빼앗겼을 때, 또 한 번은 그가 그의 꿈을 탈취당하고 있을 요즘…… 내 빈자리에 하얀 기차의 꿈을 안겨주었던 그에게 나는 무엇을 안겨줄 수 있을 것인가.

아침 햇살 속에서 하얀 기차는 요정처럼 빛나고 있었다. 『헨젤과 그레텔』에 등장하는 과자와 사탕과 초콜릿으로 지어진 요술의 집같이 하얀 바퀴와 하얀 창틀과 하얀 계단, 모든 것이 하얀색으로 이뤄진 기차. 나는 천천히 꿈의 계단을 오르기 시작했다. 하얀 출입문에 매달린 하얀 액자 속에서 보랏빛 글자들이 돋아나고 있었다.

"하얀 기차를 타고 그곳에 가세요. 꿈과 낭만, 사랑과 우정, 젊음과 환상—당신이 원하는 건 무엇이든 이룰 수 있는 곳, 그곳으로 가세요."

하얀 기차 안에서 우아한 열대어로 변신할 수 있는 생활에 나는 만족하고 있었다. 회벽 처리된 흰색 천장, 은은한 반간접 조명의 작은 할로겐등, 곱게 사포질된 뒤 흰색이 칠해진 원목의 테이블들, 낮게 흐르는 음악과 고소한 커피 향 사이를 유영하는 내 몸짓은 스타 모델 못지않게 화려해 보였다. 9센티미터의 높은 굽이 달린 구두를 신고 전신 거울 앞에서 성공한 광고 모델을 꿈꾸던 스무 살 시절로 돌아가 카페의 고객들을 향해 아름다운 워킹을 시도할 때마다 내 눈에서 부드럽고 자신감 넘치는 눈빛이 뿜어져 나오고 입술에선 당당한 미소가 배어 나오는 것을 나는 느끼고 있었다.

나는 내 꿈과 젊음 속으로 들어서기 위해 하얀색 디지털 키 앞에서 비밀번호를 입력했다. 50톤 열차는 곧 나를 위해 출구를 열었다. 막 열차 안으로 들어서려는 순간, 뒤쪽에서 나를 향해 날아오는 소리가 있었다.

"안녕하십니까? 잘 주무셨습니까?"

르포를 쓴다는 중년 사내가 어떤 소녀와 함께 하얀 기차 쪽으로 걸어오고 있었다.

"지금은 하얀 기차 주인을 뵈러 온 것은 아니었는데 이렇게 마주치게 됐군요. 아, 어쩌면 주인께서 이 아이를 위해 도움을 주실 일이 있을 것도 같습니다. 쌀쌀하기는 합니다만 괜찮으시다면 밖에서 잠시 애기를 나누시지요. 오래 걸리지는 않을 것 같은데요."

열서너 살이나 되었을까. 찬찬히 살펴보니 소녀는 완연히 낯선 얼굴은 아니었다. 점심때 먹을 샌드위치나 식빵을 미처 집에서 준비해 오지 못한 날, 나는 인근 가게에서 컵라면이나 김밥 등을 사 오곤 했는데 그때 가게 근처에서 본 적이 있는 것도 같았다. 그런데 저 소녀가 무슨 일로 저 중년 사내를 만나서 여기까지 따라왔단 말인가. 내가 저 소녀를 위해 도와줄 것이 있다는 그의 말은 또 무슨 뜻인가. 나는 내 생활을 침범해 들어오는 듯한 낯선 사내를 가급적이면 대면하고 싶지 않았지만 나에게 눈길을 주고 있는 소녀를 냉정하게 외면할 수가 없어 내키지 않는 걸음으로 하얀 계단을 되밟아 내려갔다.

"말씀해보시지요."

"어떻게, 생각 좀 해보셨습니까? 통신에 글을 올린 분과 저를 좀 만나도록 도와주시지요."

예리하면서도 눈빛 한가운데 축축한 연민 같은 것을 잃지 않고 있는 이 사내에게 그의 연락처를 가르쳐준다고 무슨 난처한 일이 생기진 않겠지만 나는 단호해지기로 마음먹었다. 그가 혼자 걸어야 할 그의 시간을 조금도 방해하고 싶지 않았다.

"미안하지만 가르쳐드릴 수가 없군요. 그 사람이 법에 저촉된 행동을 한 것도 아니고 남한테 해를 끼친 것도 아닌데, 구태여 만나실 필요가 있을까요?"

여전히 피로해 보이는 그는 잠시 무엇인가를 생각하더니 고개를 끄덕였다.

"그러시군요. 다른 방법으로 그분께 연락을 취해보도록 하지요. 어제 제가 하얀장 여관에서 묵었습니다. 서울하고 한 시간 거리이니 집에 갔다 올 수도 있었습니다만 여관들은 어떤지 알아볼 겸해서 일부러 자봤지요. 알고 계시는지 모르겠습니다만 이 아이는 그 여관에서 허드렛일을 해주고 그 대가로 숙식을 제공받고 있더군요. 하얀 기차를 타기 위해 삼 개월 전에 여기로 왔답니다. 무단가출인 셈이지요. 하얀 기차가 실제로 있다는 것을 조금도 의심하지 않더

군요. 주인께서 운영하시는 하얀 기차 말고 달밤에 백하역에 나타
난다는 하얀 기차 말입니다."

그의 입에서 쏟아져 나오는 말이 내 가슴에 파문을 일으켰다. 근
처에 있는 어느 민가나 업소 주인집의 딸이려니 했지, 가출한 아이
라고는 전혀 짐작하지 못했는데 삼 개월째 하얀 기차를 기다리고
있다니…… 나는 아침 추위 속에서 가늘게 떨고 있는 소녀를 바라
보다, 그 아이가 있는 쪽으로 걸음을 옮겼다. 소녀의 피폐한 눈빛이
긴장하고 있었다.

"몇 살이니?"

"열네 살이에요."

열네 살…… 한창 사춘기로 접어드는 나이였다. 내가 집을 뛰쳐
나왔던 것은 학기말 시험을 막 끝냈던 열여섯 살의 겨울이었다. 초
등학교에 다니던 자기 딸의 가정교사라는 이름으로 억지로 나를 눌
러앉히고 살뜰하게 보살펴주었던 중학교 삼학년 때 담임이 아니었
더라면 나 역시 이 아이처럼 어디선가 허드렛일을 해주고 숙식을
제공받았을지도 모른다.

"하얀 기차를 타고 어디를 가고 싶은 거니?"

"……"

"말하고 싶지 않니?"

"예."

"집에는 누가 있니? 아버지? 어머니? 형제들은?"

소녀는 고개를 가로젓더니 간신히 입을 열었다.

"계시긴…… 계시는데…… 안…… 들어오고…… 또……"

소녀의 떠듬거리는 대답 사이로 어두운 그림 하나가 내 눈앞에 잡혔다. 우물 바닥처럼 습하고 어둡게 가라앉아 있는 집, 식구들 각자가 밤마다 돌아누우면서 자기 가슴 하나로 버텨내야 하는 괴괴한 적막, 꼼짝도 하지 않고 붙박이처럼 고여 있던 집안의 무거운 공기…… 저 아이에게도 집을 떠나올 수밖에 없었던 속사정이 있었을 것이다. 소설이나 드라마에 가끔씩 등장하는 피폐한 가정 환경이거나 일찍 세상을 떠난 가족 중의 누군가로 인해 집안이 풍비박산이 났거나, 가난이나 빚, 또는 술주정이나 노름, 폭력 등이 두어 가지 얽혀 거미줄을 뻗고 있거나, 그도 아니면 마음을 밀어내는 정신적인 학대나 차가운 차별이 있었거나…… 나는 소녀의 등을 토닥였다.

"그래…… 무슨 말인지 알았으니 그만 대답해도 돼. 꼭 하얀 기차를 타야만 하니?"

"예."

"하루만 있다 여기로 다시 돌아와야 하는데도?"

"예."

"하루 있다 돌아온 뒤에 아무것도 변하는 것이 없어도?"

"예."

나는 더 묻지 못했다. 꿈꾸는 세상에서 단 하루를 머물기 위해 삼 개월을 기다려온 아이, 앞으로 삼 개월 아니 삼 년이라도 자기 인생을 저당 잡힐 준비가 된 것 같은 아이…… 무엇인지 알 수는 없으나 뼈저리게 느껴지는 아이의 소망 앞에서 내 마음은 통증으로 서늘해지고 있었다. 나는 전신 광고 모델로 서보는 것이 꿈이었다.

비록 한두 번 매스컴에 등장했다가 회수되고 마는 비인기 단명 광고일지라도 내 꿈이 단 한 번이라도 이루어졌다면, 막바지로 접어들고 있는 내 젊음이 이렇게 시리지는 않았을 것이다. 그랬다. 광고 모델 양성학원에서 수험생처럼 피를 말리며 재즈와 스포츠댄스에 땀을 흘리고 워킹을 연습해 자세와 체형을 교정받았지만, 내 표정 하나하나를 수업 중인 탁자에 올려놓고 이미지 메이킹을 훈련받았지만, 그리고 광고 모델이 지녀야 할 교양과 상식, 메이크업 기술과 의상 선택법까지 전수받았지만, 막상 일을 시작하니 광고대행사에서 필요로 했던 것은 매번 내 하반신뿐이었다. 손 모델, 어깨 모델, 치아 모델, 보디라인 모델, 머리카락 모델 등 그늘 속에 숨어 신체 일부만을 대여하는 부분 모델 대열에 나도 다리 모델로 합류한 셈이었다. 어떤 때는 강아지가 주인공이고 내가 엑스트라인 경우도 있었다. 나보다 더 엄격한 카메라 테스트를 통과해 조련사로부터 한 달 동안 특별 연기 지도까지 받았다는 하얀 푸들이 주연으로 출연했던 그 광고에서 내 다리는 푸들 뒤의 배경 중 일부였다. 뜨거운 조명을 견디다 못한 푸들이 혀를 빼고 헉헉거리면 누군가가 냉큼 영양제를 탄 음료수 접시를 푸들 앞에 대령했다. 접시를 핥아대다 오만하게 고개를 세우는 강아지를, 내 모델료의 열 배가 넘는 모델료를 받아가던 그 도도한 푸들을 쏘아보던 내 눈에선 아마 질투의 불길이 이글거렸으리라. 만약 달 밝은 밤, 백하역에 하얀 기차가 실제로 나타난다면, 그래서 전신 광고 모델로 설 수 있다면 나 또한 기꺼이 저 아이처럼 하얀 기차를 기다릴 것이다.

"꼭 이 아이만이 아닙니다. '백설 기차'에도 미성년자가 하나 있고, '화이트 바'에는 스물여섯 살이나 되는 청년이 벌써 다섯 달째 하얀 기차를 기다리고 있더군요. 이 사람들은 아무리 설명을 해봐도 하얀 기차가 허구란 것을 믿지 않아요. 누구나 상상인 것을 알고 참여하는 장난이다—이 가설이 들어맞지 않는 거지요. 보수도 없이 여관 일을 하면서 하얀 기차를 꿈꾸고 있는 이 아이의 꿈을 과연 꿈이라고 할 수 있을까요?"

회상 때문에 흐려지던 내 눈빛 속으로 중년의 사내가 던진 비수가 날아왔다. 과연 꿈이라고 할 수 있냐고요? 아무리 허황된 꿈일지라도 그 꿈을 간절히 꾸고 있는 당사자 앞에서 어떻게 그런 식으로 말씀하시는지요? 나는 그에게 고개를 돌려 무언의 항의를 보냈다. 동료 모델의 영안실에서도 저렇게 말하던 사람들이 있었다. 꿈도 꿈 나름이지…… 그까짓 모델이 무슨 대단한 꿈이라고…… 내가 더 이상 내 하반신조차 찾는 곳이 없어져 광고 모델 생활에 종지부를 찍고, 고만고만한 무명의 지면 모델들을 주 회원으로 거느리고 있던 에이전시에 가입했던 것은 아직 이십대가 다 지나지도 않던 때였다. 어디서나 경쟁은 치열했다. 그곳에도 나보다 더 발랄한 젊음들이 넘쳐났고, 어중간한 나이의 나를 필요로 하는 곳은 주로 기혼 대상의 여성지들이었다. '부부 동반 모임에 어울리는 매력적인 눈 화장법', '여름철 번들거리는 코 손질법', '입술 라인 육감적으로 그리는 법' 등 여성지 속의 내 얼굴들은 툭하면 이등분, 삼등분 나 있기 일쑤였다. 짙은 핑크와 보라색 아이섀도우로 덧칠된 내 눈두덩이, 오이 팩을 가득 덮어쓴 내 코, 붉은 펜슬 라인만이 선명한 내 입술을 잡지 속에서 만날 때마다 나는 내 꿈이 연기처럼 사라져가는 것을 실감하면서 식은땀을 흘렸고, 밤마다 악몽에 시달렸다. 나는 그래도 꿈의 뒷덜미라도 붙잡고 악착같이 악몽의 시기를 견뎠지만, 그 동료 모델은 아예 꿈을 떠나보낸 뒤 허탈함을 이기지 못해 자신의 삶을 끊고 말았다. 모든 사람에게 꿈이라고 인정받을 수 있는 꿈과 그렇지 못한 꿈의 차이는 무엇일까.

중년의 사내를 향해 무슨 말인가가 터져 나오려는 순간, 붉은 확성기를 든 거리의 남자가 나타났다. "젊은이들이여, 부디 방탕하지 마시오, 간음하지 마시오, 음란하지 마시오, 젊은이들이여, 부디 방탕하지 마시오, 간음하지 마시오……" 확성기를 통해 증폭된 우렁우렁한 남자의 목소리가 센 바람처럼 거리를 휩쓸기 시작했다. 그는 말했다. '꿈은…… 듣고 싶은 부분만 듣고, 상상하고 싶은 부분만 상상하는 것일지도 몰라. 자, 우리가 듣고 싶어 하는 소리만 들어보자. 젊은이들이여…… 부디 방탕…… 하시오…… 간음…… 하시오…… 음란…… 하시오……' 헐벗은 나무에서 마지막 잎들이 떨어져 내리는 길 건너편 백하역의 풍경은 오전의 밝은 햇살에도 불구하고 스산해 보였다. 중년 사내는 확성기 소리가 멀어져간 골목에서 눈길을 거두며 중얼거렸다.

"이 지역이 심란하긴 심란한 모양입니다. 오죽하면 저러고 다니겠습니까?"

"꼭 그렇게 볼 것만은 아니지요. 저 사람은 세상을 향해 뭔가를 외치고 싶은 건지도 몰라요. 사람들이 방탕을 하든 말든 간음을 하든 말든 그게 문제가 아니라, 사람들을 향해 소리를 고래고래 질러보는 것, 그것 자체가 저 사람의 목적일 수도 있잖아요."

눈가에 실주름이 잡히기 시작해 컬러사진 모델의 시대를 마감해야 했던 나를 불러다가 조악한 흑백 컷 사진에 주로 사용했던 이런저런 잡지들도 책 파는 것 자체가 목적이었지, 그들이 외치는 것처럼 독자들에게 가치 있는 무엇인가를 심어주고 싶어 하는 것 같지는 않았다. 붉은 확성기와 함께 거리를 떠돌며 자신의 삶을 살아가는 저 남자의 속을 누가 알 수 있단 말인가.

"글쎄요. 좀 복잡하게 말씀하시는군요. 그건 그렇고, 제가 이 아이를 데리고 나온 것은 좀처럼 환상에서 벗어나지 않으려는 아이에게 하얀 기차를 한번 다시 관찰하도록 도와주고 싶어섭니다. 자, 잘 살펴보렴. 네가 선배 언니한테 들었다는 백하역의 하얀 기차하고 이 하얀 기차가 똑같이 생겼지? 그래, 사람들 입에 오르내리는 하얀 기차는 저 백하역 선로를 통해 힘차게 굴러오는 진짜 기차가 아니고, 여기 있는 이 찻집 이름이야. 바퀴는 있어도 굴러갈 선로가 없는 이 기차는 기차를 흉내 낸 고철 덩어리에 불과하단다. 선배 언니가 하얀 기차를 타봤다는 건 아마 이 찻집에서 차를 마시며 공상을 해봤단 소리겠지. 내 말이 믿어지지 않으면 여기서 열 달째 이 카페를 하고 있는 이분에게 물어보렴. 이 하얀 기차가 백하역에 나타난다는 하얀 기차냐고."

소녀의 얼굴에서 핏기가 가시는가 싶더니 메말라 있는 눈길이 나를 향했다. 이 무슨 일인가. 이 아이에게는 틀림없이 하얀 기차를 간절히 꿈꿀 수밖에 없었던 사정이 있을 것이다. 나는 고개를 끄덕여주지도 저어주지도 못한 채 소녀의 눈길을 마주하다가 그녀의 눈 안에 들어앉기 시작하는 한 움큼의 어둠을 발견하고서야 서둘러 고개를 저었다. 절대로 저 아이의 꿈을 꺾어선 안 된다는 긴박감 같은 것이 나를 사로잡고 있었다. 아니야, 이 하얀 기차가 아니야. 언젠가는 백하역에 너의 꿈을 싣고 달릴 진짜 하얀 기차가 들어올 거야. 반드시 너를 위해 달려올 거야. 내 꿈이 광고 모델이 되는 것이라고 솔직히 털어놓았을 때 만약 중학교 삼학년 때 담임이 진실을 말해준다는 명목 아래 채 자라지도 않은 내 꿈을 꺾었다면 한번 이탈하기 시작했던 내 생의 궤도는 돌이킬 수 없는 방향으로 탈선해갔을 것이다. 그래, 참 좋은 꿈을 가졌구나. 그러고 보니 너는 광고 모델로 딱 어울릴 것 같다. 키도 크잖니…… 어제 내 꿈속에 네가 나왔단다. 성공한 아름다운 광고 모델이 되어 있더구나. 내가 얼마나 기뻤는지…… 그런데 공부를 계속하면 더 좋은 모델이 될 수 있지 않을까? 내 대답이 너무 늦었던 것일까. 눈길이 마주친 그때로부터 내 고개가 저어지던 때까지 불과 몇 초간의 공백 동안 소녀는 하얀 기차에 대한 사실을 깨달은 양 표정이 나이에 걸맞지 않게 허탈해지고 있었다.

"어젯밤, 하얀 기차에서 나와 이 자리에서 한참을 서 있었습니다. 하얀 기차 선풍에 휘말려 선로 없는 기차에 앉아 있는 젊은이들을 보니 마음이 답답하더군요. 움직이지 않는 기차에 앉아 달려가는 꿈을 꾸는 것, 시간이 멈춘 세계에서 시간을 살아갈 꿈을 꾸는 것, 닫힌 공간에서 열린 세상의 꿈을 꾸는 것, 이것이 얼마나 기막힌 희극이자 비극입니까? 현실에 바탕을 두지 않는 꿈이 사람살이에 무슨 도움이 되겠습니까? 아직도 하얀 기차에 대한 엉터리 얘기가 사람들에게 꿈을 심어준다고 고집하시겠습니까?"

나는 중년 사내의 흔들리지 않는 확신이 이 소녀뿐만 아니라 하얀 기차 안에서의 내 행복까지도 성큼 낚아채갈 것만 같아 비명처럼 소리쳤다.

"어떻게 사람 사는 데 도움이 되는 꿈과 도움이 되지 않는 꿈을 그렇게 일방적으로 분류하시지요? 현실성이 없다고 해서, 인생에 도움이 안 된다고 해서 꿈을 포기하라는 것은 또 하나의 비인간적인 폭력이에요."

그는 심란한 표정으로 나를 응시하더니 소녀를 돌아보았다.

"자, 이제 이해하겠니? 하얀 기차가 현실 속의 기차가 아니라는 것을? 하얀 기차에 대한 꿈 따위는 버리고 제발 다른 꿈을 꾸렴. 여관에서 나와 집으로 돌아가."

"지금 당장 하얀 기차에 대한 꿈을 버리고 다른 꿈을 꾸라고요? 하나의 꿈이 그렇게 쉽게 사라지고 그렇게 빨리 다른 것으로 대체되는 것이던가요? 하얀 기차를 꿈꾸지 않고도 살 수 있는 사람들은 이미 다른 꿈을 꾸면서 살아가고 있어요. 여관을 나와서 집으로 돌아가라고요? 돌아가고 싶은 집이 있었으면 이 아이는 집을 나오지도 않았을 거예요."

중년 사내의 목소리도 격앙되고 있었다.

"이 아이는 겨우 열네 살입니다. 무료한 남녀들이 모여들어 술을 마시고 골목에서 구토하다 서로 어깨를 감싼 채 비틀거리며 찾아오는 여관에서 이 아이가 무슨 꿈을 제대로 꾸겠습니까? 하얀 기차가 어쩌니저쩌니 하는 이야기가 퍼지지 않았으면 오히려 이 아이는 힘든 환경이나마 잘 적응하며 살아갔을 겁니다. 사람이 현실을 직시

하고 체념할 것을 체념하면 놀라운 적응력을 발휘하는 법이니까요. 그렇게 살다 보면 정말 소중한 꿈을 갖게 될 수도 있지 않겠습니까? 그런데 고철 덩어리에다 사랑이니 낭만이니 환상이니 하는 것을 매달아놓고 그것을 보고 쫓아오라니요? 삼수생이 하얀 기차를 타고 대학에 수석 합격하는 꿈을 꾸었다 해서 그 학생의 인생이 바뀝니까? 꿈은 우리 삶을 변화시킬 때 꿈으로서의 가치가 있는 법입니다. 상상과 몽상으로 만들어진 공간 속에서의 꿈이 인간에게 무슨 힘이 된단 말입니까?"

"대학에 합격하는 꿈을 꾸면서 혼자 웃어보고 혼자 즐거워해볼 때 현실을 이겨가는 힘이 생겨나는 것이지요. 하얀 기차를 꿈꾸는 것이 당신에게 아무 도움이 안 되는 쓰레기처럼 보일지라도 그게 소중하고 또 소중한 사람도 있는 법이에요. 껍데기 꿈이라도 있어야 세상을 살아갈 수 있는 사람들도 있다고요."

나는 이 사내에게 사정이라도 하고 싶은 심정이었다. 이제 그만하고 제발 돌아가달라고, 사람마다 색깔이 다른 법이니 당신은 당신의 색으로 살아가고 나는 내 색으로 살아가도록 내버려둬달라고 빌고 싶은 심정이었다. 그러나 그는 끝까지 비수를 거두지 않았다.

"꿈이 없는 시대니 꿈이 죽은 시대니 하는 말들도 합니다만 그렇다고 해서 하얀 기차 식의 꿈에 인생을 걸어서야 되겠습니까? 꿈은 과거로 달려가는 것이 아니라 미래로 달려가야 하는 겁니다. 과거로 달려가는 것은 꿈이 아니라 추억이나 회상 따위의 이름으로 불러야겠지요. 어제 찻집에서 보니 하얀 기차 주인께서도 몽상 속에 사는 여인 같으시더군요. 걸음걸이며, 허공을 떠도는 눈빛이며……"

나는 고개를 저었다. 그건 아니지요. 나는 말을 하고 있는데 갑자기 성대가 고장이 난 듯 내 소리는 입 밖으로 나오지 않고 가슴에서만 터져 나왔다. 그건 아니지요. 추억이나 회상이 아니에요. 과거를 다시 만드는 것, 그것은 분명히 꿈인 것이에요. 과거를 통해 꾸는 내 꿈마저 앗아가려는 당신이 꾸고 있는 꿈은 과연 무엇인가요? 선로 위를 힘차게 달리는 기차 안에서 당신은 얼마나 인생에 도움이 되는 꿈을 꾸고 있기에, 이 하얀 기차 안에서의 내 행복마저 흔들어 놓으려 하는 건가요? 꿈이 우리의 삶을 변화시켜야 한다고요? 당신의 꿈은 우리의 삶을 얼마나 변화시키고 있나요? 나는 이 아이를 하얀 기차에 동승시킬 거예요. 하얀 기차 안에서 자기가 원하는 하얀 꿈을 마음껏 꾸도록 도와줄 거예요. 상처가 아물어야 꿈도 자라는 법 아니던가요?

나는 소녀에게 다가가 하얀 기차 안으로 함께 들어가자는 뜻으로 손을 내밀었지만 그새 눈에 슬픔을 가득 안은 소녀는 가만히 고개를 저었다. 그가 다시 확인했다.

"이제 하얀 기차가 뭔지 알았니?"

소녀의 볼에 눈물이 주르륵 쏟아졌다.

"집으로 돌아가야지. 가자. 내가 여관 주인한테 말해줄 테니."

중년 사내와 함께 저 멀리 사라져가는 소녀의 풀죽은 뒷모습을 바라보면서 이번에는 내 뺨으로 눈물이 흘러내리기 시작했다.

4

뜻하지 않았던 중년 사내, 그리고 소녀와의 만남 때문인지 하얀 기차 안에서의 하루가 더디게 흘렀다. 백하역의 기적 소리와 확성기를 통한 거리의 남자 목소리가 여느 날보다 크게 귀에 잡혔고 나는 그때마다 하얀 기차 안에 떠도는 비눗방울들을 붙잡아보려 했지만 오늘따라 그가 띄워놓은 무지갯빛 언어들은 내 주변을 미지근하게 맴돌 뿐 내 가슴 깊은 곳으로 들어와주지 않았다. 나는 아마 다른 날보다 더 자주 손님들의 재떨이를 갈아주고 더 다양한 종류의 원두커피를 끓여냈을 것이다. 그나마 하얀 기차 안에서의 내 꿈을 놓치지 않게 해준 것은 손님들의 시선이었다. 열시 삼십분을 넘어서 나를 꿈꾸게 하던 마지막 손님들마저 자리를 털고 일어서자 나는 걷잡을 수 없이 불안해졌다. 차창의 커튼을 닫아 음험한 어둠을 차단하고 서정적인 목소리의 음반을 걸고 뜨거운 물속에 넣어 갓 데워낸 하얀 커피 잔에 새로 걸러낸 코냐 커피를 담아보았지만, 나를 잠식하기 시작한 불안은 쉽게 사라지지 않았다.

자정이 훨씬 지나서도 집으로 돌아갈 생각을 하지 못하고 무엇엔가 짓눌리는 듯한 초조감에 시달리고 있을 때, 출입문 두드리는 소리와 함께 그가 돌아왔다. 하얀 기차 안으로 천천히 들어서는 그의 얼굴과 몸에는 슬픔이 무겁게 배어 있었고, 나는 아주 잠깐 그의 젊음이 그를 밟고 지나가는 소리를 들은 것만 같았다. 우리는 존 피차델리의 「Our love is here to stay」나 이글스의 「Sad cafe」가 흘러나왔을 때 낮은 허밍으로 따라 부르기도 했으나 대부분 침묵한 채 술을 마셨고, 음악마저 멈춘 겨울밤의 정적 속에서 간간이 눈길을 교차하는 것으로 서로의 존재를 확인했다. 눈을 감고 자신의 턱수염을 쓰다듬던 그가 광고 카피들을 중얼거리기 시작한 것은 더 이상 하얀 기차 안에 술이 남아 있지 않던 새벽녘이었다. 이 소리가 아닙니다. 사각사각 용각산…… 손으로 짠 오렌지의 맛 썬키스트…… 결혼 10년, 아직도 당신의 아내는 여자랍니다…… 바로 이 맛이야…… 뽀송뽀송 아기 피부…… 아무도 이 사람을 장애인으로 기억하지 않습니다. 우리는 이 사람을 미국 4선 대통령, 루스벨트로 기억합니다…… 남자를 쉬게 하는 넉넉한 향취…… 상식을 넘어 기술이 있습니다…… 그는 마치 다른 사람들이 만든 카피들을 암송하기 위해 지금까지 카피라이터를 했던 사람처럼, 또 그동안 그의 의식을 지배하고 있던 카피들을 오늘 다 토해버리고 자신을 텅 비우기로 작정한 사람처럼, 혹은 자기 입에서 흘러나오는 카피들을 자기가 썼다고 착각하려는 사람처럼, 꿈꾸는 표정으로 쉬지 않고 카피들을 쏟아냈다. 칭찬보다 큰 가르침은 없습니다…… 갈증 해소를 위한 음료…… 숨어 있던 1인치를 찾았다…… 아내 같은 아파트 쌍용아파트…… 침대는 가구가 아닙니다…… 봄 타는 사람들을 위한 삼성전자 봄바람 대축제…… 물을 튕겨낸다, 여름을 튕겨낸다, 탐스핀……

나는 아련하게 흘러가는 그의 목소리를 귓가에 주워 담으며 하얀 기차 안에 떠돌고 있는 내 꿈을 보고 있었다. 전국의 광고대행사와 기업체 광고 담당자들에게 우송하는 사진 속의 나…… 됐어, 바로 우리가 찾던 모델이야. 당장 연락하자고…… 광고대행사로부터 바쁘게 걸려오는 전화…… 카메라 테스트…… 전속 계약……
조명의 열기가 뜨거운 스튜디오…… 나를 돕는 코디네이터와 메이
크업 아티스트…… 전신 광고 사진…… 내 것이 아닌 것은 아무것
도 없는 나…… 내 광고에 소품으로 등장하는 하얀색 푸들…… 가
슴이 따뜻한 사람, 그 깊은 인생을 듣는다, 맥심…… 후회 없는 선
택…… 사랑할 때의 피부, 과일 나라…… 디지털 011은 때와 장
소를 가리지 않습니다…… 양말도 웃이다, 싹스탑…… 시베리아
도 녹이는 한국의 정 초코파이…… 바빠지는 스케줄…… 광고계
의 스타 모델…… 매니저…… 인터뷰 요청…… 그립다 시바스 리
갈…… 우리의 맛 다시다…… 사랑이라는 이름의 세탁기 삼성 히
트 세탁기…… 향기로운 유혹, 썸씽 스페셜…… 성공한 카피라이
터…… 성공한 광고모델…… 사랑…… 에디트 피아프의 「사랑의
찬가」 같은 사랑…… 사랑이 매일 아침 내 마음에 넘쳐흐르고 내
몸이 당신의 손아래서 떨고 있는 한…… 세상 모든 것은 아무래도
좋습니다…… 당신이 죽어 먼 곳에 가더라도 내게는 대단한 일이
아닙니다…… 왜냐면 나 또한 죽은 것이니까요……

우리는 그와 내 감정의 톱니바퀴가 쓸쓸하게 맞물리는 것을 지켜
보았고, 우리만의 축제를 시작하기 위해 기꺼이 옷을 벗고 서로의
마른 몸을 끌어안았다. 입술과 입술이, 가슴과 가슴이, 손과 다리가
우리에게 놓아주는 징검다리를 건너 우리는 꿈의 소리가 야성처럼
투명하던 우리의 젊음 속으로 들어섰다. 언제나 안아보고 싶던 것,
절대로 갈라서고 싶지 않던 것, 그러나 이제는 흔적만 남겨놓고 사
라져가는 것, 우리 젊음의 갈피마다 상흔으로 남아 있는 것—치열

했기 때문에 평화롭진 못했으나 결코 잊히지 않을 선연한 꿈을 찾아 꿈의 여정에 올랐던 우리는 몸과 몸이 벌이는 향연의 정점에서 기차 소리를 들었다.

"일찍 떠난 꿈을 용서해줘야겠지. 내가 꿈을 용서하려고 애쓸 동안에 나는 또 돌아오지 않을지도 몰라. 내가 꿈을 용서하게 되면…… 그땐 무엇을 할까. 입술 인형을 던져버리고, 우린 동행이 되겠지. 어제와 비슷한 오늘, 오늘과 엇비슷한 내일을 살아가면서 집도 사고 아이도 낳게 될 거야…… 그러면서…… 단조로운 행복 속에…… 일상의 기만 속에…… 우리는 늙어가겠지……"

나는 그의 마음에 대고 속삭였다. 아니, 사라지는 것은 아무것도 없을지도 몰라. 단지 하나의 꿈이 다른 꿈으로 대체되는 것일 거야. 그래, 우리 그렇게 생각해…… 겨울이 되면 나무에서 나뭇잎이 다 떨어지듯 수명을 다한 꿈은 사라져가는 것이고, 긴 겨울을 견디면 봄에 새잎이 돋듯 또 다른 꿈이 우리를 찾아오는 것이라고…… 지금은 그냥 겨울인 것이라고…… 여기는 종착역이 아니라 우리가 스쳐가야 하는 간이역 중의 하나일 뿐이라고……

그는 아침에 다시 헐렁한 티셔츠에 청바지, 재킷을 아무렇게나 걸치고 하얀 기차를 나섰다. 회사에 출근한 뒤, 대학가를 기웃거리면서 그는 어쩌면 싱싱한 언어까지는 아니더라도 아직 단물이 남아 있는 언어들을 건져 올리기 위해 잠시 꿈의 통증을 망각할 수 있을지도 모른다.

나는 오늘 하루 내 꿈과 젊음을 싣고 달릴 하얀 기차에 신선한 공기를 공급해주기 위해 양편 유리창을 활짝 열어젖혔다. 실내의 느른했던 공기가 입김을 불며 밖으로 달려나가고 성한 기운의 새 공기가 하얀 기차를 채울 무렵, 출입문 저쪽에서 어제 내 꿈을 흔들어놓았던 중년의 그가 그림자처럼 나타났다. 나에게 가까이 다가오는 중년 사내의 눈은 붉게 충혈되어 있었다. 나는 핏발 선 그의 눈이 하얀 기차 안에서의 내 꿈을 덥석 채갈 것만 같아 서둘러 입을 열었다.

"연락처를 가르쳐드릴 수 없다고 분명히 말씀드렸을 텐데요."

중년의 그는 시린 눈길로 나를 쏘아보더니 내 한쪽 어깨를 힘주어 잡았다.

"그 아이가 자살을 시도했소. 하루만 더 있다가 집으로 돌아가겠다더니…… 내가 오늘 그 아이를 데려다줄 작정이었소. 소주에다 수면제를 엄청 타 먹은 모양이오. 응급 구조대가 실어갔지만 살아나기가 쉽지 않을 거요."

자살…… 소주…… 수면제…… 내 눈에 나의 지난 시절을 연상시키던 소녀의 모습이, 창백해지던 그 얼굴이, 그리고 소녀의 볼 위로 굴러 내리던 눈물이 어른거렸다. 소녀가 어디선가 나에게 외치는 것 같았다. 이렇게 해서라도 하얀 기차를 타고 싶었어요. 그리고 내 꿈을 만나 꼭 한번 품에 안아보고 싶었어요……

"내가 병원으로 가기 전에 여기를 찾아온 것은 이 말을 꼭 해주고 싶어서요. 그 아이가 죽는다면 이 죽음의 책임은 하얀 기차 선풍을 만들어낸 당신네가 져야 한다는 것이오. 잘못된 꿈이 이런 어처구니없는 비극을 불러왔단 말이오. 똑똑히 들어두시오. 이 고철덩어리 하얀 기차는 꿈의 기차가 아니라 바로 죽음의 기차인 것이

오……"

중년 사내의 음성은 더 이상 의미를 갖지 못한 채 웅웅거리는 떨림으로 내 청신경을 흔들고 있었다. 그는 나를 밀치듯 손을 떼고 등을 돌려 천천히 멀어져갔다. 그러나 나는 현실에 뿌리내리지 못하는 꿈을 완강히 거부하는 듯한 그를 향해 소리치고 싶었다. 소녀를 죽인 것은 바로 당신이에요. 당신이 그 아이의 꿈을 탈취해간 것이라고요. 굴러갈 선로가 없어진 사람들에게는 몽상도 힘이 되는 법이랍니다. 당신이 그 아이의 꿈을 그렇게 갑작스럽게 빼앗지 않았으면 그 아이는 하얀 기차를 꿈꾸다 어느 순간 선로가 놓여 있는 꿈을 만날 수도 있었다고요.

하얀 기차 안에 못박힌 듯 서 있는 내 귀에, 열린 창문을 통해 백하역의 기적 소리가 굉음으로 울려오고 있었다.

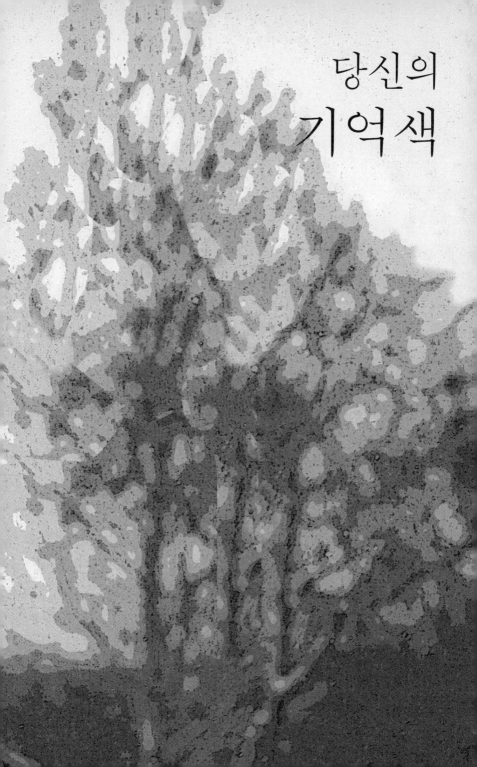

당신의
기억색

아무도 믿어줄 것 같지 않은 이야기를 이렇게 털어놓아도 괜찮은 건지 알 수 없으나 근래 들어 내가 경험하고 있는 이상한 현상은 사람의 얼굴을 전혀 인지하지 못하는 순간이 종종 생긴다는 것이다. 증세는 대략 두 가지로 나타났다. 하나는 상대편 얼굴이 분명히 익은데 그가 누구인지 기억하지 못하는 경우이고, 다른 하나는 상대편이 누구인가는 확실한데 그 얼굴이 완연히 낯선 경우이다. 나는 지금 길에서 우연히 마주친 고등학교 때 양호 선생님이나 골목 친구 이야기를 한가하게 하고 있는 게 아니다. 두 사람 사이에 흐른 세월의 깊이에 비례해, 또 과거의 친밀함 정도에 따라 상대편이 낯설거나 그 사람에 대한 기억이 가물가물한 것은 우리가 예사롭게 경험하는 일이지 않은가. 내 증세의 심각성은 내가 인지하지 못하는 대상들과 나의 밀접한 관계에 있었다.

당시에는 무심하게 지나쳤지만 곰곰이 돌아보면 이런 증세가 시작된 것은 이월 어느 일요일부터였다. 엘니뇨 현상으로 계절이 앞당겨진 듯 푸른 잎겨드랑이마다 개나리가 노랗게 입을 벌리던 그날 오후, 나는 세브란스 병원 산부인과 병동을 방문했다. 어머니는 젖이 돌기 시작하는 언니의 유방을 마사지하며 내가 도착하기 전에 수십 번은 반복했을 이야기들을 늘어놓고 있었다. "정말 예쁘지. 내 자식이지만 어째 이리 예쁠까. 하는 일마다 빈틈이 없다니까. 손이 귀한 집이라 첫째는 아들이면 싶더니 턱 떡두꺼비 같은 아들을 낳아놓지, 딸이 있어야 어미가 덜 외로운 법이니 둘째는 딸이 낫다 했더니 기다렸다는 듯 자기를 빼닮은 공주를 낳아놓지……" 언니가 딸을 먼저 낳고 아들을 낳았더라도, 아들 둘이나 딸 둘을 낳았더라도 언니에 대한 어머니의 칭송은 또 다른 이유로 변함이 없었을 것이다. 예전부터 언니가 학교에서 도시락을 먹을 때 물을 먼저 마시고 먹었는지, 반찬은 어느 것부터 집어먹었는지 하는 것까지 사사건건 알아야만 직성이 풀리는 어머니이긴 했으나 약병을 끼고 사는 처지인 지금도 여전히 언니 쪽으로만 뻗어가는 어머니의 신경 안테나를 지켜보고 있자니 마음이 답답했다. 내가 있는지 없는지조차 모르는 사람처럼 행동하던 어머니가 나를 향해 날카로운 눈초리를 던진 것은 어머니의 칭송에 지쳐 있는 듯한 언니에게 몸조리 잘하라는 말을 남기고 병실을 떠나려던 순간이었다. "나 좀 보자." 복도 끝에 버려져 있던 빈 링거 스탠드가 금방이라도 쓰러질 듯 불안해 보였다. 아니나다를까. 어머니의 입에서는 온기 한 점 없는 말들이 쏟아져 나오기 시작했다.

잠시 후 나는 쓴침을 삼키며 병원 언덕길을 내려오고 있었다. 모든 인연은 스쳐가는 것, 인연이 불편한 것도 아픈 것도 괴로운 것도 다 마음 하나에서 비롯되는 법이라니 미움과 슬픔이 담긴 마음의 그릇을 비우자고 다짐했었다. "우리에게 잘못한 이를 우리가 용서하듯"과 같은 구절을 떠올리며 용서할 수 있는 힘을 달라고 기도하기도 했다. 슬픔은 폐를, 노여움은 간을 손상시킨다니 스스로를 위해서라도 피폐한 감정을 피하자고 나를 다질렀다. 그뿐만이 아니었다. 오, 비본질적인 것들의 괴로움이여, 하는 시구가 생각나 이를 악물었고, 하단전에 의식을 집중해 심호흡하려 애썼다. 하나부터 백까지 숫자를 세어보기도 했다. 말하자면 그때 나는 몸 안에서 아우성치는 노여움으로부터 벗어나기 위해 나에게 입력된 정보들을 총동원하던 중이었다.

그러나 이탈은 쉽지 않았다. 신년 초, 수첩 맨 앞 장에 무슨 좌우명처럼 "분노하지 말자"라고 검은색 글씨를 정좌시켰으나 내 노력이 분노의 인력에서 벗어날 수 있는 이탈 속도에는 다다르지 못한 채 주변을 순환해왔다면 그날도 예외는 아니었을 것이다.

아마 병원 입구쯤이었을 게다. 길을 건너기 위해 고개를 든 나는 건널목 저편에서 낯익은 얼굴을 발견하게 되었다. 내가 아는 사람임이 분명했다. 알 뿐만 아니라 그의 더블 버튼 감색 상의가 썩 눈에 익어 있는 것으로 보아 자주 접했던 사람임이 틀림없었다. 그가 주머니에서 꺼내 들곤 하던 금색 지포라이터가 기억 속에서 반짝 튀어 오르기까지 했다. 그런데 정말 곤혹스럽게도 그가 누구인지가 떠올라주지 않았다. 나는 수수롭던 감정의 늪에서 빠져나와 내가 알 만한 그 또래 남자들을 서둘러 짚어보기 시작했다. 형부, 몸

과 마음이 진창이던 어린 시절 나한테 유난히 살갑던 이종사촌 오
빠, 오피스텔 건너편 이십사 시간 편의점에서 자주 마주치던 어느
남자, 동창 모임이 끝날 때쯤 자기 아내를 태우러 오던 친구의 남편
들…… 상대편도 나를 알아본 듯 경쾌한 웃음으로 길을 건너오는
데, 내 뇌세포들은 그에 관한 가장 기본적인 지식은 동면 상태로 남
겨둔 채 엉뚱한 부분에서만 기지개를 켜고 있었다. 볼펜을 들던 그
의 두툼한 손이 생각났고 좀 진하다 싶던 향수 냄새가 기억났다. 그
두툼한 손끝의 손톱들이 유난히 깔끔하게 다듬어져 있던 것도 떠올
랐다. 이마에 진땀이 흐르기 시작했다. 이런 일은 처음이었다. 도대
체 그는 누구란 말인가. 나이가 들면 자연스럽게 건망증이 생긴다
지만 나는 올해 들어 고작 서른 살이 되었을 뿐이다. 정신을 산란하
게 하는 아이가 있는 것도 아니고 뇌에 심각한 손상을 입을 만한 사
고를 당한 적도 없다. 기억력 감퇴를 유발한다는 유독가스를 마신
일도 없고 과로와 수면 부족에 시달린 상태도 아니었다. 게다가 다
른 건 몰라도 기억력 하나는 자신 있던 나였다. 사람들의 이름, 나
이, 전화번호 따위를 나는 쓸데없이 잘 기억했다. 대학 시절 밥줄이
던 영문법 책은 페이지 하나 어긋나지 않고 가지런히 내용 전체가
머릿속에 편집되어 있을 정도였다.

　"여기는 웬일이세요?"

　굵고 축축한 그의 음성마저 귀에 익었다.

　"아, 예…… 언니…… 때문에……"

　나는 짧은 소리로 허둥대다가 인사조차 챙기는 둥 마는 둥 그를
지나치고 말았다.

110

내 뇌의 기억 기능을 담당하는 시냅스가 치매 비슷한 증상에서 벗어나 정상적으로 작동하기 시작한 것은 월요일 아침 대사관에 출근한 다음이었다. 그는 다름 아닌 내 직장 동료인 공보관 P씨였다. 나는 붉어지는 낯을 식히지 못했다. 말이 거창해 대사관이지, 최근에 와서야 간간이 취업과 이민에 관한 문의가 들어올 뿐 그동안 우리나라와 경제 무역 교류가 활발했던 것도 아니고 피차 자국의 국내외 사정에 대단한 영향력을 행사할 만한 관계도 아닌 소소한 남미 국가 대사관에서 직원이라고는 나와 P씨를 포함해 단 네 명뿐이었다. 그것도 자국에서 파견 나온 비서관을 제외하면 우리말로 대화가 가능한 사람은 세 명으로 줄어들고, 세 명 중에서도 한 명은 경비와 관리 일을 도맡는 사람으로 근무 장소 자체가 다른 형편이니 따지고 들자면 P씨는 직장에서 유일한 한국인 동료이자 나와 가장 가까운 관계에 있는 사람이라고 할 수 있었다. 게다가 대학 졸업 후 첫 직장이던 무역회사를 그만두고 이곳에 취직한 것이 스물여섯 살 때니 P씨와 함께 지내온 세월도 어느새 오 년째로 접어들고 있었다.

그가 부탁했던 자료를 넘겨주며 어제 일에 대해 궁색한 변명이나마 늘어놓으려고 더듬거리는 나를 향해 P씨는 아무 일 아니라는 듯 두 손을 들어 올리는 시늉을 했다.

"나도 그런 경험이 있답니다. 열이 끓는 애를 안고 응급실로 뛰는데 누가 나를 부르잖아요. 까맣게 모르는 얼굴이에요. 그런데 나중에 정신을 차려보니 그 병원 치과에서 일하는 사촌형이더군요. 가족이 아프면 황망해지는 법이죠. 아무튼 위중한 병은 아니라니 불행 중 다행입니다. 어머니께서 언니를 간호하신다지만 미스 한 어머님도 건강한 몸은 아니시잖아요?"

거짓말이 거짓말을 낳는다고 언니의 입원 때문에 내가 황망했던 것으로 이해하는 P씨에게 나는 언니의 입원 사유가 둘째 아이를 제왕절개 수술로 출산한 때문임을 털어놓지는 못했다. 대신 어머니가 건강한 몸이 아닌 것은 맞는 말이었으므로 고개를 끄덕여주었다.

"그래요. 기억나는군요. 작년 가을쯤인가 미스 한이 급히 병원으로 달려가던 일이······"

가슴의 통증과 호흡 곤란 증세 때문에 응급실로 실려간 어머니에게 의사는 고혈압과 동맥경화라는 진단을 내렸다. 밖으로 드러나지 않아 그렇지 동맥경화의 진행 정도로 보아 고혈압은 상당히 오래전부터 잠복해왔을 가능성이 크다고 했다. 어머니는 그때부터 담당 의사의 처방에 따라 혈압 강하제와 혈관 강화제 등을 복용하고 수시로 병원에 들러 이런저런 조치를 받는 눈치였으나 그 뒤 혈압이 이백오십을 넘어 또 한차례 응급실 신세를 졌던 것을 보면 예후는 그다지 좋아 보이지 않았다.

"식구도 많지 않으니 아무래도 미스 한 도움이 필요할 것 같군요."

P씨는 무엇을 어떻게 짐작했는지 일층 사무실에서 이층 대사관저를 오르내리더니 나를 위한 사흘간의 특별 휴가를 주선해주었다. 엉겁결에 휴가를 받아들이긴 했으나 그 기간에 언니의 병실을 다시 방문하는 어리석은 일 따위는 물론 하지 않았다.

나는 휴가를 민석의 화실에서 보냈다.

예비자 교리반에 참석하기 위해 화요일 저녁 잠시 외출했던 것을 빼면 사흘 내내 꼼짝 않고 낡은 상가 건물 삼층 귀퉁이 공간에 갇혀 있었던 셈이다. 스스로 택한 유배였다. 간절하게 단절을 선포했음에도 여전히 펄떡이고 있는 노여움의 감정에서 도피하기 위해 나는 민석의 조무래기 수강생들과 함께 색종이를 접고 수수깡으로 연필꽂이를 만드는 일에 열중했다. 화실이 한가해진 저녁에는 민석의 만류에도 불구하고 장식장을 채운 아이들의 스케치북과 크레용을 들어낸 다음 먼지를 털어 정리했고 별로 지저분하지도 않은 탁자를 세제 묻힌 수세미로 닦아냈다. 그래도 시간이 남으면 복습을 착실히 하는 아이처럼 색종이를 꺼내 중심선에 맞춰 접고 뒤로 접고 비스듬히 접고 해서 돌고래와 우주선과 로켓을 만들었다. 자정을 넘겨 소음마저 귀가해버린 길에서 간간이 인기척이 느껴지면 기다렸다는 듯 창가로 다가가 가로등 불빛에 드러났다가 어둠 속으로 사라져가는 행인의 모습을 길게 쫓아가보기도 했다.

"한혜주. 너답지 않게 왜 이렇게 서성거려? 지금까지 잘해왔잖아. 내가 할머니한테 들었던 얘기 하나 해줄까? 시골에서 살 땐데 뒷집에 곱상하게 생긴 아기 엄마가 있었데. 어느 날 돌을 갓 넘긴 그 집 아기가 설사를 분수처럼 하다 죽고 말았다지. 마을 사람들이 달려가자 아기 엄마가 그러더란다. 닭죽이 상했는지 안 상했는지 몰라 아이한테 먼저 먹여봤는데 죽고 말았다고. 그래도 자기가 먼저 닭죽을 먹어보지 않은 것이 얼마나 천만다행이냐고…… 이런 일도 있었지. 딸을 끔찍하게 사랑하던 아버지가 저 예쁜 걸 키워 누구를 주나, 누구를 주나, 입버릇처럼 되뇌었어. 결국 자기 딸을 강간하고 말았고 도망친 딸을 잡아와 간청까지 했다지. 엄마하고 헤어질 테니 너하고 나하고 살자, 예쁜 아기 낳아 키우며 재밌게 살자. 딸은 자살하고 말았어. 전설이 아니야. 그 여고생이 바로 작은 고모 딸, 내 사촌동생이니까…… 가족이란 밀폐된 공간에서 벌어지는 일들을 대부분은 외면하며 살아가지. 믿고 싶지 않고 인정하고 싶지 않으니까. 하지만 믿지 않는다고, 외면한다고 있는 일들이 없어지진 않아. 그래도 혜주 넌 이런 경우보다는 좀 낫잖아? 독립해서 이렇게 잘살아가고 있으니까."

어머니한테서 독립한 이래 잘살아왔고 지금은 이렇게 애인의 화실에서 고적한 밤거리 풍경도 감상하고 있으니 민석의 말대로 상한 닭죽을 받아먹고 죽은 아이나, 강간당하고 자살한 여고생보다 내가 좀더 나은 처지였을까. 나는 고개를 저었다. 내 환경이 그들에 비해 더 좋았다기보다는 아마 내가 그들보다 더 독했을 것이다. 이런저런 서성거림 속에서도 나는 수시로 교리반 담당 수녀의 나지막한 목소리를 떠올리고 있었다. 수수깡을 만지던 손가락에서 힘이 스르르 빠질 때, 접어놓은 우주선이 총칼 같아 보였을 때, 이물질이 들어간 것처럼 눈 안이 척척해졌을 때, 마음이 어중간해 창가에서 발걸음이 떨어지지 않을 때 나는 수녀의 목소리를 붙잡으려고 애썼다. "우리에게 잘못한 이를 우리가 용서하듯 우리 죄를 용서하시고, 이 말은 자기에게 잘못한 사람을 먼저 용서하지 않으면 자기의 죄도 결코 용서받을 수 없다는 뜻입니다. 여러분, 용서하십시오. 먼저 용서하셔야 합니다……"

그러나 솔직히 말하자면 노여움을 벗어나는 일도 용서하는 일도 까마득히 멀어 보였다. 깊은 상처 속에 뿌리를 내리고 성장했을 아우성 같은 분노는 여전히 힘찬 맥박으로 나를 끌어당기고 있었다. 때로는 상처가 이렇게 선명한데 상처의 치유 과정 없이 용서가 가능하겠냐는 듯 붉은 혀를 날름거렸고, 때로는 가해자는 용서받을 생각 같은 것은 하지도 않고 여전히 가해하며 잘살아가고 있는데 왜 피해를 본 사람이 용서하지 못해 안달이냐며 더욱 거센 입김을 뿜어냈다. 활활 타던 불길이 가슴을 그을리다 뜨끔한 화상까지 입혀올 때면 나는 민석의 등에 깊이 손톱을 박아 넣었다. 노여움의 얼굴을 할퀴듯 민석의 살을 할퀴었고, 분노를 물어뜯듯 민석의 어깨를 물어뜯었다. 아니, 이건 사실이 아니다. 내 온몸의 세포를 열어 가파르게 관능의 고개들을 넘어가던 그 시간 내가 할퀴고 물어뜯었던 것은 노여움이 아니었을 것이다. 욕망의 곡선을 따라 가슴속에서 상승하고 있던 뭔가가 욕망이 소멸하는 어느 지점에서 함께 소멸해주기를 바라기는 했으나, 내 본능이 손톱을 세우고 싶었던 대상은 아마도 내 안에서 몸부림치는 노여움이 아니라 나를 몸부림치게 하는 어머니였을 것이다. 긍정과 부정이, 사랑과 미움이 공존하듯 사람의 내면에는 자기혐오의 감정과 자애의 감정도 같은 농도로 공존하는 것일까. 호흡이 최대치로 팽창하던 시간, 나는 극심한 자기혐오와 또 그만한 강도의 자기애를 동시에 맛보고 있었다.

그로부터 얼마 지나지 않아 이종사촌 오빠의 결혼식장에서 경험한 두번째 증상은 처음 것보다 훨씬 심각했다. 마포에 도착했을 때 아침 나절만 해도 쌀쌀하던 날씨는 오염된 공기와 공사 현장의 소음, 곡예하는 차들로 가득 찬 거리에 멀미를 느낀 듯 온도계 바늘을 부쩍 올려놓고 있었다. 오후 세시에 대사의 인터뷰 일정이 잡혀 있어 두시까지는 한남동 사무실로 돌아가야 했던 나는 발걸음을 재촉해 S대 동창회관을 찾아 들어갔다. 예식 시간이 넉넉하게 남았다 쳐도 강당 앞은 예상외로 한산했다. 축의금 접수대 옆에 꽃을 달고 서 있는 양가 부모들이 없었다면 결혼식장을 잘못 안 것이 아닌가 싶어 불안했을 정도였다.

이모 내외는 나를 반갑게 맞아주었다. 몇 가지 안부를 물어오고 빨리 결혼하라는 애정 섞인 재촉도 덧붙였다. 지방 도시들을 돌며 직장 생활을 했던 이모부는 깊은 주름과 군데군데 핀 검버섯으로 지난번에 볼 때보다 퍽 늙어 있었고, 면장갑 낀 손으로 나를 잡는 이모의 얼굴에서도 정성 들인 분단장에도 불구하고 세월의 흔적이 고스란히 묻어 있었다. 손톱과 발톱을 깎아주고 상추쌈을 싸서 내 입에 밀어넣던 젊은 시절의 이모와 이모부 모습이 생각나자 잠시 목젖 부분이 뜨끈해지는 것 같았다. 이십여 년 세월 저편에서 이모가 지금처럼 나를 잡은 채 말했다. "혜주야. 이모가 이제 너 자주 못 본다. 이모부 직장 때문에 춘천으로 이사 가거든. 엄마가 아무리 뭐라 해도 잘 견뎌야 해. 애정이 골고루 섞이면 좋을 텐데 어째 큰딸한테는 앞뒤 못 가리는 사랑만 퍼붓고 너한테는 미움만 퍼붓는 것인지 이모도 알 수가 없다만 네 엄마가 너한테 그러는 것도 다 살기 위해서일 게야. 빈 마음으로는 이 세상을 살 수가 없으니까. 너도 크면 알게 되겠지만 사람이 한평생을 살자면 사랑 못지않게 미움이 필요한 법이란다. 그러니 엄마가 너를 힘들게 하면 이렇게 생각하렴. 엄마가 나를 붙잡고 사는 거구나. 사랑만 붙잡고 살기에는 너무 외롭고 헛헛해 사랑보다 더 질긴 미움으로 나를 붙잡고 사는 거구나……"

어머니는 강당 맨 앞줄에 앉아 있었다. 하늘색 실크 한복을 입은 어머니의 뒷모습은 화사한 옷 색깔에도 불구하고 왠지 초망해 보였다. 나는 출입문 옆에 붙어선 채 스무 살, 내가 이 세상에 새로 태어나기 전까지 내 애정의 대상이었던 어머니의 뒷모습을 응시했다. 약간의 감정 과잉이 용서된다면, 그리고 누구에게나 있게 마련인 자기 연민의 심리가 한 움큼 깊어지는 것을 허용해준다면 나는 한 번쯤 소리쳐 말해보고 싶었다. 이 땅 위에 있는 것치고 허무하지 않은 것은 없다지만 내가 겪은 짝사랑처럼 허무한 게 또 있겠느냐고. 누구는 사랑은 밝고 맑고 따뜻한 것이라고 한다. 또 누구는 사랑은 쓰고 맵고 시고 아픈 것이라고 한다. 사랑보다 즐거운 탐닉의 대상은 없다고 말하는 사람들이 있는 반면 사랑보다 고통스러운 진실은 없다고 지적하는 사람들이 있다. 사랑을 위해 자신의 모든 것을 버리는 사람들도 있고, 또는 사랑을 버리기 위해 자신의 모든 것을 버리는 사람들도 있다. 그러나 사랑에 대해 각기 다른 견해로 왈가왈부하던 사람들도 모성애라는 단어 앞에서는 한입 한목소리가 되기 일쑤였다. 하늘보다도 높고 바다보다도 깊다는 어머니의 사랑…… 그렇다면 일편단심 어머니를 향했던 내 사랑은 어떻게 설명되어야 하는 것일까. 부모를 향한 자식의 일방적인 애정은 어떻게 설명될 수 있는 것일까. 가끔 나는 차라리 콩쥐나 신데렐라가 부러웠다. 왕자님을 만나 하루아침에 팔자를 고치고 신분 상승을 한 것이 부러운 게 아니라 계모인 어머니를 가진 것이 부러웠다. 또 나는 아주 가끔 사회적으로 공인받은 알코올중독자나 정신이상자인 부모를 가진 아이들이 부러웠다. 그들과 그들의 부모 사이에는 어떠하니까 어떠했다는 식의 인과 관계가 성립될 수 있을 테니까.

열두시 사십오분. 예식은 어차피 못 보고 돌아가야 할 형편이었으나 정체가 심한 도로 사정을 감안한다 해도 이십 분 안짝의 여유 시간은 있었다. 그런데 어머니 쪽으로 몸이 선뜻 움직여주지 않았다. 먼 친척뻘로 보이는 아주머니 한 분이 주변을 두리번거리다 어머니를 발견하고 반갑게 그쪽으로 다가가고 있었다. 어머니는 일어섰고 어머니 키에 가려져 잘 보이지는 않으나 두 사람이 손을 마주 잡는 것 같았다. 아마도 양쪽 집안의 안부 인사가 오가고 있을 것이다. 상식이란 저런 것이 아닐까. 생각으로든 말로든 행동으로든 사람들의 기대치에서 크게 벗어나지 않는 것. 어떤 상황에서 타당하게 일어날 수 있는 어떤 것. 외형상으로 보아 지극히 정상일 뿐만 아니라 큰딸에게는 말 그대로 모성의 화신 역할을 수행하는 어머니가 그러나 우습게도 나에게는 어머니가 아니었다. 내가 경험하고 느끼고 알고 있는 것으로 어머니의 형상을 만들어보기도 전에 벌써 누군가가 내 어머니를 포함한 어머니들의 형상을 완성해놓았다. 누군가는 어머니라는 거룩한 존재에 대해 상세하게 묘사해놓았고 또 누군가는 어머니들의 마음을 선명한 물감으로 찍어놓았다. 눈빛도, 체온도 이미 세세하게 해설되어 있어 더 이상의 부연 설명이 필요한 것 같지는 않았다. 어머니를 향한 찬양과 축복과 송가도 줄기차게 이어지고 있었다. 어머니라는 개념을 향한 세상의 상식은 굳건하게 일치했고, 정답이 정해진 상황 속에서 어머니를 해바라기하느라 수수깡처럼 말라가는 한 아이의 특별한 체험쯤이야 아무 문제될 것이 없었다. 계모도 아니고 바람난 여자도 아니고 사회에서 금기시하는 도박이나 약물중독에 빠진 여자도 아니고 정신이상자도 아닌 내 어머니는 상식 속에서 탄탄한 자리를 인정받고 있었고, 언제나 모든 것은 내 탓이었다. 단 한 번도 어머니에게 칭찬을 받아보지 못한 것도 내 탓이었고 단 한 번도 어머니의 따뜻한 미소나 손길을 경험해보지 못한 것도 내 탓이었다. 나에 대한 어머니의 미움을 가장 가까운 자리에서 지켜보며 안타까워하던 이모조차도 어머니가 나를 사랑보다 더 질긴 미움으로 붙잡고 사는 것이라고 역설적인 해석을 내리지 않았던가.

어머니를 이해해볼 어떤 개념의 도구도 갖추지 못했던 나는 뭐라 이름 붙일 수 없는 상처 속에서 자기 모멸의 감정을 꾸준히 키워갔다. 어머니를 향한 짝사랑이 깊어질수록 자기 모멸의 감정 또한 깊어졌고 그 사랑이 뜨거워져갈수록 자기 모멸의 감정 또한 뜨거워져갔다. 내 세계의 거의 전부였던 어머니가 나에게 준 것이 미움뿐이었으므로 나는 그 미움에 나를 맡기고 나 스스로 나를 미워함으로써 어머니 옆에서 밥을 먹을 수 있었고 잠이 들 수 있었다. 그렇게 유년기가 갔고 십대가 저물고 있었다. 어머니를 향한 연정에 치일 만큼 치이고 다칠 만큼 다치고도 거기에서 벗어나지 못했던 어리석은 나는 스무 살을 며칠 남겨놓은 어느 날 어머니를 향해 마지막 구애의 행동을 시작했다. 그리고 일방적 애정의 정점, 자기 모멸감의 정점에서 행해졌던 그 비장한 구애는 깨끗하게 실패하고 말았다.

병원에서 깨어나 이틀 동안 내 옆을 지켰던 사람이 어머니가 아니라 그즈음 다시 가까운 거리로 이사 와 살던 이모였음을 눈치채고, 내가 남긴 편지에 욕설을 퍼붓던 어머니와 그런 어머니를 나무라던 이모 사이에 큰 다툼마저 벌어졌었다는 이야기를 전해 들으며 나는 비로소 나일론 실보다도 질기고 탯줄보다도 강했던 내 짝사랑을 포기하고 새롭게 태어날 수 있었다.

강당 전체가 시계로 변한 듯 둔탁한 초침 소리가 울려왔다. 악연. 끊으려야 이승에서는 끊을 수 없는 연으로 맺어진 저 사람은 이제 치료약에서 진정제에 이르기까지 하루에 한 움큼씩 약을 삼키지 않으면 제 몸조차 제대로 추스르지 못하는 노년이 되었다. 고혈압과 동맥경화가 당장 생명에 지장을 가져오는 치명적인 질환은 아니라 하더라도 또 현대인에게 흔한 지병의 일부에 지나지 않는다 하더라도 지난번처럼 혈압이 치솟는다면 어느 누구도 앞일을 장담할 수는 없는 형편이었다. 나이로 보나 건강 상태로 보나 내가 저 사람을 먼저 떠나보낼 확률이 저 사람이 나를 먼저 떠나보낼 확률보다 월등히 높지 않겠는가. 나는 가슴에 촘촘히 드리워진 여러 빛깔의 감정 중에서 연민만을 낚아 올렸다. 그리고 그 연민이 윤택해지도록 기름을 발랐고 최대치로 팽창하도록 있는 힘껏 바람을 불어넣었다. 흔들리는 발걸음을 다잡아 어머니 쪽으로 다가갔다. 등 쪽의 인기척을 감지했을 텐데도 어머니는 고개를 돌리지 않았다. 두 사람 사이에 팽팽하게 줄이 당겨지는 듯한 기분이었다. 염색약 밑으로 하얗게 돋아나고 있는 어머니의 머리카락을 보며 내가 먼저 줄을 놓았다. 한 걸음 더 내디뎌 어머니 쪽으로 몸을 틀었다.

"어머니, 저 왔……"

그러나 다음 순간 혀는 딱딱하게 굳어버리고 말았다. 전혀 알지 못하는 얼굴이 거기 있었던 것이다. 지금까지 한 번도 경험해보지 못했던 진저리쳐지는 충격이 전신을 꿰뚫고 지나갔다. 눈에 익은 하늘색 한복, 하늘색 한복을 입을 때마다 어머니가 함께 갖춰 들던 동일한 색의 구슬 핸드백, 짧은 파마머리…… 모두가 어머니의 것임이 분명한데 오로지 얼굴만 낯선 사람이라니……

나는 구조를 요청하는 심정으로 강당 안을 둘러보았다. 듬성듬성 앉아 있는 하객들이 빛바랜 사진처럼 망막을 스쳐갔고 커튼 사이로 쏟아져 들어오는 햇살이 공중에서 너울거린다고 느껴졌다. 힘이 풀리며 스르르 무너지려던 순간 몸을 지탱하도록 해준 것은 시야에 들어온 이종사촌 오빠의 모습이었다. 주례인 듯싶은 노신사를 모시고 오빠는 앞쪽으로 걸어오고 있었다. 구세주라도 만난 듯 나는 오빠한테서 시선을 떼지 않았다. 단상 의자에 노신사를 안내한 오빠가 우리 쪽으로 다가오는 것을 확인한 다음에야 나는 막혔던 숨을 내쉴 수가 있었다.

"이모님, 건강은 좀 어떠세요?"

"매양 그래. 그나저나 장가를 진작 갔으면 좋았지, 아버지 직장 떨어진 지금에 와서 식을 올리니 하객이 이게 뭐니?"

"죄송합니다. 결혼이 제 마음대로 돼야 말이죠. 청첩장은 일부러 많이 안 돌렸어요. 혜선이는 몸조리 잘하고 있나요?"

"그래. 내가 오늘 나오지 말라 했어. 알지도 못하는 것들이 삼칠일이 지나면 괜찮으니 어쩌느니 해도 백일이 공연히 있는 게 아니야. 산모도 백일까진 꼼짝 않고 몸조리를 해야 뒤탈이 없어."

"잘하셨어요. 다음에 만나면 되지요."

이종사촌 오빠의 이모라는 호칭으로 보나 귀에 익숙한 음성으로
보나, 또 대화 내용으로 보나 하늘색 한복 속의 여자가 내 어머니라
는 사실은 의심할 바가 없어 보였다. 나는 그때까지 오빠한테 못박
았던 시선을 슬그머니 돌려보았다. 그러나 아니었다. 내가 아는 어
머니 얼굴이 아니었다. 생전 처음 보는 이상한 얼굴이 나와 무심하
게 마주하고 있었다.

"혜주, 정말 오랜만이구나. 어떻게 지냈니…… 왜, 어디 아파?
이모님, 혜주가 몸이 안 좋은가 본데요. 얼굴이 해쓱하잖아요."

"안 좋긴. 낳아놓기 무섭게 아비 명줄 끊더니 어미 혈관까지 막
히게 해놓고도 모자라 이번에는 언니 몸에 칼까지 대게 한 계집애
가 뭐가 안 좋겠어. 외국놈들 들락거리는 데서 얼쩡거리더니 밤잠
안 자고 일을 저질렀나 보지. 얼마나 정신없이 놀아났으면 인사도
제대로 못해."

나를 향한 말 마디마디에 박혀 있는 서슬로 보아서도 저 여자가
내 어머니임은 틀림없는 사실이었다. 나는 비명을 틀어막으며 비실
비실 뒷걸음질을 치기 시작했다.

"혜주야, 괜찮아? 왜 그래?"

걱정스러운 표정으로 다가오는 이종사촌 오빠에게 손을 내젓고
나는 방향을 돌려 강당을 뛰쳐나왔다. 나는 미친년이 된 기분이었
다. 미치지 않고서야 어머니 얼굴을 몰라볼 수가 있는가. 정신을 차
리고 눈물을 닦고 보니 창전동 어디였고 정신을 차리고 주변을 둘

러보니 동교동 쪽 어느 도로였다. 어머니를 중심으로 자전운동을 반복하며 성장하는 동안 귀에 못이 박이도록 들어온 시퍼런 말투가 새삼 서러웠던 것은 아니다. 예식 장소라는 것을 의식한 탓인지 지난번 병원에서 만났을 때보다 어머니의 음성은 오히려 부드러웠고 표현도 억센 껍질이 벗겨져 있었다. 그런데도 충격을 완화하려는 몸의 자정작용 때문인지 눈물은 멈춰주지 않았다. 길들이 움푹 패었다가 불룩하게 솟아올랐고 사람들은 주먹만 하게 줄어들었다가 연기처럼 길어졌다. 벅신거리던 도로가 갑자기 아득하게 비었다 싶으면 금방 원래 모습으로 돌아가기도 했다. 조용하기도 했고 동시에 시끄럽기도 했다. 어둡기도 했고 밝기도 했다. 낯선가 하면 또 익숙했다. 도저히 같은 시점에서 공존할 수 없는 것들이 눈물 안에서 섞이고 뒤섞여 쓰러지는가 하면 일어섰고 멀어지는가 싶으면 가까워지고 있었다.

오후 세시로 약속된 대사의 인터뷰가 기억난 것은 망원동 어디쯤에서였다. 시계는 세시를 불과 삼십여 분 남겨놓고 있었다. 나는 진짜 미친년이 되어 차도로 뛰어들었다. 굉음과 함께 급정거한 택시를 탄 다음에는 내가 소리치는 빨리빨리가 기사의 입을 막았다. 차는 비상등을 켠 채 공사 현장을 피해 곡예 운전을 시작했고, 나는 휴대폰을 열어 P씨에게 전화를 넣었다. 잡지사에서 미리 보내왔던 서면 질문서의 답변이 파란색 파일에 준비되어 있음을 알려준 다음 차질이 없도록 도와달라고 사정했다. 부은 눈두덩을 감추기 위해 아이섀도우를 덧칠하다 창밖을 보니 택시는 뿌연 공기를 가르며 강변도로를 질주하고 있었다. 더 이상 눈물을 흘리면 안 된다는 다짐이 나에게 힘을 주기 시작했다. 연민에 치여 잠시 숨죽였던 분노가 제 부피를 찾아가고 있었다. 충족되지 않는 애정의 갈구와 반복되는 어머니의 차가운 질타 속에 피폐해지던 내 삶이 주름을 펼 수 있었던 것은 순전히 분노 덕분이었다. 나는 어머니 집을 떠나오며 내 안의 함성들을 해방시켜주었다. 노여움을 방목했고 아우성에게는 자유의 날개를 달아주었다. 마음속 상처들이 날뛰도록 멍석을 깔아주었고 곪았던 병독들이 피를 토하도록 그릇을 받쳐주었다. 나는 더 이상 세상이 만들어놓은 상식에 속지 않았다. 내가 아는 것을 생각했고, 내가 느낀 것을 깨달았다. 어머니가 뽑아버렸던 손톱과 발톱을 다시 달았고, 노여움이 휘몰아칠 때면 짐승처럼 입을 벌려 포효했다. 어머니란 단어를 떠올리면 언제나 몸에서 부쩍 힘이 솟았다. 내가 한 마리 호랑이라면 아프리카 덤불에서 시베리아 벌판까지 단걸음에 질주할 것 같았고 풀이라면 척박한 바위틈에서도 얼마든지 억세게 자라 억만년을 살아낼 것 같았다. 운동할 때도 그랬다. 어머니만 생각하면 나는 후들거리던 몸을 추슬러 얼마든지 팔굽혀 펴기를 계속할 수 있었다. 그럴 때마다 어머니에게 복수라도 한 듯 써늘한 쾌감이 전신으로 퍼져갔고 나는 만족스럽게 손을 털고 일어섰다. 호되게 몸살감기를 앓을 때도 어머니는 내 치료약이었다. 어머니가 눈에 어른거리면 신열보다 더 뜨거운 열기가 나를 활활 일으켜 세웠다. 독하게 밥을 삼켰고 독하게 일을 했고 독하게 공부를 마쳤으며 어머니가 언니에게 소원처럼 말하곤 하던 '우아하고 고상하게 일하는 대사관'에 취직도 했다. 택시가 한남동 골목길로 접어들고 있었다. 두시 오십오분. 나는 안도의 한숨을 뽑아냈다.

P씨나 어머니에게 내 증세를 들키지 않고 아무 일도 아닌 것처럼 넘어간 것은 다행이었지만, 불행하게도 나에게는 아무 일도 아닌 게 아니었다. 그 두 번의 당혹스런 경험은 전초전에 지나지 않았다. 시간이 흐르면서 상대편 얼굴을 인지하지 못하는 경우가 조금씩 잦아지기 시작했다. 다만 내가 나에게 발생하고 있는 일들의 윤곽─가령 내 마음 상태와 증세 사이에 어떤 연관이 있다는 사실 같은 것─을 대략은 파악한 상태여서 직장 생활에 지장을 가져오거나 대인 관계에 오해를 불러일으킬 만한 실수들은 조심스럽게 피해 갈수 있었다. 이층에서 내려온 대사 부인이 잡지 화보를 내밀며 비녀에 관한 설명을 부탁했을 때 지난번 어머니 경우처럼 얼굴이 완연히 낯설게 느껴졌음에도 나는 태연함을 가장한 채 자연스럽게 대응했고, 또 버스 안에서 낯익은 그러나 누군지 기억나지 않는 남자와 우연히 마주쳤을 때도 별 무리 없이 대화를 진행하던 도중 그가 사년을 함께 보냈던 대학 동기라는 사실을 깨달아 어색했던 부분들을 껄끄럽지 않게 마무리할 수 있었다.

그러나 보이는 것을 알지 못하고 아는 것을 보지 못하는 인지 기능의 이상 현상에 나름대로 적응해가던 나도 대상 자체가 아예 시력 속으로 들어오지 않았을 때는 그만 비명을 터뜨리고 말았다. 그 기괴한 증세를 경험하던 날 새벽, 나를 깨운 것은 가위눌림이었다.

꿈속에서 나는 언제나처럼 아이가 되어 흐느껴 울고 있었다. 아이 가슴의 찢어지는 듯한 통증이 수면 중인 나에게로 전이된 듯 나는 자면서도 슬프고 괴로웠다. 아이보다 대여섯 살쯤 위로 보이는 소년이 아이를 달래기 시작했다. 울지 마. 그만 울고 이거 갖고 놀아. 장난감 다 줄게. 내 돼지저금통도 줄게. 제발 울지 마. 네가 우니까 나도 울고 싶잖아…… 갑자기 소년이 소리쳤다. 엄마, 혜주 어깨에서 피가 나. 등에서도 팔에서도 피가 나. 전부 피야. 내 눈에는 아이의 몸에 흐르는 피가 보이지 않으나 마치 내가 피를 흘리고 있는 양 어깨가, 등이, 팔이 아리고 저려왔다. 소년이 젊은 이모에게 매달렸다. 엄마, 혜주 우리 집에서 살자고 해. 엄마가 혜주도 같이 키우면 되잖아, 응, 엄마…… 이모가 아이에게 약을 발라주며 물었다. 이모 집에서 살까? 아이는 고개를 저었다. 이모네의 훈훈한 분위기에도 불구하고 아이가 소망해온 것은, 하루가 지나고 다음날 눈을 뜰 때마다 한 계절이 가고 새로운 계절이 올 때마다 한 해가 저물고 새로운 해가 밝을 때마다 간절히 소망해온 것은 이모의 사랑이 아니었음을 잠 속의 나는 알고 있다. 꿈의 화면에서 서서히 소리가 제거되고 팬터마임처럼 표정과 몸짓만 남은 영상이 이어지고 있었다. 마당이다. 노란색 날개의 어린 고추잠자리들이 한가하게 원을 그리고 봉숭아 꽃망울의 붉은색이 선명하게 눈에 박혀오는 마당. 어린 내가 또 울고 있다. 청각에 닿지는 않으나 현실에서는 한 번도 들어본 적 없는 섧디 서러운 울음이 아이의 입에서 터져나오는 것을 느끼는 순간, 나는 그만 꿈에서 깨어나고 싶어졌다. 차마 눈뜨고 보고 싶지 않은 다음 장면을 나는 알고 있었다. 그러나 꿈속의 아이는 눈을 감지 못하고, 보고 싶지 않은 것을 보고야 말았다. 아이는 사지를 버둥거리며 도망가려 하나 발이 움직여주지 않았다. 비명을 질러도 소리가 나와주지 않았다. 아이는 자꾸만 버둥

126

거렸다. 공포를 연기하는 무언극 배우처럼 팔을 젓고 고개를 흔들며 버둥거렸다.

잠에서 깨어났을 때 악몽은 내 이마와 등허리에 끈끈한 땀을 토해놓고도 여전히 빽빽한 밀도로 나를 에워싸고 있었다. 나는 바닥에 자세를 잡고 앉았다. 오른쪽 다리를 구부려 왼쪽 허벅지 위에, 다시 왼쪽 다리를 구부려 오른쪽 다리 위에 얹었다. 허리를 바로 세웠고 조용히 눈을 감았다. 깊은 호흡 속에서 나는 생각했다. 관념을 버리자고, 감정을 버리고 분노를 버리고 모든 것을 용서하자고, 이십대를 시작하며 내 안의 분노와 노여움을 해방시켰듯 이번에는 내가 내 안의 분노와 노여움으로부터 해방되자고, 오늘이 어버이날인데 편안한 마음으로 어머니를 찾아보자고, 준비해놓은 핸드백 선물과 함께 카네이션 꽃다발도 전해드리자고…… 의식이 물처럼 흘러가던 어느 순간 내 안의 내가 싸늘하게 소리쳤다. 네 감정은 관념에서 비롯된 것이 아니라 살덩이 속에 박혀온 것들인데 그게 그리 쉽게 버려지겠느냐고, 상대편이 너를 즐겁게 맞이하지 않는데 너 혼자 그렇게 다짐한다고 편안해지겠느냐고, 미워해야 할 것을 미워하고 분노해야 할 것을 분노하는 게 왜 잘못이냐고…… 나는 그래도 내 안의 나에게 우격다짐을 주었다. 점점 병약한 노인이 되어가는 어머니가 아니냐고, 그쪽에서 나를 받아들이지 않아 화해에 이르지 못하는 것은 어쩔 수 없는 일이라 해도 내가 풀 수 있는 것은 풀어야 하지 않겠느냐고……

기괴한 증세를 경험한 것은 출근 준비를 하기 위해 거울 앞에 섰을 때였다. 믿어지지 않게도 거울 속에 내 얼굴이 없었다. 거울 속에 내가 있는데 그게 나라는 것을 내가 모르는 것이 아니었다. 거울 속에 있는 얼굴이 나인 것은 확실한데 그 얼굴이 낯설었던 것도 아니었다. 거울 안에는 아예 아무것도 없었다. 얼굴 부분이 거짓말같이 텅 비어 있었다. 눈도 코도 귀도 입도 없는 허공이었다. 얼굴이, 정말로 얼굴이 보이지 않는 것이었다. 나는 비명을 지르며 화장실로 달려갔다. 세면대 위 사각 거울 안에도 내 얼굴은 없었다. 텅 비어 있을 뿐이었다. 화장실을 뛰쳐나온 나는 핸드백을 헤집어 휴대용 거울을 꺼내 들었다. 위쪽을 보면 눈 부분이 없었고 중간을 보면 코 부분이 없었고 아래쪽을 보면 입 부분이 없었다. 내 얼굴이 없어진 것을 나는 분명히 보고 있는데 눈은 없고, 가슴이 펄떡이는 것으로 보아 나는 분명히 숨을 쉬고 있는데 코는 없고, 치약 냄새가 풍기는 것이 분명히 느껴지는데 입은 없고, 쿵쿵거리는 내 발걸음 소리가 분명히 들려오는데 귀는 없었다. 거울을 던져놓고 나는 신음을 뱉으며 전화기 쪽으로 엉금엉금 기어가기 시작했다.

민석한테 기대앉아 나는 숨을 가다듬었다. 떨리던 몸이 제자리로 돌아가고 어지럽던 사물들이 정지하고 민석의 목소리가 평상시처럼 들려왔을 때 나는 조심스럽게 거울 쪽으로 고개를 돌려보았다. 내가 있었다. 내가 알고 있는 내 얼굴이 보였다. 민석은 대상과 그 대상에 대한 나의 인식을 짝짓는 체계에 뭔가 혼란이 있는 게 아니냐고 물어왔다.

"기억색이란 말 들어본 적 있어? 가령 바다라는 단어에서 우리가 연상하는 건 파란색이야. 또 초원 하면 녹색이 떠오르지. 순결과 백색, 사랑과 분홍색, 죽음과 검은색…… 이런 걸 두고 기억색이라고

해. 그 반대로 파란색을 보고 바다를 연상하고 녹색을 보고 초원을 연상하는 것도 기억색의 역할이지. 우리한테는 알게 모르게, 직접 경험을 통해서든 간접 경험을 통해서든 이미 입력된 정보들이 있다는 거야. 어떤 색은 어떤 것이고 어떤 것은 어떤 색이라는 것도 관념으로 굳어진 정보이지. 물론 기억색은 지역마다, 연령마다, 계층마다 다를 수 있어. 개인의 경험에 따라 다르기도 하고. 똑같은 붉은색을 보고도 정열을 연상하는 사람이 있는가 하면 피, 공포 같은 것을 떠올리는 사람도 있으니까. 하지만 일반적으로 통용되는 기억색과 개인의 기억색 사이에 편차가 크다 보면 갈등이 생기지. 네가 느끼는 증상은 뭔가 기억색과 유사한 기능에 혼란이 일어난 게 아닌가 싶은데…… 그렇지 않니? 사람의 생각은 갑자기 바뀌는 게 아니잖아. 바다를 파란색이라고 알아왔는데 그걸 노란색이라고 강요하면 부작용이 일어나게 되어 있어. 내가 보기에 혜주 네가 달라지고 있어. 갑자기 성당에 나간다, 마인드 컨트롤 책을 사본다, 요가를 한다 하며 안 하던 짓을 시작하는 것도 그렇지만 뭐랄까, 너를 너답게 하던 힘 있던 뭔가가 쑥 빠져버린 그런 느낌이야."

민석의 말대로 기억색과 유사한 기능에 대혼란이 발생하고 있는 것인지 언니의 둘째 아이 백일 때도 아버지 제삿날에도 이상한 증세는 여지없이 나타났다. 형부의 얼굴이 낯설거나 언니의 얼굴이 낯설었고 어머니 얼굴이 아예 보이지를 않았다. 짐작건대 내 증세는 틀림없이 앞으로도 더욱 맹렬해질 것이다. 이 년 전 애완동물처럼 끼고 살던 언니를 분가시키고 헛헛한 모습으로 앉아 있던 어머니를 봤을 때 처음으로 이물질이 끼어들기 시작해 작년 가을부터 부쩍 불순물이 증가하고 있는 분노를 원래의 강도로 움켜잡는 것도, 또 거기에서 완전히 벗어나는 것도 아직은 가능해 보이지 않는다. 보이는 것을 알지 못하고 아는 것을 보지 못하는 게 첫 단계였고 대상 자체가 아예 보이지 않는 게 두번째 단계였다면 다음에 나를 기다리고 있는 가공할 그것은 무엇일까.

나는 병원을 방문했다. 예상했던 대로 병원에서는 내 신체에서 아무런 물리적 이상을 찾아내지 못했다. 안과 의사는 가벼운 결막염 증상을 지적했을 뿐이고 CT와 MRI 촬영 필름을 면밀히 검토했던 신경외과 의사 역시 아무 이상이 없는 것 같다는 소견을 내놓았다. 별로 내키지 않는 걸음으로 병원을 들러보긴 했으나 나도 내 증세가 안구건조증이나 백내장 같은, 혹은 중추신경계 질환 같은 종류가 아니라는 것쯤은 깨닫고 있었다. 만약 내 증세를 소상하게 털어놓았다면 안과 의사와 신경외과 의사는 신중하고도 친절한 태도로 나에게 신경정신과 진찰을 권유했을지도 모를 일이다. 하지만 나는 신경정신과는 가고 싶지 않았다. 정신의학에 문외한인 내가, 또 십 년 전과 달리 요즘의 정신의학이 어떻게 발전해가는지 잘 모르는 내가 이렇게 말하는 것이 그 분야 전문인들한테는 썩 미안한 일이긴 하나, 나는 모든 게 내 탓으로 돌려지는 경험을 다시 하고 싶지는 않았다. 어머니를 향한 마지막 구애에 실패한 뒤 이모의 간청에 못 이겨 병원을 퇴원하기 전 신경정신과 의사를 면담했었다. 그 의사 역시 모성애에 대한 보편타당한 상식과 기억색을 뚜렷하게 가진 사람이었고, 계모도 아니고 알코올중독자도 아닌 어머니에게서 어떤 문제를 찾아내려 하기보다는 자꾸 나에게서 문제를 발견하고 싶어 했다. 솔직히 말하자면 가해하는 사람은 문제가 없고 피해를 본 사람에게 문제가 있다는 식의 구조 속에 다시 나를 맡기는 어리석은 짓은 결코 하고 싶지 않았다.

이런 식의 치유 방법을 두고 다행이라고 해야 하는 건지 아니면 불행이라고 해야 하는 건지 잘 모르겠으나 나는 아버지 제삿날인 어제저녁의 씁쓸한 경험을 통해 내 증세를 호전시킬 방법이 아주 없지는 않음을 깨닫게 되었다. 어제저녁, 어머니 얼굴은 아예 눈에 들어오지 않았다. 지난번 거울 속의 내 얼굴처럼 눈이 없고 코가 없고 귀가 없고 입이 없는 텅 빈 공간이었다. 보이지 않는 얼굴을 마주하기가 끔찍해 나는 가급적이면 어머니 쪽으로 시선을 두지 않은 채 제상에 올릴 과일들을 손질하고 있었다. 아기 기저귀를 갈던 언니가 분유 탈 물을 끓여달라고 부탁했고, 나는 찻주전자를 깨끗이 헹구고 정수기에서 물을 받은 다음 가스레인지 위에 얹었다.

제사가 끝나고 밥상을 차릴 때쯤 아기는 우유병을 거뜬히 비워냈다. 밥을 서너 수저나 떴을까. 혼자서 몸을 뒤집으며 간지러운 소리로 옹알이를 하던 아기의 입에서 방금 먹었던 우유가 한입 울컥 쏟아져 나왔다. "혜선아, 큰일났어. 애가 토한다. 뭘 잘못 먹여서 우리 공주님이 토하지?" 아기를 안아 세우며 걱정스러워하는 어머니에게 언니는 디티피(D.T.P.) 예방 접종을 한 다음부터 미열이 있어 자꾸 토한다고 설명했다. "그랬구나, 우리 공주님이 예방 주사를 맞으셨구나. 그래, 얼마나 힘이 드셨어? 얼마나 힘이 들었으면 우유까지 다 토해내셔?" 손녀를 사분사분 어르는 어머니의 음성은 젖비린내 나는 옹알이보다도 더 간지러웠다. 그 목소리에서 따뜻한 행복감 같은 것이 느껴져 나는 어머니 얼굴이 안 보인다는 사실을 깜빡 잊은 채 어머니 쪽을 바라보았다. 휑하니 뚫려 있는 공간. 허공. 빈자리. 나는 소스라치게 놀라며 시선을 꺾었다. 날카로운 소리가 터져 나온 것은 바로 그때였다. "잠깐. 아까 분유 탈 물 네가 끓였지? 무슨 일을 저질렀어? 솔직히 말해. 우유 탈 물에 무슨 몹쓸 짓을 했기에 애가 먹은 것을 다 토해내는 거야?" 느닷없는 고성에 놀란 아기가 와앙 울음을 터뜨리더니 먹은 것을 다시 울컥 게워냈다. 어머니의 목청은 한결 더 높아졌다. "이것 봐라. 애 잡는다. 저 죽일 년이 멀쩡하던 애를 잡아. 너 빨리 말 못해? 우유 물에 뭘 집어넣었어? 물을 어떻게 끓였기에 애가 다 토해내는 거야?" 형부와 언니가 아기를 받아 안으며 애들 어릴 때 토하는 것은 보통이라느니 아까 낮에도 몇 번 토했다느니 하는 말을 덧붙였으나 이미 적의에 불을 댕긴 어머니 귀에 들릴 리 만무했다. 어떤 일을 트집 잡아 나를 향해 칼을 뽑으면 온몸의 기운이 다하도록 난도질을 해야 물러서는 어머니였다. "지난번에는 제 언니 고운 살에다 칼자국을 한 뼘이나 내놓더니 그것도 모자라 이제는 갓 태어난 조카한테까지 덤벼들어? 그러고도 네가 인간이냐? 넌 자식이 아니라 살을 씹어먹어도 시원찮을 원수야. 세상에 낳아놓자마자 아비를 날름 잡아먹더니 그것도 모자라서 어미마저 잡아먹으려고⋯⋯" 나는 고개를 들지 않았다. 참자, 무슨 말을 듣든 참아내자⋯⋯ 나는 내 안에서 끓어오르는 노여움을 누르기 위해 나를 다질렀다. 사랑만 붙잡고 살기에는 너무 외롭고 헛헛해 사랑보다 더 질긴 미움으로 나를 붙잡고 사는 거라던 이모의 말을 애써 떠올렸고 내 수첩 앞 장에 근엄하게 정좌한 글자들을 떠올렸다. 분노하지 말자, 분노하지 말자……그러나 다음 순간 내 분노는 더 이상 밟아지지 않았다. "인간이 인간 노릇 못할 거면 약 처먹었을 때 차라리 깨끗이 죽어버리지, 뭐 때문에 다시 살아나. 더 살아서 누구한테 무슨 해코지를 하려고. 그때 너만 죽어 없어졌으면……" 뚜껑이 열린 분노는 폭발하듯 쏟아져 나왔고 나는 이성을 잃은 채 보이지 않는 어머니 얼굴을 향해 소리치기 시작했다. "그만 해요. 제발 그만 해요. 그만큼 나를 아프게 했으면 됐지, 뭐가 모자라 계속 이러는 거예요? 아버지가 왜 나 때문에 죽었어요? 언니가 제왕절개 수술받은 게 왜 나 때문이에요? 애가 토하는 게 왜 나 때문이냐고요? 그래요. 내가 우유 물 끓였어요. 왜요? 뭐가 잘못됐어요? 내가 독약이라도 넣었을까 봐요? 그렇게 모질게 학대하더니 이제는 내가 겁이 나요? 내가 무서운가요?" 정신없이 소리치던 도중 나는 어머니 얼굴이 다시 보인다는 사실을 불현듯 깨달았다. 틀림없는 어머니의 얼굴이었다. 존재해야 할 것들이 존재하지 않아 휑하니 비어 있던 공간이 어머니 얼굴로 채워지고 있었다. 내 분노의 농도에 비례하듯, 어머니의 얼굴은 점점 더 선명해졌다. 낯설지도 않았다. 내 앞에 나타나던 그것은 분명히 내가 알고 있는 내 어머니 얼굴이었다.

돌아오는 발걸음은 허탈했다. 이십사 시간 편의점에서 캔맥주 몇 개를 사 들고 나오다 나는 오피스텔 건물을 올려다보았다. 몇 군데 구멍에서만 어설퍼 보이는 불빛이 새어 나올 뿐 건물은 칙칙한 어둠 속에 잠겨 있었다. 나는 천천히 그쪽으로 걸음을 옮겼다.

빈 의자

포르노그래피를 보는 오전, 내 주변의 모든 것은 침묵하고 있다.

지금 내 주거 공간인 12평의 오피스텔을 채우고 들어앉은 것은 적막함이다. 내가 기억하기로 이 공간은 항상 적막했다. 이사를 오던 날에도 적막했고, 이사를 와서도 적막했다. 바람이 불거나 흐린 날이면 더욱 빈틈없이 적막했다. 이곳은 북향이다. 유리창은 응달 속에 자리했다. 유리창 저편, 또 다른 오피스텔 건물의 그림자는 길고 견고해서 아무리 긴 다리를 가진 햇발일지라도 이곳에는 발을 들여놓지 못했다. 이 공간에서는 침침함 속에서 해가 뜨고 노을이 졌다. 나는 창밖에 펼쳐지는 어둠의 밀도를 통해 하늘을 보고 석양을 냄새 맡았다. 부동산 청년의 안내로 비어 있는 이 오피스텔을 보러 왔을 때, 나를 사로잡았던 것은 바로 공간 가득 고여 있던 적막함이었다. 세상의 절망이 안을 기웃거리지 못할 것 같던 밀실, 어떤 음모의 촉수도 뻗쳐올 것 같지 않던 사각의 공간. 나는 한 치의 망설임도 없이 이 오피스텔을 계약했다.

적막함만큼 비중이 크지는 않지만, 이 공간에서 조연쯤 되어 보이는 사내가 소파에 앉아 있다. 그 사내는 물론 나다. 그러나 내가 '그 사내'가 되든 '그'가 되든 또는 '그녀'가 되든 그것은 타인에게 별로 중요한 일이 아니라는 사실을 나는 알고 있다. 내가 잠시 뒤보기 흉한 한 마리 거미로 변신하든 아니면 거미줄에 걸린 한 마리 날벌레가 되든 그것 또한 타인들에게 하등 중요한 일이 못 된다는 사실을 알고 있다. 옆 오피스텔 건물 삼층에 신경정신과 간판을 걸어놓은 의사는 나에게 고독하냐고 물은 적이 있다. 나는 그런 식으로 질문하지 말라고 벌컥 화를 내고 말았다. 고독하십니까? 고독하시죠? 고독하실 겁니다…… 그것은 얼마 전까지만 해도 꽤 잘나가는 산업 강사였던 내가 인간관계를 강연할 때마다 상습적으로 써먹던 말이었다.

"최근에 발표된 한국 정신장애 역학조사 결과에 따르면 우리나라 사람들의 공황장애 발병 비율이 세계에서 가장 높은 것으로 나타났습니다. 공황장애란 무엇입니까? 가령 극도의 불안감 때문에 사람들 속에 섞이지 못하고 방에 틀어박혀 대인 접촉을 회피하는 것입니다. 대인 접촉을 회피하다 보면 이번에는 외로워집니다. 사람에게는 타인과 정서적으로 교류하려는 본능, 다른 사람들과 관계를 맺으려는 욕망이 있기 때문입니다. 대인관계에 자신감은 없고, 정서적 교류를 향한 욕구는 있고…… 이런 상황에서 탄생한 것이 익명의 너와 내가 만나는 밀실 형태의 방입니다. 여러분, 밖에 나가 보십시오. 거리마다 넘쳐흐르는 것이 방이고 밀실입니다. 노래방,

비디오방, 소주방, 편의방, 찜질방, 만화방, 전화방, 최근에는 캡슐방까지 등장했다지 않습니까? 우리 사회의 밀실은 이것뿐만이 아닙니다. 룸살롱, 고급 요정, 심지어는 단란주점에도 밀실이 있어야 장사가 된답니다. 밀실이란 무엇입니까? 닫힌 공간입니다. 타인과 자신을 공간적으로 단절시키는 것이지요. 컴퓨터 통신의 대화방이나 한때 우리나라 사람 1천3백만 명이 가입했다는 삐삐, 요즘 너나 할 것 없이 들고 다니는 휴대폰도 일종의 자기만의 방, 밀실이라고 볼 수 있습니다. 무엇이 우리 사회 전체를 밀실로 만들어가고 있는 것일까요? 어떤 전문가들은 '방'이 어머니의 자궁을 상징한다고 분석합니다. 어머니의 자궁으로 회귀해 상처받은 몸과 마음을 위안받으려는 일종의 정신적인 퇴행 현상이라는 것이지요. 또 어떤 전문가들은 밀실 문화야말로 우리 현대인의 고독과 소외를 극명하게 드러내주는 것이라고 지적합니다. '고독한 군중'이라는 말을 들어보셨을 겁니다. 고독한 군중이란 고도 산업화 사회에서 나타나는 특이한 성격 유형의 인간들을 지칭하는 말입니다. 이 사람들은 외관상 충분한 사교성을 갖추고 있습니다. 하지만 내면에서는 각자 고립되어 있고, 또 그 고립감 때문에 번민합니다. 고독한 것이지요."

이쯤 해서 나는 잠시 뜸을 들였다가 목소리를 낮춰 청중들에게 질문을 던졌다.

"여러분, 고독하십니까?"

청중 가운데 한두 사람이라도 고개를 끄덕여주면 그날 강연은 대체로 성공이었다. 나는 나와 청중 사이의 공간을 부유하는 얼마간의 정적을 지켜보다 말을 잇곤 했다.

"사실 저도 때때로 고독합니다. 산다는 것은 깊은 고독 속에 있는 것이라고 지적하는 시인도 있습니다만, 대부분의 평범한 우리에게 고독이란 질병처럼 달갑지 않은 방문객이 아니겠습니까? 어쩌면 고독은 이 세상에서 가장 무서운 고통인지도 모릅니다. 어떤 심한 공포나 두려움도 함께 있으면 견딜 수 있지만, 고독이라는 병은 죽음과 같아서 좀처럼 극복하기가 어렵다고 하지 않습니까? 고독한 군중 속에서의 인간관계, 더 나아가 고독하지 않은 인간관계를 위해 우리는 어떻게 해야 할 것인가……"

나와 함께 강연장을 떠돌아다니던 내 검은색 가죽가방에는 늘 신문, 잡지, 인터넷, 학술지 등에서 끌어모은 고독에 대한 자료가 들어앉아 있었다. 고독을 질문하고 해석하는 일은 바로 내 일이었다. 그런데 의사가 나에게 똑같은 질문을 해왔던 것이다. 고독하십니까? 아마도 나는 고독했을 것이다. 하지만 내가 고독한 것이 사실이라고 해서 의사의 질문에 '예'라고 대답해버린다면, 나의 고독이란 도대체 무엇인가. 나에게 개인 면담을 요청해왔던 사람치고 고독하지 않았던 사람은 드물었다. 내가 보기엔 이 세상에 넘쳐나는 것이 고독한 인간들이었다. 내가 고독하고 네가 고독하고 그가 고독하고 그녀가 고독하고 그들이 고독하다면, 그 고독들의 차이는 무엇이며 더 나아가, '나'와 '너'와 '그'와 '그녀'와 '그들'의 차이는 무엇인가. 여기 있는 나도 고독하고, 저기 있는 너도 고독하고, 거기 있는 그들도 고독하다면 '여기'와 '저기'와 '거기', 그 사이의 거리는 무엇인가. 나는 고독조차도 닮아 있어야 하는 인간의 운명을 수용할 수 없었다. 누군가의 손때가 덕지덕지 묻어 있는 것으로 나

자신을, 또는 나 자신의 어떤 상태를 규정하고 싶지는 않았다. 의사
는 이 세상에 새로운 것은 아무것도 없으며 또 인간의 특징 중 닮지
않은 것은 아무것도 없다는 말로 그날 나를 돌려세웠다.

나는 소파에 앉아 있다. 나로부터 일 미터쯤 떨어진 곳에 텔레비
전이 놓였고 내가 열 번도 더 보았던 포르노 필름이 화면에 재생되
고 있다. 나의 눈동자는 화면을 향해 열려 있다. 형광등마저 꺼놓
았으므로 비디오 화면을 제외하면 침침한 공간에서 살아 움직이는
것은 아무것도 없는 것 같았다. 물론 나는 숨을 쉬고 있다. 하지만
나는 말하고 싶다. 내 상식과 가치관의 어느 페이지를 들춰보아도
이 오전에, 이 어두운 밀실에 틀어박혀 포르노 필름이나 보고 있는
작자를 제대로 살아 있는 인간으로 보아야 한다는 구절은 없노라
고. 나는 이 공간에서 차가운 벽이나 콘크리트 바닥 같은, 혹은 싱
크대 위의 플라스틱 물컵 같은 하나의 정물에 불과한 존재인지도
모른다.

남자와 여자의 은밀한 곳들을 펼쳐 보이기 위해 화면은 시시각각
변했다. 숨겨졌던 살들을 선명하게 드러내 보이고, 인간의 눅진한
부분들을 조금이라도 더 열어 보이기 위해, 포르노그래피 속의 육
체들은 가로세로로 예리하게 절단되고 있었다. 16인치 화면 속에서
성기를 확대시키기 위해 허벅지가 절단되었고, 흔들리는 유방을 보
여주기 위해 목이 절단되었다. 엉덩이를 보여주면 허리가 잘려나갔
고, 입의 움직임을 잡기 위해 콧등과 턱이 사라져버렸다. 살과 살
이 탁하게 섞이고 인간의 살이 인간의 살을 학대하는 섹스의 현장
이었다.

나는 담배를 물었다.

사람의 마음을 기억하는 것이 마음이듯, 사람의 몸을 기억하는 것은 몸이다. 내 마음은 어떤 사람의 외로움과 어떤 사람의 슬픔, 또 다른 어떤 사람의 절망 같은 것들을 기억하고 있다. 나에게도 저 포르노그래피 화면의 조각난 육체들처럼 내 몸이 기억하고 있는 타인의 파편화된 부분들이 있다. 내 입술이 기억하는 어떤 그녀의 입술, 내 팔이 기억하는 어떤 그녀의 허리, 내 손끝이 기억하는 어떤 그녀의 가슴…… 물론 입술이나 허리나 가슴 등으로 떠오르는 그녀들은 내 마음의 언어와 내 몸의 언어가 서로 융합하지 못하던 순간들의 만남이었을 것이다. 조각나지 않는 영상으로 떠오르는 여자도 있었다. 대학 선후배 사이로 만나 사랑한다고 믿었고, 네가 나 같고 내가 너 같던 무렵 결혼해서, 함께 밥을 먹고 탁하지 않은 섹스를 나누다 삼 년 전에 헤어졌던 여자. 그녀가 물어왔었다. 언제까지 기다려야 네가 제대로 말하는 것을 들을 수 있겠느냐고. 나는 '당분간' 시간이 더 필요하다고 답했다.

그즈음 나는 너무 많은 사람들 앞에서 너무 많은 이야기를 하는 것으로 내 생계를 이어가고 있었으므로, 그녀 앞에서는 가급적 입을 열지 않았다. 말없이 있을 수 있는 자리, 나에게는 그것이 사랑이었다. 나는 나에게 익명으로 존재하는 그 많은 사람 앞에서, 나하나만이 익명이 아니라는 사실이 고통스러웠다. 내가 산업 강사로 나서면서 원했던 것은 익명이 아닌 나와 너의 만남이었는데, 호황기에 기업들의 사원교육 열기를 타고 비대하게 팽창해가던 산업교육 시장에서 인기라는 정체불명의 승용차에 탑승하기 시작했던 나의 일은 나에게 익명의 사람들 앞에서 익명이 아닌 나로 존재할 것을 요구해왔다. 내가 강단에 서면 사람들은 나를 훔쳐보았다. 어떤 사람은 내 턱수염 자국을 주목했고 어떤 사람은 내 와이셔츠의 주름을 뜯어보았다. 팔짱을 끼고 앉아 내 머리끝에서부터 발끝까지 훑어 내리는 사람들도 없지 않아 있었다. 나의 전신은 그들에게 완벽하게 노출되었고, 나를 발가벗기든 분해하든 그것은 그들의 자유였다.

청중은 내 강연을 향해 그들의 귀를 열었지만 마음의 문까지 개방한 것은 아니었다. 산업 강사로서의 내 생명은 바로 그 문의 개폐 여부에 좌우되었다. 강단에 서지 않는 시간, 어떻게 해야 청중의 마음속으로 들어설 것인가를 고민하느라 나는 그녀의 마음의 문 따위는 신경 쓸 겨를이 없었다. 청중의 고독에 다가갈 방법을 찾아내느라 그녀의 고독 같은 것은 돌볼 여유가 없었다. 그즈음 전·현직 관료나 대학교수, 예술인 등 기업체들이 선호하는 인기 강사들을 제외하고도 나처럼 가방 하나 들고 떠도는 산업 강사들의 숫자는 일천 명을 훨씬 넘어서고 있었다. 그 안에서 유명 강사로 계속 생존하는 방법을 모색하느라 나는 어쩌면 그녀의 존재조차도 까맣게 잊고 있었는지도 모르겠다. 나는 그녀에게 '당분간'이라고 대답은 했지만 사실 나에게 당분간이 얼마만큼의 시간인지는 알지 못했다. 그러나 더 이상은 나를 견딜 수 없다고 비명을 지르던 그녀에게는 일년이 당분간이었던 모양이다. 내 입에서 당분간이란 대답을 들었던 날로부터 정확하게 일 년의 시간이 흐른 뒤, 그녀는 아이를 데리고 내 곁을 떠나갔다. 나는 그녀에게 진심으로 고백하고 싶었다. 어떤 입술, 어떤 허리, 어떤 가슴이 아니라 내 마음의 언어와 몸의 언어가 동시에 떠올리는 온전한 영상의 여자는 당신밖에 없노라고. 그러나 후회는 언제나 때를 놓친 뒤에야 찾아오는 법이다.

그녀는 떠났고, 나한테는 두 개의 빈 의자를 골똘히 바라보는 버릇이 생겼다.

내 사각의 공간, 하얀 벽에는 복사본 그림이 걸려 있다. 게오르게 그로스라는 독일 태생 화가가 1925년에 그렸다는 이 수채화를 어느 미술 전시회에서 보았을 때, 내 마음에 쏙 들었던 것은 「담배-술집(Tabacs-bar)」이라는 단순한 제목이었다. 노랑, 갈색, 주황의 빛깔이 혼합된 술집 출입구와 차양의 강렬함도 나쁘지는 않았다. 당시 내 생활을 지탱해주던 양 축은 바로 담배와 술집이었다. 어디를 가나 상담을 청해오는 청중이 있었다. "선생님, 강연 잘 들었습니다. 바쁘시겠지만 선생님께 긴밀하게 상의드리고 싶은 일이 있어서……" "예, 말씀해보십시오." "사실 저는…… 가정불화에 시달리고 있습니다. 아내는 제게 불만이 많답니다. 제가 도통 대화를 하려 하지 않는다고 저를 성토하지요. 하지만 전 아내한테 숨기는 게 아무것도 없답니다. 물론 아내를 진실로 사랑하고 있고요. 바쁜 직장 일에 쫓기다 보니 지친 몸으로 집에 들어가면 먹고 잘 생각밖에는 안 드는 게 사실이긴 합니다만……" "선생은 부인을 사랑한다고 하셨습니다만 대화가 없는 사랑이란 죽은 사랑에 다름 아닌 것입니다. 인간관계 중에서 가장 소중하고도 어려운 것이 바로 가족 구성원들 상호 간의 관계입니다. 이 관계를 가장 잘하게 해주는 비결이 바로 대화입니다. 대화는 사랑의 확실한 증표이자 나와 너 사

144

이를 이어주는 존재의 확인 방식인 것입니다. 니체도 부부생활은 긴 대화라고 말하고 있지 않습니까? 우선 선생께서는 매일 저녁 일정한 시간을 정해놓고 부인과 얘기를 나눠보시는 것이 좋을 듯싶습니다. 자기 의견을 고집하지 마시고 상대편 이야기를 경청해야 합니다……" 그렇게 돌아서면 내 가슴속으로 불어오는 찬바람이 있었다. 말이 없는 나한테 지친 나의 그녀는 내 곁을 떠나갔는데, 나는 익명의 그들에게 진지한 대화를 권유하기에 바빴던 것이다. 표리부동한 내 피폐한 생활의 중압감이 나를 데리고 가는 곳은 주로 술집이었다. 술은 말이 없었다. 물론 나한테 귀찮게 질문을 던지거나 상담을 청하는 법도 없었다. 나는 침묵할 줄 아는 술이 사랑스러운 나머지 하루도 술을 찾지 않는 날이 없게 되었다.

술집에서 돌아와 그녀의 빈자리를 실감하던 어느 날인가부터 나를 잡아당기는 그림 속의 무엇인가가 있었다. 술집 앞에 슬픈 듯 놓여 있는 두 개의 빈 의자였다. 나는 침대 머리에 기대앉아 담배를 태우면서도 그림 속의 빈 의자들을 바라봤고, 맥주를 마시면서도 그것을 주목했다. 나는 나를 그 의자 중의 하나에 앉혀보았다. 파란색 의자에 걸터앉아 담배를 태우는 중년의 마른 사내. 그는 그 자리에 썩 잘 어울렸고, 나는 빈 의자 하나를 '나의 자리'로 명명하였다. 그런데 앉고 보니 나를 노려보는 암팡진 고양이의 노란 눈이 있었다. 돌아앉아도, 옆으로 앉아도, 고개를 숙여보아도 그림 속 사내는 그림 속 고양이의 시선으로부터 도망치지 못했다. 오른쪽 구석에 쪼그리고 앉은 고양이의 시선은 집요해서 그 안에 꼼짝없이 갇혀버린 사내는 외롭고 고독해 보였다. 또 하나의 빈 의자가 누군가의 차지가 된다면 사내의 외로움이 조금쯤 덜어지지 않을까. 나는 내가 알고 있는 얼굴들을 하나씩 떠올려보았다. 아버지, 어머니, 형, 동생, 어떤 그녀의 입술, 어떤 그녀의 허리, 어떤 그녀의 가슴, 친구 A, 친구 B, 친구 C, 친구 D. 그러나 번번이 나를 사로잡았던 감정은 낭패감이었다. 어느 누구도 그 의자에는 어울려 보이지 않았다. 그 사람이 편안해하지 않거나 그림 속 사내가 편안해하지 않았다. 내 책상 서랍에는 기업체를 떠돌며 받은 수백 장의 명함이 있었다. 나는 명함들을 침대에 늘어놓고 하나하나 이름을 올려보았다. 마지막 명함의 임자도 빈 의자에 걸맞은 인물은 아니었다. 그들은 장시간 앉아 있기에는 너무 바쁘고 시간에 쫓기는 사람들이었다. 고양이의 시선은 여전히 사내에게 고착되어 있었고, 그림 속 사내는 점점 왜소해졌다. 견디다 못한 나는 고동색 치와와, 하얀 푸들, 조끼를 입은 애완용 원숭이, 금붕어 따위를 빈 의자의 주인으로 연상해보기 시작했다.

그렇다. 하나의 의자가 쓸쓸하게 비어 있다.

그녀를 떠올리고 빈 의자에 대한 생각이 나를 스쳐가는 동안 화면은 조금씩 복잡해지고 있었다. 한 명의 여자와 한 명의 남자가 동시에 추가되었다. 이제 그와 그녀가 아닌, 그들과 그들이 얽혀 있다. 살들과 살들이 빠른 속도로 교환되고, 살들이 살들을 학대하면서 그들의 표정은 일그러졌고 신음 소리는 높아져갔다. 나는 리모컨을 들어 볼륨을 낮추었다. 화면의 신음 소리가 문틈으로 새 나가지 않도록 주의를 기울였다. 언젠가부터 나는 사람들 눈에 띄는 것을 극도로 두려워하기 시작했다. 나를 아는 사람을 만나면 심장의 고동이 빨라지고 가슴이 죄여왔다. 머리가 무거워지면서 식은땀도 흘렀다. 나는 포르노그래피를 보고 있는 나를, 내가 알지 못하는 누군가가 열쇠 구멍으로 들여다볼까 봐 두려워하고 있었다. 비록 나는 지금 포르노 필름을 통해 타인의 섹스를 훔쳐보고 있지만, 내가 누군가의 포르노그래피가 되어야 하는 상황은 상상만으로도 끔찍스러웠다. 너를 보고 있는 나는 익명이어도 좋다. 하지만 나를 보고 있는 너는 나에게 익명이어서는 안 된다. 나와 타인 사이에 내가 새롭게 설정해놓은 이 기대치의 불균형은 나를 위태롭게 하고 있었다.

어느 다리가 이 사람의 것이고 어느 팔이 저 사람의 것인지, 어느 엉덩이가 어느 여자의 것이고 어느 가슴팍이 어느 남자의 것인지 구분해내려면 화면 저편으로 절단되어버린 그들의 육체를 용의주도하게 따라가야 했다. 내 의식은 필름 밖으로 잘린 그들의 몸을 더듬고 있었다. 절단된 허벅지…… 절단된 목…… 절단된 허리…… 절단된 턱…… 내 자신에게서 내가 절단시킨 것은 어느 부분이었을까. 그녀가 떠난 뒤 얼마 지나지 않아 구조 조정 바람이 기업마다 휩쓸아치기 시작했다. 비교적 건실하다고 알려진 한 기업체의 연수원에서 강연을 마치고 저녁 식사를 하는데 나를 부러워하는 얼굴들이 있었다. "선생님은 얼마나 좋은 직업을 갖고 계십니까? 해고 같은 것 불안해하실 필요도 없고, 자유롭고……" 하지만 모르는 말씀이었다. 내 직업이야말로 불러주지 않으면 바로 그날로 끝장나는 직업이었다. 수요가 끊기는 그 순간이 바로 해고요, 실직인 것이다. 사회 전반에 드리우는 불황의 그림자가 산업교육 시장만 피해갈 리는 만무했다. 산업 강사에 대한 수요는 급격히 감소할 것이고, 산업 강사 중에서도 인간의 고독이니 인간관계니 하는 추상적인 내용을 팔고 다니는 나 같은 강사들이 제일 먼저 세찬 바람을 맞을 것은 불 보듯 뻔한 일이었다. 당혹스런 일은 그뿐만이 아니었다. 세상은 어제오늘 다르게 빠른 속도로 변해가고 정보의 홍수 속에서 청중들은 나날이 영악해졌다. 전문 분야의 지식이나 매끄러운 말솜씨 정도의 자산으로 불림을 받던 시절은 이미 저물고 있었다. 들어야 할 것 다 들어왔고 알아야 할 것 웬만큼 알아온 청중들은 무엇이든지 강렬한 것을 희구하기 시작했다. 감동을 줘도 보통 감동으로는 안 되었고, 재미도 보통 재미로는 그들을 웃길 수 없었다. 산업 강사의 밥줄을 좌지우지하는 청중들의 입맛은 급속도로 까다로워지고 있었다. 하지만 청중이라는 거대한 정보 소비 집단이 가진 아킬레스건이 있었으니, 그것은 타인에 대한 호기심이었다. 타인의 사생활에 관한 이야기면 그 수준에 관계없이 청중은 우선 들을 준비를 했다. 나는 "여러분, 고독하십니까?"가 더 이상 청중에게 먹혀들지 않는다는 것을 온몸으로 실감하고 있었다. "사실…… 저는 몹시 고독합니다." 일인칭 고백체가 되어야만 간신히 청중의 시선을 붙잡아놓을 수 있었다. 그러나 그것도 그리 오래가진 않았다. 고독하다 해놓고 구체적인 생활의 예증 없이 뜬구름 잡는 소리만 하고 있으면 청중은 고개를 돌렸다. 그들은 끈질기게 요구하고 있었다. 너라는 인간을 열어 보이라고. 산업 강사라는 직업군에서 낙오되지 않으려면 나는 나를 절단시켜야 했다.

"사실 저는 이혼을 했습니다. 벌써 일 년 전 일이군요. 오늘은 제 이혼 이야기로부터 인간 커뮤니케이션이라는 이 강연을 풀어가볼까 합니다. 어느 누구나 그렇겠지만 저 또한 제 인생에 이혼 같은 엄청난 사건이 발생할 것이라곤 전혀 예측하지 못했습니다. 아니 혼자서 밥을 먹고 혼자서 잠드는 생활이 제법 익숙해진 지금도 이혼자라는 사실을 받아들이고 싶지 않은 것이 솔직한 제 심경입니다. 저는 아내와의 인간관계에 실패한 것입니다. 이 세상에서 가장 가까운 인간관계에서 좌절할 수밖에 없었던 제가 그 쓰라린 경험을 바탕으로 여러분께 들려드리고 싶은 이야기는 바로 이런 것입니다. 인생의 성패를 좌우하는 것이 인간관계이다……"

나는 강단이라는 사각의 화면에서 청중들에게 나의 치부를 열어 보이기 시작했다.

화면 속에서 살의 욕망과 쾌락을 과장하고 있는 포르노 배우들의 얼굴은 마치 얼마 전까지의 내 모습 같았다. 시간이 지날수록 나는 강연장의 특성과 분위기에 따라 내 이혼에 대한 화장을 조금씩 달리했다. 어떤 때는 실체보다 더욱 좌절되게, 어떤 때는 내가 느끼는 고통보다 훨씬 더 고통스럽게, 어떤 때는 가벼운 연애 이야기하듯, 그리고 어떤 때는 내 이야기가 아닌 것도 내 이야기인 것처럼 감정과 표정을 연기하는 동안, 나는 어느 것이 진짜 내 마음인지 종잡을 수 없게 되고 말았다. 나는 리모컨을 눌렀다. 그들과 그들의 서글픈 섹스 게임은 순식간에 화면에서 사라졌다. 내가 한 번도 청하지 않았으나 내 옆에 슬그머니 다가와 있는 그를 동행하고 오피스텔을 나섰다. 의사는 그에게 '불안'과 '고독'이라는 두 개의 이름표를 달아주었다.

"두렵다고 하셨는데 선생께서 느끼는 감정은 두려움이 아니라 불안입니다. 두려움은 그 사람에게 두려움을 불러일으키는 대상물이 실제로 존재하지요. 하지만 불안은 대상이 없기 때문에 불안에 대한 반응도 선생처럼 무력감으로 나타나게 되는 것입니다. 불안의 원인은 갈등입니다. 대부분은 회피 갈등 때문이지요. 원하지 않는, 또는 바람직하지 않은 목표나 행동을 선택하지 않을 수 없을 때 불안은 심화됩니다. 다행히 증세가 우려할 만큼 심각하지는 않습니다. 또 한 가지, 선생께서는 불안을 구태여 극복하기보다는 불안 속에 들어앉으려 하는 경향이 있는데 이건 좋은 방법이 아닙니다. 알코올중독으로 불안감을 마비시키는 것처럼 자해적인 방법이지요. 집에만 머물지 말고 자꾸 밖으로 나가십시오. 선생에게 필요한 것 중 하나가 정서적 유대에 대한 본능적 욕구를 충족시킬 수 있는 타인들과의 의사소통이기도 합니다. 광장의 문화라고나 할까요."

찢긴 햇살이 내 이마 위로 쏟아져 내렸다. 바야흐로 더위가 청장년기로 접어드는 시기였다. 어디로 눈을 돌려도 탄탄한 근육과 꿈틀거리는 혈관을 가진 더위를 볼 수 있었다. 무르익을 만큼 무르익은 더위의 왕성한 호흡에 간간이 불어오는 바람은 벌겋게 익었고, 거리는 땀을 흘렸다. 내 몸에서도 기다렸다는 듯 진땀이 흘러내리고 있었다. 거리로 나서기만 하면 땀이 흐르는 증상은 겨울부터 계속되고 있었으므로 내 땀의 방출이 더위와 밀접한 상관관계에 있다고 말할 수는 없었다. 맨 처음 손바닥에서 돋아난 땀은 겨드랑이 안쪽으로, 목덜미와 등으로, 그리고 허벅지를 거쳐 발바닥으로 자기

세력의 범위를 점차 확장해갔다. 의사의 진단이 옳은 것인지도 모른다. 의사의 진단대로 나를 규정하자면 나는 불안하고 고독한 것이다. 내가 나를 규정할 수 있는 나만의 어휘를 찾아내지 못했다 해서 나에 대한 의사의 규정을 거부하는 것은 내 권한 밖의 일이다. 의사인 그에게 환자인 내가 고독하고, 다른 환자인 어떤 남자가 고독하고, 또 다른 환자인 어떤 여자가 고독하다면, 그 고독들은 동질의 고독인 것이며 처방 또한 동일할 수밖에 없지 않겠는가. 내 고독에 차별성을 부여하고 싶은 것은 나의 욕망일 따름이다.

　의사는 내 땀을 의식과 무의식의 심연을 흘러다니던 불안의 진액이 발산되고 있는 것이라고 해석하고 싶을지도 모르겠다. 왜 그렇게 불안하냐고, 혹은 왜 그렇게 고독하냐고 물어온다면 나는 사실할 말이 없다. 이혼이라는 것도 썩 좋은 대답은 못 될 것이다. 그녀가 떠남으로써 내가 짊어져야 했던 쓸쓸함도 알고 보니 나만 지고있는 것은 아니었다. 나와 똑같은 등짐을 지고 있는 그와 그녀와 그들이 있었다. 나와 그와 그녀와 그들의 고통은 썩 닮아 있었다. 나는 기쁨이나 즐거움, 쾌락이나 욕망에서 내가 타인과 닮았다는 사실까지는 받아들인다 하더라도 고통과 상처까지 닮았다는 사실은 정말 용납하고 싶지 않았지만, 용납하지 않으려는 것은 내 관념이었고 관념은 때때로 사실 앞에서 무력한 법이다. 의사는 말했다.

　"가령 전쟁터의 병사를 생각해봅시다. 적과 싸우려고 앞으로 나가면 틀림없이 적군의 탄환에 맞아 죽을 것이고 그렇다고 후퇴하면 불명예스러운 행동으로 인해 군법회의에 회부, 처형당한다고 할 때, 이 병사는 진퇴양난의 극심한 고통을 느끼게 됩니다. 선생도 유사한 경우라고 해석할 수 있습니다. 선생은 이혼 사실을 대중 앞에 꺼내놓고 싶지도 않고, 무능한 강사가 되고 싶지도 않은 것입니다."

내 안의 내가 의사한테 소리쳤다. 제발 그만. 나를 분석하고 해석하지 마. 그 의사처럼 전문적이진 않았지만, 나 또한 전공이었던 심리학 공부를 바탕으로 타인을 분해하고 분석하던 사람이었다. "나 뉘드린 종이를 받으셨죠? 지금부터 오 분 동안 여러분 머릿속에 떠오르는 단어를 적으시는 겁니다. 이것저것 깊게 생각하지 마시고 가벼운 마음으로 적으세요. 자, 시작합시다." 내가 산업 강사로 발을 내딛던 초창기만 해도 사람들은 순진했다. 그들은 추상적이면 추상적인 대로, 현실적이면 현실적인 대로 그들의 마음을 열어 보였고, 나는 내 강연 내용에 걸맞은 답안지를 취사선택해 즉석에서 설명을 곁들임으로써 내 강연의 신뢰도를 높이고 청중들의 호응을 끌어낼 수 있었다. 그러나 언젠가부터 사람들은 더 이상 순진하지 않았다. 그들은 내가 한마디를 하면 열 마디를 알아들었다. 종이를 나눠주면서 단어 운운하면 그들은 벌써 내가 무슨 짓을 하려는 것인지를 먼저 눈치챘다. 그들은 자신의 내면을 꽁꽁 감춰둔 채 타인의 내면을 훔쳐보기를 원했고, 어쩔 수 없이 몇 단어 적어 내려가면서도 그들의 호기심을 충족시키지 못하는 강사에 대한 권태감을 감추려하지 않았다. 나는 그들의 권태감을 모르는 척해주느라 안면 근육까지 뻣뻣해지곤 했다. 그런 일들이 앞서거니 뒤서거니 하며 마침표를 찍기 시작했다. 그녀가 떠난 것이 제일 먼저였다. 유명 산업 강사 대열에서 낙오되지 않으려고 나는 나를 절단시켰고 나의 이혼을 팔아먹었다. 그러나 오래가지는 못했다. 무수하게 많은 이혼이 신문과 방송과 인터넷에 떠다니고 있어 청중들은 곧 시들해졌다. 나는 내 사생활을 폭로하는 것에서 한 발자국 더 나아가 내 이혼에 선정적인 분칠을 해대며 그들의 포르노그래피가 되었다. 청중은 잠시 반가워했고, 다시 권태로워졌다. 나는 갈림길에 서 있었다. 점점 더 자극적인 포르노그래피가 되어 시장의 대열에 합류해 살아남느냐 아니면 시장에서 낙오되어 수증기처럼 증발해버리느냐. 인간의 고독에 대한 낡고도 고전적인 자료들과 함께 나는 실제로 썩 고독해지고 있었다. 진땀이 흐르고 가슴이 죄어오는 증상 때문에 병원을 들락거리면서도 나는 쉽게 내 행로를 결정하지 못했다. 먼저 선택을 내린 쪽은 청중이었다. 나는 산업 강사군에서 탈락했고 그와 동시에 의사를 만나는 일도 집어치우고 말았다. 불과 몇 달 전 일이다.

더위 먹은 거리에는 어깨를 늘어뜨린 수많은 점들이 걸어 다니고 있었다. 과거에서 미래로 달려가는 시간의 여정에 우연히 마주친 점들. 미세한 점으로 나에게 존재하는 저들, 그리고 저들에게 존재하는 수많은 점 중의 하나인 나. 점과 점 사이를 잇는 선은 어디에도 없는 것 같았다. "인간관계란 쉽게 말해서 인간의 가슴과 가슴을 이어주는 선을 지칭하는 것입니다. 그 선을 통해 전달되는 감정은 여러 종류이겠지요. 사랑도 있을 것이고 미움도 있을 겁니다. 인간이 사회적 동물이라는 이야기는 내 가슴에서 타인들 가슴으로 통하는 선들이 존재한다, 동시에 타인들 가슴에서 나를 향하는 선들이 존재한다는 말과 다를 바 없는 의미입니다. 생각해보십시오. 너하고 내가 이어지지 못한 채 각자 점으로 떠돌 때의 공허감과 삭막함을……" 나는 호흡이 가빠지기 시작했다. 한시라도 빨리 밀실을 찾아들지 않으면 이 거리에서 하나의 점으로 응고해버릴 것만 같은 위기감에 허정허정 발걸음을 서둘렀다.

돈으로 살 수 있는 밀실, 전화방은 이층에 있었다. 만 원짜리 지폐를 건네면 나한테 한 시간 동안 밀실이 제공되었다. 8번 방의 빈 의자가 내 차지였다. 어느 밀실이나 그렇겠지만, 여기서도 전화방 기능을 수행하는 데 필요한 품목만이 단출하게 공간을 장식하고 있었다. 익명의 손님을 위한 의자, 그 손님을 익명의 여성들과 이어주기 위한 전화기, 전화기가 놓인 탁자, 서로 마음만 맞으면 무슨 이야기든 나눌 수 있음을 넌지시 암시해주는 비디오 화면, 그리고 서비스 차원의 사탕 접시. 점과 점을 선 긋기 하는 작업에 썩 지쳐버린 듯 전화기의 줄은 꼬이고 얼룩졌다. 비디오 화면은 무심하게 남자와 여자의 데이트 장면을 내보내고 있었다. 벨이 울렸다. 오늘 들어 처음 들어보는 내 목소리가 전화기 안으로 흘러들어갔다.

—안녕하십니까? 8번 방에 있는 사람입니다.

—안녕하세요? 저는 서른두 살이고 주부예요.

—예, 반갑습니다.

—반가워요. 덥고 무료한데…… 재미있는 이야기나 할까요?

—무슨 이야기를 해야 재미있으시겠습니까?

—우…… 리…… 폰…… 섹…… 할까요?

—……

전화선 저편의 여자 입에서 망설이는 듯 가느다랗게 폰, 섹, 이란 단어가 흘러나왔을 때 아주 잠시 열렬하고도 서글픈 무엇인가가 나를 스쳐가는 것 같았다. 욕망의 아가리 속으로 나를 던져 넣을 수 있다면 폰섹스도 나쁘지는 않으리. 내 상상 속에서 상대편 여자의 육체가 조각나고 상대편 여자의 상상 속에서 내 육체가 조각나 허무감밖에는 남는 것이 없다고 할지라도, 이 남루한 존재감을 잠시 망각할 수 있다면 정욕 속에 몰입해버리는 것도 나쁘지는 않으리. 하지만 욕구는 일어서주지 않았다. 때 묻은 전화선을 통해 흘러가고 흘러온 몇 마디 음란한 어휘들은 내 혈관에 미세한 불꽃조차 일으키지 못한 채 스러졌다. 느끼고 싶었던 것들은 느껴지지 않았고 생각하지 않아도 좋을 것들만 머릿속에 떠오르고 있었다. 전화선 저편에는 무엇이 있기에 여자로 하여금 폰섹스를 갈망하도록 만들었을까. 무료함, 권태, 지겹고도 단순한 일상, 호기심, 도피하고 싶은 현실, 해소되지 못한 욕구, 외로움, 고독. 어쩌면 여자는 나와는 반대로, 이런 방법을 통해서나마 자신의 존재감을 확인해보고 싶은 것인지도 모른다. 나는 솔직해지기로 했다.

　　—미안합니다. 제가…… 잘 안 되는군요.
　　—……
　　—……

어색한 침묵 뒤에 전화는 끊겼고 나는 담배를 피워 물었다. 화면 속의 남녀는 강변에서 데이트를 마치고 모텔로 들어서고 있었다.

잠시 뒤면 나는 또 저들의 신산한 성적 교환을 지켜보게 될 것이다. 두번째 전화벨이 울렸다.

—안녕하십니까?

—결혼하셨나요?

—예.

—음성은 사십대쯤 돼 보이시는데…… 맞지요?

—예, 그쯤 됩니다.

—저는 주부입니다. 사실은…… 답답해서, 누구한테 말이라도 쏟아놓지 않으면 질식할 것 같아서 전화했어요. 내가 사는 곳은 감옥입니다. 감옥도 이런 감옥은 없답니다. 나는 분명히 감옥 안에 있는데, 어느 누구도 내가 감옥에 있다는 것을 인정해주지 않는답니다.

나는 언뜻 그녀를 떠올렸다. 당신은 나를 고문하고 있는 거야. 당신 목소리 못 들어본 지가 벌써 며칠째인 줄 알아? 그렇게까지 해서 꼭 성공해야 하는 거야? 여기는 감옥이야. 감옥도 이런 감옥이 없다고.

—내가 지금 무슨 일을 하던 중인 줄 아세요? 젓가락을 들고 있답니다. 부엌에서 흔히 보는 스테인리스 젓가락입니다. 이 젓가락에 마른걸레를 친친 감아서, 그냥 감으면 안 된답니다, 가구들 무늬는 틈새가 촘촘하고 정교하기 때문에 걸레를

가볍게 살짝 감아야 그 틈을 파고들 수가 있지요. 상상이 가세요? 걸레를 감은 젓가락을 가구 무늬 사이로 집어넣어 빙빙 돌려가며 먼지를 닦아내는 일이…… 이 가구들은 물론 내가 들여놓은 것은 아닙니다. 그럴 리가 있습니까? 시어머니가 이런 가구들을 좋아하시지요. 실뱀들이 뒤엉켜 있는 것 같은 무늬들 일색의…… 이게 다 예술품이라고 합니다. 나는 스튜어디스였지요. 다들 내 결혼을 부러워했습니다……

그녀와 나의 결혼도 모두들 잘 어울리는 결혼이라고 했다. 나도 그렇게 믿어 의심치 않았다. 나는 그녀가 내 곁을 떠날 수 있다는 것을 단 한 번도 상상해보지 못했다.

─새벽 다섯시면 시부모님께 문안 인사를 드리고 죽 그릇이 얹힌 나무 쟁반을 들여가야 합니다. 매일 메뉴가 변하지요. 잣죽, 흑임자죽, 전복죽, 야채죽, 버섯죽…… 그리고 아침 식사를 준비합니다…… 내가 장식장 무늬들을 후벼 파면서 무슨 생각을 하는지 아십니까? 이건 젓가락이 아니라 날카로운 송곳이다, 송곳이다, 송곳이다, 중얼거리면서 누군가의 가슴을 마구 찌르는 상상을 합니다. 하루에도 열 번, 스무 번씩 살의를 느낍니다. 아, 내가 미쳐가는 게 아닐까요……

전화 속 그녀는 정말 숨이 막혀 있었다. 간간이 섞이는 한숨이 그녀의 숨통을 틔워주곤 하는 것 같았다. 그녀는 미쳐가고 있다고 하소연하는데, 화면 속의 남녀는 태연하게 옷을 벗으면서 정사를 준비하고 있었다. 나의 그녀가 말했었다. 나는 숨이 막혀 미치겠는데 섹스를 하자고? 한 달 동안 나한테 말 한 번 건네지 않은 남자를 끌어안으라고?

> —내가 찌르고 싶어 하는 사람이 누구인지도 모르겠습니다. 탈옥할 수만 있다면 어느 누구든 가리지 않고 제거해버리고 싶은 이 광포한 심정…… 초인종이 울리는군요. 나를 부르는 초인종이……

그녀의 전화는 끊어졌고 나는 다시 담배에 불을 붙였다.
세번째 전화의 목소리는 느낌만으로도 어두웠다.

> —……그 일이 벌써 사 년 전이네요. 왜 그럴 때가 있지 않나요? 아무한테도 말할 데가 없어서, 말을 건네볼 사람이 없어서, 혼자 중얼거리다 갑자기 울음이 터질 것 같은 시간들 말예요. 오늘 주변이 너무 적막해서, 누군가와, 나를 모르는 누군가와 그냥 이야기나 해볼까 싶어……
> —밤에 잠은 잘 주무십니까?
> —그런 편이에요. 먹을 것 먹고, 잠잘 것 자고……
> —오늘 아침은 무얼 드셨습니까?
> —오늘 아침…… 그러고 보니 먹지를 않았군요. 댁은 뭘 드셨나요?

—저는 생수 한 잔, 그리고 커피……

—댁의 생활도 왠지 편안하지 않게 느껴지는군요. 지금 이런 구절을 번역했지요. 이 길이 아니더라도 내가 살아가기는 하겠지. 하지만 내 삶을 사는 것은 아닐 거야. 꿈꾸기를 놓아버리면, 그 빈자리에 남는 것은 무엇일까…… 멜비나는 꿈의 통증에 시달리다 결국 자살을 선택하지요. 그녀는 마지막으로 이렇게 외친답니다. 환상을 놓아버린 생을 견디는 것보다는, 생에 대한 환상이 남아 있을 때 내가 떠나가고 싶었다. 나는 내 가족이 내 우주라고 생각했지요. 그런데 그게 내 환상이었나 봐요. 남편과 아이들을 한꺼번에 뺏어갈 수 있는 사고가 있을 거라곤 생각해보지 못했으니까요. 나한테 이런 일이 일어날 것을 알았더라면, 나 또한 환상이 남아 있을 때 내가 먼저 떠나가고 말았을 거예요.

—나는…… 내 꿈이 무엇인지…… 아직 그걸 못 찾은 것 같습니다. 마음 안에 꿈이나 환상이 고일 시간이 없었지요. 퍼내기에 바빴으니까요. 쓸쓸하다 싶으면 그 쓸쓸함의 얼굴을 제대로 들여다보기도 전에 분 바르고 치장시켜 시장에 내다팔았습니다. 심리학 용어 중에 자성적 예언이라는 것이 있습니다. 일종의 자기 암시인데, 자기가 자기에게 일정한 관념을 되풀이하여 예언함으로써 저절로 그러한 관념이 마음에 새겨지고, 또 그 결과 예언대로 되어갈 가능성이 커진다는 말이죠. 난 청중들에게 십 년 뒤, 이십 년 뒤, 자신의 이상적인 모습을 상상하고 자성적 예언을 반복하라고 권유했었습니

다. 그런데 막상 나 자신은 자성적 예언은커녕 내 이상이 무엇인지조차 짚어볼 기회가 없었던 겁니다. 우선…… 내가 나를 찾아야겠지요. 내가 있어야 나의 꿈이나 환상도 제대로 존재할 수 있지 않겠습니까?

—내가 나를 찾는다…… 어쩐지 소설 속 멜비나의 환상과 닮아 있는 것 같군요. 인간이 자신을 찾는 일이 가능하기나 한 일일까요? 내가 왜 지금 이 자리에 이런 모습으로 존재하는지에 대한 해답을 찾아내고, 자신의 생에 가치 체계를 부여하는 일이 과연 가능할까요?

—……

—……

　나와 그녀 사이에 침묵의 입자가 서걱거리기 시작하자 그녀는 조용히 전화를 내려놓았다. 아주 잠시 두 개의 의자가 있었던 것 같다. 이런 착각을 느낄 때가 가끔 있다. 그녀가 내 옆에 앉았다가 가는 듯한 따뜻하면서도 서운한 기분…… 그녀는 어떻게 살아가고 있을까. 내가 신경정신과를 들락거리며 열심히 내 이혼을 절단하고 있을 때, 그녀가 새로 결혼했으며 아이와 함께 외국으로 떠난다는 소식을 들었다. 화면 속 남녀는 오르가슴에 도달하고, 8번 방의 시간은 불과 몇 분밖에 남지 않았다. 마지막 전화벨이 울리기 시작했지만 나는 받지 않았다. 떠날 시간이다.

　혼자 앉아 술을 마시는 저녁, 내 주변의 모든 것은 여전히 침묵하고 있다.

나는 게오르게 그로스의 「담배-술집」을 바라보다 천천히 몸을 일으켜 그림 안으로 걸어 들어갔다. 마른 사내는 '나의 자리'에 앉아 술을 마시고 담배를 태우기 시작했다. 주홍, 노랑, 갈색의 강렬한 술집 차양을 담배 연기가 휘감아 도는 것으로 보아 어디선가 바람이 불고 있는 것 같기도 했다. 저 사내는 오늘도 거리를 다녀왔다. 거리에는 더위의 심장이 세차게 뛰고 있었다. 더위의 커다란 입속으로 빨려 들어가는 느낌이었다. 자칫 잘못하다간 그 거대한 괴물의 식도와 위장을 거치면서 당질과 아미노산 따위의 원소로 산산이 분해되어버릴 것만 같았다. 더위는 호시탐탐 사내를 삼킬 기회를 엿보았고, 사내는 자신의 즙과 향을 탐하는 더위의 널름거림 앞에서 불현듯 누군가를 그리워했다. 누군가가 저 맞은편 의자에 앉아준다면 사내는 가슴을 육중하게 압박하는 것의 한쪽 끄트머리를 잡아 쥐고, 도대체 나는 누구인 것이냐고 소리쳐 물어볼 수도 있을 것 같았다. 그러나 거리에서 사내 앞에 있는 것은 화상 입은 바람뿐이었다.

사내는 전화방을 다녀왔고 노래방도 찾아갔다. 기계음으로 증폭되었던 자신의 조작된 목소리는 사내에게 최면을 걸어왔고, 사내는 기꺼이 그 최면에 몸을 맡겼다. 옛 시인의 노래, 동행, 정…… 왜 이리 처지는 노래들을…… 차라리 군가라도…… 백두산의 푸른 정기 이 땅을 수호하고 한라산의 높은 기상…… 높은 산 깊은 물을 박차고 나가는 사나이 진군에는 밤낮이 없다…… 사나이 진군에는 밤낮이 없다…… 사나이 진군에는…… 사나이…… 사내는 자기라는 인간에게 존재가치를 부여해주는 것은 사회적 삶임을 믿어 의심치 않았다. 사나이 중에서도 사나이다운 인생의 승자가 되고자 했다. 잘 팔리는 일류 산업 강사의 길, 부와 명성을 움켜잡을 수 있는 그 목표를 향해 높은 산, 깊은 물을 박차고 달려왔다. 사내는 캡슐방도 갔다. 35번 방으로 기어들었던 사내는 웅크린 한 마리 번데기가 되어 회한의 눈물을 받아 마셨다.

고양이의 시선에 꼼짝없이 갇혀버린 사내의 모습은 외롭고 고독해 보였고, 나는 사내를 위해 오늘 만났던 것들을 그의 맞은편 의자에 앉혀보았다. 찢긴 햇살, 벌겋게 화상 입은 바람, 폰섹스, 그녀의 송곳, 가족을 잃은 그녀, 그리고 멜비나의 환상…… 그림 속의 사내는 새 담배를 뽑아 들었다. 나는 그에게 불을 붙여주고 그의 등을 토닥이기 시작했다. 이제 오늘의 마지막 순서가 남아 있지 않소? 우리 나가봅시다. 나간다고 더 외로워지기야 하겠소?

자정의 자유로.

끝없는 길을 타고 어둠이 뻗어 있었다.

불안의 시대를 형성하는 한 점에 불과한 내 불안, 고독한 군중의 미세한 점에 불과한 내 고독. 그러나 그 불안과 고독 때문에 하루 종일 머리와 가슴 쪽에 몰려 있던 내 몸의 붉은 피가 발바닥으로 내려가는 시간이었다. 나는 무한한 공간을 질주하는 하나의 점이 되기 위해 속도를 높여가기 시작했다. 일백 킬로, 일백십, 일백이십…… 누군가가 자유에 대해 물어온다면 나는 자유로에는 자유가 있다고 대답할 것이다. 매일 밤 내 마지막 자유가 나를 손짓해 불렀노라고, 나는 나를 부르는 그 창백한 손짓을 부지런히 좇아갔지만 어느 길에선가 번번이 그 어둠의 빛을 놓치고 말았노라고. 오늘도 내 자유를 끝까지 따라가지 못하면 포르노그래피를 보는 나의 아침은 다시 밝아올 것이다. 나는 오늘 밤이 내 구원의 밤이기를 희구하면서 심장의 피를 압축해서 액셀러레이터를 밟았다. 일백삼십…… 일백사십……일백오십…… 내가 너의 포르노그래피가 되지 않아도 되고 네가 나의 포르노그래피가 되지 않아도 되는 세상을 향해 나는 기꺼이 떠나가리라. 생에 대한 환상이 남아 있을 때 생을 떠날 수 있는 마지막 자유를 웃으면서 따라가리라.

들판이 훤해지고 있었다.

저 멀리 나를 기다리는 빈 의자가 날개를 단 듯이 훨훨 날아오르고……

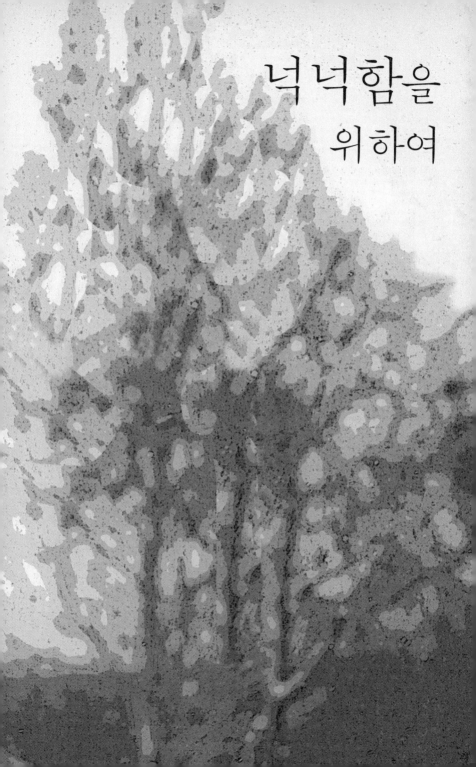

넉넉함을
위하여

이제 형진 씨에게 답신을 드릴 때가 된 것 같습니다.

이 글을 시작하자니 치악산의 여정이 눈앞에 밟힙니다. 형진 씨가 편지에 밝힌 대로 아름다운 여행이었습니다. 잊을 수 없는 시간들이라는 이야기에도 동의합니다. 그러나 무엇이 아름다웠고 무엇을 잊을 수 없는가, 라는 구체적인 질문 앞에서 형진 씨와 나의 시선은 각기 다른 쪽을 향하고 있더군요. 아름답다고 느낀 내용이 다르고, 잊을 수 없는 대상이 다르다는 것은 형진 씨와 내가 함께한 여정이면서도, '함께'를 형진 씨가 말하는 '완벽한 일치'의 의미로 받아들인다면 실상은 함께하지 않은 여정이 아닐까 하는 생각도 해 봤습니다. 구룡사에서 세렴폭포를 거쳐 비로봉에 이르기까지 시붉게 타오르던 단풍, 평일의 한산함에 힘입어 운치가 더하던 정갈한 계곡들, 차령산맥과 맞닿은 차갑게 맑은 하늘, 침묵으로 야문 바위들과 그 위를 흘러내리던 시린 물살의 청정함, 이 모든 것이 아름답지 않았다는 뜻은 아닙니다. 누구에게나 동일한 감정을 일으켜 세울 만한 절대적인 아름다움을 가을의 치악산은 오롯이 지켜내고 있더군요. 형진 씨와 나의 시선이 어긋나는 지점은 대상의 아름다움을 뚫고 들어가 그 안에서 여과되고 반사되기 시작하는 각자의 생각과 감정에서부터가 아닌가 싶습니다.

형진 씨를 처음 만난 곳은 신촌의 어느 지하 찻집이었습니다. 높은 천장이 지하 공간의 답답함을 걷어내던 그 찻집에서 형진 씨 스스로 밝혔듯이, 형진 씨는 정확함을 선호하고 분명한 것을 좋아하는 사람입니다. 사람마다 타고난 외양이 다르듯 성격과 개성도 제각각입니다만 그 각각의 것이 어딘지 모르게 닮은꼴인 경우도 있습니다. 크기와 깊이의 차이에도 불구하고 냄비는 냄비이고, 색상이 다양하고 모양이 천차만별이어도 플라스틱 바구니는 플라스틱 바구니인 식으로, 차고 따뜻함, 이해의 폭의 좁고 넓음, 경험의 양과 질 등 내부로 파고들면 색깔을 달리하는 여러 변수를 잠시 접어둔다면, 사람에게도 냄비냐, 바구니냐, 프라이팬이냐 하는 식의 획일적인 분류가 가능하지 않을까 싶기도 합니다. 그렇게 보면 형진 씨와 나의 아버지는 같은 부류의 사람입니다. 정확하고 분명한 것을 좋아한다는 점에서, 그러다 보니 때로는 가만히 내버려두어도 될 것을 명확하게 만들기 위해 지나치게 에너지를 소모한다는 점에서 형진 씨와 아버지는 닮아 있습니다.

내가 혼자 살기 시작한 이래, 아버지는 꼭 하루에 한 번씩 전화를 합니다. 이혼으로 부모 체면에 먹칠한 딸을 용서할 수 없는 것이 아버지의 본심이라 할지라도 자식이 하루 세끼 끼니라도 제대로 챙기는지 점검해보는 일 또한 부모의 의무라고 여기는 아버지는 나에게 하루에 한 번 전화한다는 나름의 원칙을 세웠을 겁니다. 일단 원칙을 정하고 나면 무슨 일이 있더라도 그 원칙을 준수하는 것이 그분의 성격입니다. 정한 원칙을 지키기 위해 그리고 원칙을 지키는 당신의 모습에 자족하기 위해 아버지는 내가 지방대학 강의로 집에 없음을 번연히 알고 있는 날도 전화를 합니다. 부모 쪽에선 관심과 애정을 보낸 것이 자식 쪽에 다다르면 자유를 속박하는 장애물로 변질하는 경우가 종종 있습니다. 대개의 경우 그 애정의 내용은 자식이 필요로 하는 사랑으로 만들어진 것이 아니라 부모의 아집에서 태어난 옹색한 사랑이기 때문입니다. 걸려오는 전화벨 소리를 듣고 있자면 벨이 정확하게 열 번 울리고 끊기는 전화가 있고, 나는 그것이 아버지로부터 걸려온 전화임을 확신합니다. 세고 셈해서 공장에서 자른 두부처럼 여섯 면이 모두 반듯해야 마음이 편안한 아버지는 벨 소리도 셌을 것입니다. "어제 오전 열한시 정각에 전화했는데 벨이 열 번 울려도 받지 않더라." 아버지와의 다음 통화는 그렇게 시작됩니다. 전화를 받기 싫었다든지 외출했다든지 또는 낮잠을 잤다든지, 하는 과정을 생략한 답변은 아버지를 불안하게 합니다. 아버지의 행복과 불행은 자신과 연관된 사물과 상황, 그리고 관계 맺은 인간의 행동과 감정이 명확하고 투명해 보이는가, 자신을 둘러싼 주변의 처음부터 끝까지, 위부터 아래까지가 질서정연하게 줄서기 하는가에 달려 있습니다. 당연한 결과로 아버지는 행복보다는 불행에 기대서 살아갑니다. 아버지는 불행한 쪽을 택할지언정 원칙을 수정하지는 않습니다. 아버지의 원칙에 서면 세상은 잘 빗겨진 머리카락처럼 엉킨 데 없이 가지런하고 윤이 나야 합니다. 그 렇습니다. 똑같은 세상을 두고 아버지는 아버지의 시선으로, 나는 내 시선으로 해석합니다. 구태여 비유를 하자면 아버지의 시선은 빛의 성질에, 나의 시선은 색의 성질에 가깝습니다. 수채화를 그릴 때 밝은색을 만들기 위해 물감에 물감을 섞다 보면 애초의 의도와 는 정반대로 색이 탁해지는 것을 경험합니다. 세상을 투명하게 보 려고 나름의 해석을 잣대 삼아 선을 긋다 보면 세상은 그만큼 복잡 해질 뿐입니다. 물론 아버지는 이렇게 생각하지 않습니다. 빛에 빛 이 첨가되면 명도가 점점 밝아지듯 세상 안의 난해한 상징과 언어 들을 줄서기 시킬수록 불투명한 것이 하나씩 걷힌다고 믿고 있습 니다.

　그런데 정작 중요한 문제는 아버지와 내 시각에 담긴 입자의 성 질 차이가 아니라, 이 차이점이 권력에 의해 우열을 부여받아야 한 다는 점입니다. 애당초 우성과 열성을 판가름할 만한 것이 존재하 지 않는 대상에게 변성을 요구하는 것이 바로 권력의 관계입니다. 권력은 인간이 인위적으로 만들기 시작한 수많은 관습 중에서, 인 간의 힘으로는 어찌해볼 수 없을 정도로 거대해진 불행한 결과물 중의 하나일 것입니다. 따라서 아버지에게 다소곳한 자식이 되어 작은 효도라도 하기를 원한다면 'A대학 강사료를 찾으러 아파트 상 가에 있는 외환은행에 갔는데 창구가 복잡해서 삼십 분을 기다리느 라 늦었다'든지, 'B대에 강의 가는 날인데 백화점 바겐세일로 영등 포 쪽 교통 체증이 심할 것 같아 평상시보다 집을 한 시간 일찍 나 섰다'는 식으로, 과정 자체를 핀셋으로 집어 올릴 만한 작은 알갱이

들로 세분화시킬 필요가 있습니다. 형진 씨와 치악산을 갈 때도 마찬가지였습니다. 답답해서 등산이나 다녀오겠다는 식의 얘기는 아버지 마음을 뒤숭숭하게 휘저어놓아 밤잠을 설치게 할 뿐입니다. 이런 경우 아버지가 원하는 정답을 위해 내가 동원할 수 있는 것은 거짓말밖에 없습니다. 있지도 않은 지방 대학 세미나를 꾸며내면서 나는 거짓말이 횡행하는 시대일수록 권력의 질서가 견고한 사회가 아닐까 하는, 거짓말과 권력의 함수 관계를 잠시 떠올려보기도 했습니다.

형진 씨도 아버지만큼이나 불투명한 것을 참아내지 못하는 사람입니다.

그날 치악으로 가는 길, 청량리를 출발하여 원주를 거쳐 강릉으로 가는 영동선 기차에 앉아 나는 끊임없이 뭔가를 버리고 있었습니다. 결혼생활을 할 때도 어쩌다 나서는 여행길은 늘 뭔가를 버리는 것으로 발걸음을 시작하곤 했습니다. 업무 관련 내용이 녹음되고 있을 자동응답 전화기와 하루도 내 손이 닿지 않는 날이 없던 청소기와 세탁기, 스팀다리미와 위크엔드 와이셔츠들, 냉장고에서 내 손길을 기다리며 시들어가는 상추, 파, 시금치 따위들, 달력에 표시된 양쪽 집안의 생일과 제사와 각종 행사들, 실패한 피임이 가져올지도 모르는 임신에 대한 불안, 땀구멍에 배어 있는 반찬 냄새와 설거지 냄새, 채점을 기다리는, 사람은 없고 지식만 있는 답안지들, 과제물 내준 것이 후회되도록 쌓여 있는 학생들의 리포트…… 그렇게 일상의 껍데기를 벗겨내면서 떠나도 나 자신과 청정한 정신으로 악수 한 번 못해보고 집으로 돌아올 때까지 버리는 일에만 몰두했던 적도 있습니다. 자신을 만나러 가는 길이 끊임없이 자신의 일상을 버려가는 길이란 사실이 계절을 놓치고 추적추적 내리는 겨울비처럼 쓸쓸하던 시절이었습니다. 요즘도 나는 강의를 시작하기 전에 자판기 커피를 빼 들고 잠시 버리는 시간을 갖곤 합니다. 점심 때 먹은 매운 반찬의 냄새부터 머리와 가슴에 얽혀 있는 탁한 빛깔의 애증들을 털어내기 위해서지요. 그날, 연착을 거듭하던 영동선 기차 안에서 내가 버린 것은 무엇이었을까요. 아마도 실패한 결혼생활의 상흔들, 일 년째 계속되는 형진 씨와의 개인적인 만남에 대한 상념들, 엉클어지기와 줄서기를 반복할 뿐 뇌리에서 지워지지 않는 내 인생의 어떤 부분들…… 그런 것들이었을 겁니다.

버리기 위해서는 시간이 필요합니다. 결혼생활을 마감하고 집을 나설 때 내 발길을 잡아끌던 단 하나의 미련은 내가 버릴 것을 충분히 버리지 못하고 떠난다는 사실이었습니다. 노력만큼의 좋은 결과를 낳지 못하고 갈라서는, 한때는 연인이었고 한때는 남편이던 사람에 대한 연민, 눈앞을 흐리게 하는 따뜻한 체온을 잃지 않은 추억들, 현실 속에서 덧나고 곪았던 가슴 갈피마다의 따가운 상처들이 두서없이 어른거렸습니다. 혼자만의 방에서 오로지 버리기 위해 혼자만의 시간과 침묵을 가져야 했던 때는 괴롭다거나 고통스럽다거나 하는 단순한 표현으로는 설명해낼 수 없는, 어쩌면 인간이 맛볼수 있는 최대치의 쓸쓸함과 지극한 평화가 이상하게 공존하던 시절이기도 했습니다.

오른쪽으로 남한강의 물줄기를 끼고 굽이굽이 흔들리던 기차가 양평을 지나 용문쯤에 이르렀을 때입니다. 형진 씨는 사랑하는 사람들 사이에 불투명한 것이 있어선 안 된다는 말로 형진 씨의 불편한 심정을 드러냈습니다. 내 침묵으로 인한 갑갑함을 형진 씨는 더 이상 배겨내지 못했던 게지요. 언젠가부터 형진 씨와 나의 관계는 무엇이든 뚜껑에 이름을 붙여 잠그기를 좋아하는 형진 씨에 의해 '사랑'으로 규정되었습니다. 한 남자와 한 여자가 만났습니다. 천장이 높은 찻집에서 이야기를 나누다 함께 길을 걷고 밥을 먹고 술을 마셨습니다. 영화나 연극을 관람하기도 했습니다. 가끔 편지와 메일을 주고받았습니다. 어색해하면서 손을 잡았고 서로에게 상처가 안 되길 빌며 입술을 맞댔습니다. 남자는 여자의, 여자는 남자의 생일과 거주지, 가족 관계, 살아온 지난날들의 불거져 나온 경험들, 좋아하는 것과 싫어하는 것 등을 머릿속에 튼튼하게 입력시켰습니다. 하지만 솔직히 말하건대, 나는 이런 일들이 왜 사랑이라는 이름표를 달아야 하는지는 알지 못합니다. 이름표가 없는 만남에 형진 씨가 불안해하기에 지켜보고 있었던 것이 결국 무언의 동의가 되고만 셈입니다만, 일단 사랑이라는 딱지를 붙이자 형진 씨는 자기가 생각하는 사랑의 원칙에 따라 행동하려고 애썼고 나는 때때로 형진 씨 원칙의 융통성 없음에 답답하기도 했습니다. 일상에서 일상으로 이어지는 시간과 공간 속의 군더더기들이 사람을 어떻게 마모시켜가는지를 뼈저리게 겪지 않은 사람들은 사랑은 생활 속에 있다거나, 평범한 일상이야말로 진정한 사랑의 다른 모습이라고 그럽니다. 과연 그럴까요? 모든 평범은 위태롭지 않듯 모든 일상은 길들여집니다. 일상은 사람에게 분출의 출구를 열어주는 것이 아니라,

관습화된 역할과 인간관계로 사람을 틀에 가두어두고자 합니다. 길들여진 일상에서 사랑이 스치고 지나간 자국 정도는 찾을 수 있을지 모르나 갈증을 삭히는 차가운 샘물 같은 사랑은 존재하기 힘들다고 한다면 내 말이 지나치게 편협한 것일까요?

사랑하는 사람들 사이에 불투명한 것이 있어선 안 된다며 나에게 느꼈던 불투명함의 내용을 추궁하다시피 파고드는 형진 씨에게 나는 끝내 만족할 만한 답변을 주지 못했습니다. 원주역에 내렸을 때도, 치악으로 들어가는 버스를 탔을 때도 나는 형진 씨에게 뭔가를 숨기기 위해서가 아니라 단지 마음에 엉클어진 것들을 버리기 위해 혼자만의 시간이 필요했음을 설명해낼 수가 없었습니다. 형진 씨는 집요했습니다. 형진 씨가 불투명하다고 느낀 갑갑함으로부터 벗어나기 위해 쉬지 않고 나를 설득하려 들었습니다. 우리는 사랑한다, 사랑은 모든 것을 받아들인다, 너에게 더 어두운 과거가 있었다 할지라도 다 이해할 수 있다, 사랑은 솔직함이다…… 대략 이런 내용들이 길게 반복되었습니다. 형진 씨가 애정과 품위와 자존심을 지키느라 어떤 때는 빙빙 돌리고 꼬아서, 어떤 때는 비(非)구상의 표현으로 나에게 던졌던 언어의 실 뭉치를 팽팽하게 직선으로 잡아당겨보면 결국 이런 이야기가 됩니다. 너의 침묵이 거북스럽다. 지금 무슨 생각을 하는지 분명히 밝혀달라. 가만히 내버려두면 될 일을 명확하게 만들기 위해 불필요한 에너지를 소모한다는 점에서도 형진 씨는 아버지와 참 닮아 있었습니다. 형진 씨의 이런 기질은 숙소를 정할 때도 영락없이 나타났습니다. 방을 하나 얻을까, 둘 얻을까, 서로 의논해보면 될 텐데 형진 씨는 이른 오후에 술부터 찾았습니다. 사랑은 영과 육의 분리가 아니라며 이원론 비판에서부터 시작하여 성과 도덕의 관계에 대한 형진 씨의 철학에 이르기까지 마치 고백과도 같은 기나긴 독백을 하면서도 끝내 나에게 물음표를 던지지는 않았습니다. 쉽게 정리되지 않는, 또는 형진 씨 스스로에게 명확하게 설명되지 않는 어떤 미진한 부분이 있었던지, 형진 씨는 헤겔과 칸트까지 불러내고서도 결론을 내리지 못한 채 거푸 술잔을 비웠습니다. 그날 형진 씨가 하나의 행동을 결정하기 위해 자신의 원칙들을 사전 찾아보듯 꼼꼼하게 뒤적이는 동안 내가 할 수 있는 일이란 형진 씨 이야기를 듣는 것밖에 없었습니다.

형진 씨,

내 내면을 들여다보는 일은 축축하고 짙은 안갯속을 걷는 것처럼 언제나 힘에 버겁습니다. 조금쯤은 서글프고 조금쯤은 미운, 그러나 끌어안아야 하는 수많은 나의 분신들이 복잡한 미로를 형성하고 있는 곳이지요. 내 내면이 스스로 풀어내기 어려운 암호들의 연속이라는 사실에 막막해하고 외로워하면서도 형진 씨 편지를 받은 이래 지난 열흘의 짧지만은 않은 시간 동안 나는 열심히 그 미로 속을 헤매고 다녔습니다. 미로 어디쯤에선가 잠시 환한 꽃으로 피어나기도 했던 형진 씨 편지의 구절이 다른 길목으로 접어들면 연기처럼 사라지기도 했고, 이 길에선 암호를 풀 수 있는 열쇠가 되었던 형진 씨의 마음이 저 길에선 또 다른 복잡한 암호가 되어 혼란을 가중시키기도 했습니다. 아직 찾지 못한 출구 때문에 나는 잔잔하지 못한 감정의 파장 속에 싸여 있지만, 그 파장이 던지는 막막함이 아무리 무겁다 해도 어디까지나 내 등으로 받아내야 하는 내 짐일 뿐이니, 이제 형진 씨 편지에 답변을 드려야 할 시점에 다다른 것 같습니다.

　나는 형진 씨의 청혼을 받아들일 수 없습니다. 형진 씨가 나에게 결혼해야 하는 이유를 조목조목 나열했듯이 형진 씨의 청혼을 거절하는 내 마음도 집게로 집어 올릴 만큼 큼직큼직한 부피와 질량을 갖추고 있으면 좋으련만 불행하게도 상세한 부분은 아무것도 없어 보입니다. 내 마음을 설명할 일이 공기 중에 흩어지는 분필 가루를 한줌 쥐어 봉투에 담는 일처럼 공허해 보여 편지를 쓰기까지 망설임이 많았습니다. 마음을 설명해야 한다는 어려움에 더해서, 기억의 본질 자체가 불완전한 심리적 영역에 속해 있는 까닭에 내 기억들은 어느 부분에서 다소 팽창되었거나 다소 비약되었을지도 모릅니다. 기억과 기억을 이어주는 고리가 나도 모르는 사이 미세한 손상을 입었을지도 모릅니다. 그럼에도 불구하고 이렇게 완전하지 못하고 정밀하지 못한 기억들이 나에게 끊임없이 말을 걸어옵니다. 내가 행복할 때도 불행할 때도, 행복이나 불행 같은 것을 생각하지 않고 무심하게 살아가고 있을 때도 말을 걸어오고, 일에 열중하고 있을 때도 식사를 하고 있을 때도 심지어는 내가 잠자고 있을 때도 말을 걸어옵니다. 나에게 말을 걸어오는 기억들은 무슨 까닭인지 대개가 슬프고 불안합니다. 짧게는 수년에서 길게는 수십 년 동안 쉬지 않고 내 안에서 뒤척거려온 기억의 소리…… 그 소리에 귀 기울이다 보면 각각의 기억이 품고 있는 욕망과 슬픔, 불안과 외로움 같은 것들이 슬그머니 내 안에서 내 안으로 스며들어 나 또한 불안해지기도 하고 외로워지기도 합니다.

형진 씨에게 편지를 쓰는 지금 이 시간에도 나에게 말을 걸어오는 기억들이 있습니다. '카수'라는 형진 씨의 농담처럼 형진 씨는 정말 노래를 잘하더군요. 참치찌개 끓기를 기다리던 민박집 툇마루에서, 술기운으로 산의 맹렬한 추위를 견뎌내며 밤하늘을 올려다보던 마당에서, 형진 씨가 간간이 흥얼거리던 노래들이 지금도 내 귓바퀴에 맴돌고 있습니다. 노래는 감정을 표현하는 예술 행위의 일종이라든지 어원이 '놀다'라는 동사에서 파생되었다는 식의 설명을 까다롭게 덧붙이지 않더라도, 사람들 대부분은 노래를 통해 기쁘면 기쁜 대로 슬프면 슬픈 대로 자신의 감정을 조금씩 발산하면서 살아가는 것 같습니다. 자기 가슴에 꾹꾹 눌러놓았던 것들을, 남모르게 삼켰던 감정의 응어리들을 노래로 풀어내면서 조금씩 맑아지고 밝아지는 사람들의 얼굴을 봅니다. 노래에 얽힌 동화 하나가 생각납니다. 형이 동생을 질투하던 나머지 살인을 저질렀고, 살인의 흔적을 은폐하기 위해 시신을 땅에 묻었답니다. 어느 날, 목동이 동생의 뼈를 주워 피리를 만들었는데 피리를 부니 살인의 진상을 밝히는 노래가 흘러나오더랍니다. 동생은 자신이 당한 억울한 죽음을, 노래하는 해골이 되어 만천하에 호소한 것입니다. 노래는 이처럼 한 인간의 영혼과 진실까지도 담을 수 있는 그릇인가 봅니다. 그러나 나는 노래를 통해 출구를 찾을 수 없는 내 안의 미로 하나를 확인할 뿐입니다. 겉에서는 표가 나지 않지만 안쪽에선 쉬지 않고 진물이 흘러내리는 끈질긴 상처입니다.

이제는 완전히 잊어도 좋을, 먼 유년으로 거슬러 올라가야 합니다. 거기에는 웬일인지 네 벽이 다 그려지지 않는 넓은 강당이 있습니다. 머리를 양 갈래로 땋고 그 끝에 커다란 리본을 매단 여섯 살짜리 계집아이가 앙증맞게 양손을 맞잡았습니다. 자기 키보다 배나 높은 강단에서 아이는 풍금 반주에 맞춰 고개를 갸웃거리며 목청껏 노래를 부릅니다. 날 저무는 하늘엔 별이 삼 형제 반짝반짝 정답게 지내이더니 웬일인지 별 하나 보이지 않고 남은 별이 둘이서 눈물 흘린다…… 아이는 자기가 부르는 노래가 뭔지는 모르지만 슬픈 내용을 담고 있다는 것을 어렴풋이 느꼈던 것 같습니다. 그리고 슬픈 노래를 잘 부르기 위해서는 슬픈 감정이 필요하다는 것도 알았던 것 같습니다. 강단 밑에서 순서를 기다리는 동안 아이는 노래를 잘 부르고 싶은 욕심에 아마도 마음속으로 슬픈 상상들을 하고 있었는지도 모를 일입니다. 자신이 직접 경험해보지 않은 세계, 직접 접촉해보지 않은 대상에 대해 사람들이 더 강렬한 상상력을 발동시키는 법이라는 말에 나는 동의하는 편입니다. 그때까지 여섯 살짜리 아이의 삶에서 슬픔은 아이가 직접 체험하고 느껴본 절박한 현실은 아니었을 겁니다. 슬픔보다 더한 삶의 실존이 불온한 기미로 아이의 주변을 떠돌고 있었다 할지라도 그것을 감지해내기에는 여섯 살이란 나이가 너무 어렸을 수도 있습니다. 하지만 아이는 곧 슬픔을 알아버리게 됩니다. 그리고 슬픔을 직접 체험한 아이는 더 이상 슬픈 상상 따위는 하지 않게 됩니다. 이미 알게 된 것, 익숙하게 경험한 것에 대해 사람은 더 이상 흥미를 느끼지 않는 법이니까요. 다음날 오전입니다. 낯선 사람이 집에 찾아와 아이의 어머니를 만났습니다. 합창단, 방송 같은 낯선 어휘들이 오가던 마루에서 그날 저녁, 아이의 아버지와 어머니는 전에 없이 무섭게 싸우기 시작합니다. 싸우는 소리는 담을 넘고 길을 건너 동네 사람들과 동네 개들을 불러 모았고, 마루에는 나뒹구는 밥상과 깨진 그릇들 위로 이제 새빨간 피가 튀기 시작합니다. 살벌한 마루의 풍경에 넋이 빠져 울지도 못한 채 뻣뻣하게 굳어 있던 아이의 머리채를 억센 손이 움켜잡았고 작은 몸 위에는 우악스러운 매가 쏟아져 내렸습니다. 한 번만 더 사람들 앞에서 노래 부르고 다녔다간 너나 어미나 그날로 죽는 줄 알라는 말을 끝으로 아이는 까무러쳤습니다. 차에 치인 강아지처럼 널브러졌던 아이는 찬물 한 양동이를 덮어쓴 뒤 깨어났지만 이미 아이의 생애에서 노래는 성공적으로 거세된 뒤였습니다. 노래를 향한 아이 가슴의 성감대는 그날 저녁 완벽하게 절단되고 봉합되었고, 아이는 모범생으로 자라났으며, 그 뒤 지금까지 삼십 년이 가까운 세월 동안 노래를 위해 아이의 입이 벌어진 적은 단 한 번도 없었습니다. 아버지가 나를 사랑하지 않았다고는 생각하지 않습니다. 아버지도 당신의 행위가 사랑의 행위였음을 추호도 의심하지 않을 겁니다. 아버지에게 잘못이 있다면 아버지의 원칙 위에서 나를 사랑했고 그 원칙이 가리키는 방향으로 아버지의 사랑을 표현했다는 점입니다. 딸자식이 방송에 나가 여러 사람 앞에서 입을 벙긋거리는 것을 아버지의 원칙은 용납할 수 없었던 겁니다. 하지만 그 사랑 때문에 나는 인간에게 허용된 자기표현 수단 중의 하나를 완전히 상실했고, 때로는 즐겁게 때로는 슬프게 노래하는 사람들 앞에 서면 깊은 열망과 열등감 때문에 눈빛마저 까칠해져야 하는 세월을 견뎌야 했습니다.

치악산 구룡사 위쪽의 초록색 못을 형진 씨는 기억하고 있을 겁니다. 형진 씨가 우리의 행복한 미래를 소망했다던 그 맑은 물 말입니다. 무수한 동전들이 제 주인의 소원이 이뤄질 날을 기다리면서 차가운 물에 몸을 담그고 있는 그 못에다 형진 씨도 여러 개의 동전을 던졌습니다. 투명한 수면 위에 동그란 파장들을 남기고 가라앉는 동전을 보면서 제가 뭘 빌었는지 아십니까? 노래하고 싶다……노래를 하고 싶다…… 형진 씨는 눈치채지 못했지만 나는 호흡의 간격이 불규칙해지면서 흉곽이 뻐근해지고 있었습니다. 세렴폭포를 거쳐 비로봉을 오르면서도 나는 노래하고 싶다고 수만 번 되뇌었지요. 일천이백 미터 높이의 광활한 비로봉에 섰을 때 나는 비로소 내 상처에서 진물이 멈출 수도 있을 것 같은 가능성을 보았습니다. 입을 열어보자, 덫에 걸린 산짐승들의 신음이 튀어나올지라도 소리 내는 것을 두려워하지 말자, 인류에게 축적되어온 노래의 진화 과정이 내 안에서 모조리 박탈당한 것이라면 원시의 상태에서 시작해보자, 언어가 발달하지 않았던 유사 이전에는 춤추면서 지르던 괴성(怪聲)이 바로 노래였다고 하지 않던가, 먼저 입을 열어보자, 소리를 질러보자……

아주 작은 방 하나가 떠오릅니다. 요즘은 낡은 집들이 철거되고 재개발로 번듯한 상가건물들이 들어선 상업 지구가 되었지만 신촌 기찻길 옆에는 한때 낮은 지붕의 집들이 담장 아래 채송화처럼 철길 따라 옹기종기 피어 있었습니다. 방이 열한 개이고 창문도 열한 개이며 열한 가구의 사연들이 모여 살던 남루한 잿빛 기와집도 그 중의 하나였습니다. ㅁ자로 서로 옆구리를 맞대고 마당의 수돗가를 향해 사이좋게 머리를 뻗은 방들이 담장의 역할까지 겸하던 집의 대문 왼쪽으로 네번째 방. 앞서 살던 사람들이 곤한 삶을 깔고 앉았던 흔적이 비닐 장판에 끈끈한 땀내로 남아 있던 것을 기억합니다. 아버지의 원칙들을 준수해야 하는 깨끗한 방보다 훨씬 좁고 낮았지만 그 방은 내 인생에서 낭만주의가 싹틀 수 있었던 자유와 공상의 공간이었습니다. 대학생이었고 젊었으므로 나는 쌀 한 봉지에도, 연탄 열 장에도 마음껏 행복했습니다. 저 멀리서 기차가 달려오면 방바닥이 서서히 떨리기 시작하다 지붕이 흔들거리던 그 집에는 수녀였던 미카엘라도 살았습니다. 그녀의 방에서는 하루도 빠짐없이 사납게 긁어대는 기타 소리가 울려 나왔습니다. 미칠 것 같은 이 세상…… 미칠 것 같은 이 세상…… 주여, 나는 무엇하리까…… 정말 미친 듯이 반복되는 미카엘라의 노래를 나는 거의 매일 들어야 했습니다. 미카엘라와 사랑했던 신학생은 간간이 찾아왔지만, 미카엘라의 마른 바람 같던 삶이 변화하지는 않는 것 같았습니다. 인간의 사랑을 위해 미카엘라가 수녀원에서 나오기를 희망하던 신학생은, 그러나 미카엘라가 수녀원을 떠나 마음껏 인간의 사랑을 펼칠 수 있는 세상 속으로 돌아오자, 이번에는 다시 신의 사랑 속으로 돌아가고 싶어 했습니다. 어느 날인가 나는 미카엘라의 노래를 들으며 울고 있는 나를 보았습니다. 무엇이 내 마음을 앗아갔던 것일까요. 그날 이후 나는 미카엘라의 노래를 들을 때마다 빠짐없이 울었습니다. 이해할 수 없는 나의 울음은 미카엘라가 미칠 것 같던 자신의 삶을 자살이라는 방법으로 끌어안던 날까지 계속되었습니다. 사랑은 온유하고 따뜻하며 모든 것을 덮어주고 모든 것을 믿는다고 한때 수녀원에서 노래했을 미카엘라.

그녀는 사랑의 소용돌이 속에서 자신의 삶을 마감하면서 아마 치열하게 외로웠을 겁니다. 그녀가 떠난 다음 나 또한 다른 곳으로 내 공간을 곧 이주하기는 했지만 나는 지금도 내 삶을 걸음마시켜볼 수 있었던 그 방, 미카엘라의 노래를 향해 귀를 열었던 그 방에서 나의 진짜 생은 시작되었다고 믿고 있습니다.

치악산의 옛 이름은 적악산이라지요. 길 가던 나그네가 뱀에게 잡아먹히려던 꿩을 구해주었고, 그 뒤 이 나그네의 목숨이 위태로운 지경에 처하자 이번에는 꿩이 나그네의 목숨을 살려줌으로써 은혜 갚음을 했다는 낯익은 전설이 바로 적악산에 전해 내려오는 전설이라고 합니다. 크든 작든 감동을 자아내는 하나의 상황이 만들어지기 위해서는 뱀과 같은 존재가 꼭 필요한가 봅니다. 나그네의 선행과 꿩의 선한 은혜 갚음이 아름답게 부각되는 이 전설에서 뱀은 먹이를 구하려던 생존의 목적도 이루지 못한 채 화살에 맞아 죽어갔지만 누구도 뱀의 서글픈 운명을 동정하진 않습니다. 드라마에서 조연이 감당해내야 하는 비애일 것입니다. 그러나 드라마가 아닌 실제 삶에서 뱀은 비극의 삶을 주역으로 살아내야 합니다. 아무리 고통스럽더라도, 아무리 미미할지라도 자기만이 주역이 되는 무대를 우리는 저마다 하나씩 부여받았습니다. 형진 씨와 나의 치악산 여정에서 내가 조연의 그늘에 서 있었다면 형진 씨는 동의하지 않을 겁니다. 형진 씨의 모든 신경은 세세하게 나에게 집중되어 청량리역에서 출발하여 같은 지점에 돌아올 때까지 최대한의 배려를

했음을 알고 있습니다. 차라리 조연은 나였다고 외치고 싶을 겁니다. 그러고 보니 형진 씨도 주연은 아니었나 봅니다. 형진 씨와 나의 만남에서 늘 그래왔듯 이번 여행의 주연도 형진 씨가 생각하고 있는 사랑의 원칙들이 아니었을까요. 돌아보니 우리는 썩 괜찮은 조연 배우였던 것 같습니다.

어쩔 수 없이 들추고 싶지 않은 옛날이야기를 하나 해야겠습니다. 지금은 다른 여자의 남편이 된 그 사람은 내 내면의 미로를 가장 가까이서 들여다보았던 사람입니다. 서로의 영혼이 겹치던 희열의 순간들도 있었고, 관념으로든 경험으로든 상대편이 키워온 가치관의 이질성을 존중하려 하던 겸허한 시간들도 있었습니다. 하지만 한 남자와 한 여자가 들어서는 결혼의 문은 형진 씨가 편지에 쓴 것처럼 이해만으로 유토피아를 이룩할 수 있는 곳은 아닙니다. 이해와 용서와 대화와 관용으로만 존재하는 온전한 화해의 세계는 이 세상 어디에도 없듯, 이해만으로 행복해지는 결혼생활은 없을 겁니다. 더군다나 그 이해가 상호 이해가 아닌 일방적인 이해여야 할 때 행복은 결코 얼굴을 디밀지 않습니다. 두 개의 세계가 만나는 자리에 갈등이 없을 수는 없습니다. 갈등의 원인을 찬찬히 들여다보고 그 갈등을 제거하기 위한 방법을 성실하게 모색해보는 것보다 훨씬 더 손쉬운 문제 해결의 방법을 결혼이란 제도는 이미 굳건하게 소유하고 있습니다. 그 해결 방법에 따르면, 가령 나는 노래로 인한 내 상처를 치유하기 위해 미로를 헤맬 필요가 없습니다. 유년의 강당에 대한 기억을 되새길 필요도 없습니다. 복잡한 미로의 문을 닫고 나와서, 그가 노래를 하면 내가 바로 그가 되어 똑같이 즐

겁고 행복하면 됩니다. 내가 그를 온전히 이해하기만 하면 언제나
아무 문제가 없는 것이 됩니다. 그는 형식과 체면을 존중하던 사람
이었습니다. 기존하는 전통과 관습에서 벗어나는 생활은 원하지 않
았고, 부부의 사랑과 생활도 그 틀 안에 존재해야 한다고 굳게 믿었
습니다. 형식을 앞세우는 삶이 때로는 인간의 본질을 왜곡하는 폐
쇄적인 공간을 만들 수도 있음을 그는 인정하고 싶지 않았나 봅니
다. 그가 즐겨 사용하던 말 중의 하나가 "부부는 일심동체"라는 것
이었습니다. 그가 보기에 내가 힘들어하는 것은 이심이체가 되려는
내 자아에 대한 집착 때문이지 다른 문제가 있어서가 아니었습니
다. 갈라서는 순간까지도 그는 내가 불행했던 이유를 이해할 수 없
었을지도 모릅니다. 그는 내가 되기를 강요받지 않았으니까요. 살
아오면서 다양한 색깔의 사랑을 만났습니다. 세상 사는 데 노래 따
위는 아무짝에도 쓸모없다며 나에게서 노래를 거세시켰던 아버지,
학생의 마음에 어떤 공포의 기억이 들어앉았는지 헤아리지 않은 채
노래도 못하냐며 출석부로 머리를 내리치던 수많은 선생님들, 나
대신 자기가 노래를 함으로써 내 상처가 치유되고 행복해진다고 믿
었던 남편. 모두 나에게 주었던 것이 사랑이라고 합니다. 각자 확고
하고 흔들릴 필요 없는 사랑의 원칙들을 갖고 있어서 내 의견을 묻
거나 들을 필요는 없었을 겁니다. 형진 씨는 어떨까요. 아마도 형진
씨는 매일 저녁 규칙적인 시간을 정해놓고 나에게 노래를 가르치
려 들 것 같습니다. 오늘은 '도' 음을 익히고 내일은 '레', 모레는 '미',
일주일 뒤에는 「송아지」 노래를 배우고 그다음 달에는 「애국가」를,
하는 식의 꼼꼼한 연간 계획표를 내 앞에 디밀어놓고 계획대로 따

라오라고 나를 설득하고 재촉할 것만 같습니다.

　왠지 머리가 아파옵니다. 가끔 숨이 막힌다고 느낄 때가 있습니다. 분명히 나의 폐는 수축과 팽창을 거듭하며 호흡운동을 하는데 몸 안에 바람 한 점 통하지 않는 것처럼 명치끝이 답답해 금방이라도 질식할 것 같은 위기를 느끼게 됩니다. 위기감이 내 쓸쓸한 자유의 공간에서 해소되지 않으면 나는 간단하게 짐을 꾸려 시원한 바람을 만나러 떠납니다. 그때도 가을이었습니다. 비가 내리는 치악산 버스 종점에는 나 혼자뿐이었습니다. 썰늘한 날씨, 차가운 비, 축축한 낙엽들, 흐린 하늘, 젖은 바위들. 무엇 하나 따뜻한 것 없이 구룡사 가는 길은 내 마음만큼이나 을씨년스러웠습니다. 그때 알았습니다. 허전한 마음을 기대기에는 적당히 외롭고 허물어져 가는 곳이 적격이라는 것을. 비를 맞으며 역시 비에 젖어 있던 구룡사 위쪽의 초록색 못에 몇 개의 동전을 던져 넣었습니다. 별 하나 나 하나, 별 둘 나 둘을 세듯 동전 하나하나마다 소망을 담았으면 좋았을 텐데 서너 개의 소망조차 가지지 못한 시절이었나 봅니다. 다만 한 가지, 견디게 해달라고 빌었습니다. 책을 읽을 수도 잠을 잘 수도 없이 서성거리는 밤 시간의 고요와 적막을 견디게 해달라고, 밤새 뒤척거리면서 바로 세웠던 마음을 단번에 휘청거리게 만드는 사람들의 작은 편견과 편견의 시선을 견디게 해달라고 빌었습니다. 또한 늑막을 뚫고 들어와 몸살과 한기로 번지는 외로움을, 기억에서 지워지지 않는 몇몇 특별한 날에 살아나는 추억들을 견디게 해달라고 빌었습니다.

그렇습니다. 형진 씨가 지적한 대로 외롭습니다. 마음과 몸이 추울 때면 슈퍼마켓에 나가 장을 보고 음식을 만듭니다. 긴 시간과 많은 노력을 들인 성찬 앞에서 입맛조차 돌지 않으면 책장의 책들을 꺼내 먼지를 털어가며 하나하나 다시 꽂아봅니다. 아직 세탁할 때가 되지 않은 커튼 따위를 걷어내 일부러 힘에 겨운 일거리를 만들기도 합니다. 그래도 으슬으슬한 한기가 가시지 않으면 탁자 맞은편에 외로움을 앉혀놓고 함께 독한 술을 마십니다. 혼자 찾아갔던 치악산에서의 소망은 이루어져 이제는 잘 견뎌내고 있지만, 가끔 마음의 여유가 생기면 외로움을 가슴 안에서 꺼내 가만히 만져보기도 하지만, 외로움이 사라진 것은 아닙니다. 형진 씨는 내 슬픔과 쓸쓸함의 안자락을 꿰뚫어봤고 내가 결혼해야 할 가장 중요한 이유로 외로움을 지적했습니다. 하지만 형진 씨도 외로운가요? 형진 씨가 보낸 편지의 어느 귀퉁이에서도 형진 씨의 외로움은 흔적을 찾아볼 수 없었습니다. 형진 씨 표현대로 형진 씨의 생애는 지금까지 한 번도 비포장도로로 접어들었던 적이 없습니다. 좋은 가족, 좋은 친구들, 다니고 싶던 학교들, 하고 싶은 공부들, 그리고 원했던 일을 골고루 갖추고 살았습니다. 결혼이 다소 늦어지기는 했지만 형진 씨 말처럼 일에 빠져 외로울 틈도 없었으니 서두를 필요가 없었을 겁니다. 형진 씨가 나로 인해 느낀다는 고뇌가 비포장도로로 접어들었다는 의미라면, 누구나 걷지 않은 길에는 환상을 가지기 마련이니 형진 씨 또한 비포장도로에 대한 환상으로 즐거운 동시에 괴롭기도 한 것 아닐까요. 형진 씨가 가진 환상을 한번 열어볼 필요가 있을 것 같습니다. 형진 씨는 논문 자료를 수집하는 과정에서 한 여자를 만났습니다. 형진 씨 표현에 따르면 까닭 없이 마음이 끌리고 무작정 감싸주고 싶은 여자라고 하더군요. 형진 씨는 그 감정을 사랑이라고 정의 내렸고, 에로스가 쏜 황금 화살이 형진 씨 심장을 맞췄다고 진단했습니다. 여자의 과거와 어두운 표정이 이따금씩 번민의 독소가 되어 형진 씨 마음을 엉클어놓으면 형진 씨는 에로스는 원래 혼돈의 아들이었다며 그 번민조차 사랑의 증거로 삼았을 겁니다. 분명한 것을 좋아하는 만큼 원칙을 사랑하고 존중하는 사람이므로 형진 씨가 생각하는 사랑의 원칙들을 목록으로 일목요연하게 정리하여 벽에 매달아 놓았을지도 모르겠습니다. 그리고 형진 씨는 사랑의 화신이 되어 사랑의 원칙들을 실천하고자 합니다. 여자의 얄팍한 어깨를 감싸 안으며 무슨 일이 있어도 행복하게 만들어주겠다고 비장한 다짐을 했을 겁니다. 결혼의 장애물로 작용할 것이 뻔한 여자의 이혼 사실을 부모에게는 밝히지 않고 비밀로 하겠다는 결정을 내리고 위대한 사랑의 힘에 도취되어 기꺼이 술도 마셨을 겁니다. 형진 씨 편지에는 결혼을 위한 과정들이 완벽하게 정리되어 있었습니다. 나는 그 각본에 따라 다소곳하게 움직이기만 하면 됩니다. 하지만 형진 씨, 내가 각본대로 연기만 하면, 그래서 다시 한 번 눈부신 웨딩드레스를 입고 형진 씨가 혼자 고뇌하고 준비하고 만들어놓은 세계 안으로 가뿐히 걸어 들어가기만 하면, 나는 정말 형진 씨 말대로 이 세상 누구보다 행복한 여자가 되는 것일까요?

형진 씨를 만나면 왠지 교과서를 공부하는 듯한 기분이 들 때가 있습니다. 내 인생의 반은 교과서가 망쳤다고 생각한 적이 있습니다. 교과서 안에 들어앉은 수없이 많은 원칙, 원론, 원리, 그리고 숨막히는 원색의 도덕에 의문 부호를 달지 않고 그대로 내 삶에 적용시켰던 경직된 시간들이 나에게도 없지 않았습니다. 하지만 온전한 모범생으로 살아왔다고 믿고 자부했던 시간들이 나에게 도로 던져주는 허위와 위선의 껍데기들을 받아내면서 나는 책 밖으로 걸어 나오기 시작했습니다. 지금도 내 가슴 안에서 부드럽게, 또는 생생하게 살아 움직이는 원론들이 없는 것은 아니나, 그것이 내 삶의 테두리를 넘어 타인의 삶을 판단하는 일방적인 잣대가 되지 않도록 스스로 경계하고 있습니다. 모범적인 자식, 모범적인 학생, 모범적인 배우자라는 허상이 내 목에 올가미를 걸었듯, 경직된 가치, 경직된 진실, 경직된 순수, 경직된 이념…… 모두 다, 인간의 삶을 황폐하게 하는 요소라고 생각하기 때문입니다. 내가 그랬듯, 모범생일수록 선생인 나의 말을 놓치지 않고 필기합니다. 나는 그 학생의 노트를 난폭하게 집어 던지고 싶은 충동을 느낍니다. 속지 마라. 이 얄팍한 지식에, 내 이야기에 속지 마라. 내가 여태까지 배운 것이 이것뿐이고 내가 할 수 있는 일이 이 일이어서 가르치기는 하지만 죽은 활자가 삶은 아니다. 딱딱한 이성으로 보는 세상만이 세상은 아니다. 소리라도 지르고 싶은 못 견딜 기분이 됩니다. 그러나 나는 심호흡을 하고 치솟는 감정을 다스리고 점잖게 강의를 계속합니다. 인간과 사회에 대해, 삶의 모순과 인간의 지향에 대해 말입니다. 학생들에게 정해진 것만 가르치고 내 마음속에서 튀어오르는 말들을 하지 못하는 것은, 하고 싶은 말을 아무렇게나 하다 일자리를 잃을까 봐 겁이 나서가 아닙니다. 나는 내 본능이나 느낌을 말로 발산할 수 있는 마음의 통로들을 삶의 어디선가 하나씩 하나씩 잃어온 것만 같습니다. 마치 삼십여 년 세월 저편에서 상실한 노래를 향한 내 목소리처럼 말입니다. 내 안의 어두운 곳에 묻혀버린 것들, 그림자 속에 갇혀버린 것들이 제각각의 불안과 슬픔으로 밤낮없이 뒤척거리고 있지만, 나는 아직 그들에게 문을 열어주는 법을 알지 못합니다.

내가 아는 한 형진 씨의 교과서는 모범적입니다. 형진 씨가 살아온 인생처럼 반듯하고 구겨진 데가 없습니다. 진실합니다. 빈틈 또한 없습니다. 그러나 거기에는 내가 숨 쉴 곳이 없고, 기댈 곳이 없습니다. 다치고 상처 입었지만 그 상처에 대해 소리 내어 말하지 못하고 자기 입으로 자기 상처를 빨면서 살아야 하는 사람의 빈자리 같은 것이 없습니다.

광활한 비로봉 정상에서 입을 열어보자고, 산짐승들의 신음과 같은 소리가 튀어나올지라도 소리 내는 것을 두려워하지 말자고, 그렇게 다짐하고 왔음에도 불구하고 나는 아직 괴성조차 질러보지 못하고 있습니다. 하지만 언젠가는 상처에서 진물이 멈출지도 모릅니다. 여섯 살짜리 계집아이가 양손을 맞잡고 부르던 노래를 다시 부르게 될지도 모릅니다. 무대 위의 어설픈 주인공을 향해 비난의 화살들이 날아들어 전설 속의 뱀처럼 쓸쓸하게 사라져간다 하더라도, 나는 언젠가는 만날 것만 같은 그 시간을 기다려보고 싶습니다. 그때쯤이면 내가 소리 내어 말할 수 있을까요? 사랑은 차가운 형식이 아니라 따뜻하고 본질적인 것이며 원칙 안에 인간을 가두는 것이 아니고 인간을 위해 새로운 원칙을 만들어가는 것이라고……

　나의 이 긴 편지가 형진 씨 청혼에 대한 충분한 답변이 되기를 바랍니다.

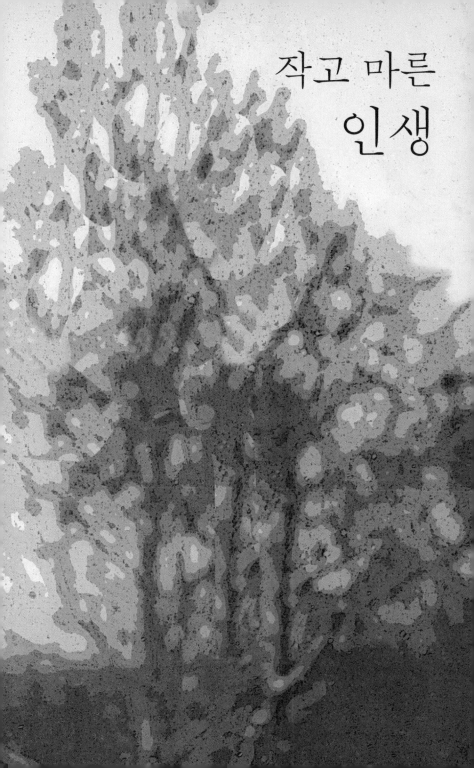

작고 마른
인생

1

"출근에 대중이 없어요. 늦게도 나오고 일찍도 나오고……"

명절이 얼마 남지 않은 날 작은 선물을 전하기 위해 청소 아주머니의 출근 시간을 물었더니 경비 아저씨는 아주머니의 근무 태도를 타박하는 눈치였다. 청소하는 분들은 자주 바뀌었다. 그만둔 줄 알았던 아주머니가 한참 뒤에 다시 오기도 하는 것으로 보아 아마도 관리사무소나 용역회사에서 아주머니들의 담당 구역을 종종 변경하는 것 같았다. 주민들 사이에서 점잖다는 평을 듣는 경비 아저씨가 못마땅한 기색을 드러내는 것으로 보아 새로 온 아주머니가 붙임성 있는 성격은 아닌 듯싶었다.

경비 아저씨의 이야기대로 아주머니는 잘 만나지지 않았다. 며칠 동안 짬이 날 때마다 엘리베이터를 타고 오르내리며 찾아보았으나 아주머니는 흔적이 없었다. 구정 연휴가 시작되었고, 항암을 받는 암 환자가 오지랖 넓게 별 신경을 다 쓴다 싶어 아주머니 찾는 일을 그만두었다.

청소 아주머니를 우연히 만난 것은 그로부터 두어 달이나 지난 뒤였다. 병원 검사가 예약된 날이라 산에 가는 대신, 아파트 단지 공원을 한 바퀴 돌았다. 날씨가 갑자기 서늘해졌어도 봄은 봄이었다. 철쭉이 만발한 자홍색 꽃길을 따라 아이들의 자전거가 달려가고 요구르트 아주머니의 수레 근처에는 유모차를 끌고 나온 젊은 엄마들이 모여 있었다. 산책을 마치고 들어오는데 청소 아주머니는 낡은 의자 위에 올라서서 현관문 유리를 닦고 있었다. 몸집이 무척 왜소해 보였다. 얼굴을 자세히 볼 수는 없으나 얼핏 보아 내 나이 또래이지 싶었다. 구정 때 선물하려던 타월 세트는 거실 장식장 옆의 빈 공간에 묵혀두다가 얼마 전에 뜯어 내가 사용하고 있었다. 괜스레 미안한 생각이 들어 말을 건넸다.

"수고가 많으시네요. 날씨가 제법 따뜻해졌지요?"

"아이고, 따뜻해지면 뭐해. 나는 춥기만 하구먼. 추워요, 추워."

아주머니는 힐끗 내려다보며 대답했다. 메마른 목소리, 반말 섞인 말투에 퉁명스런 태도였다. 경비 아저씨가 흉을 볼 만하다 싶었다. 그런데 어딘지 모르게 낯익게 느껴지는 뭔가가 있었다. 왜 그런지는 모르겠으나 어디선가 내가 한번쯤 경험했던 것을 다시 맞닥뜨리고 있는 느낌이었다. 나는 엘리베이터 쪽으로 발걸음을 옮기다가 뒤돌아섰다. 그리고 아주머니에게 다시 말을 건네보았다.

"하긴 요즘은 바깥 날씨가 더 따뜻하긴 해요. 많이 추우세요?"

"춥다니까요, 추워. 날씨만 보면 안 추운 것 같은데 나는 춥다니까."

아주머니는 빨간색 극세사 걸레를 양동이 안으로 휙 던져 넣더니 의자를 붙잡고 내려왔다. 그리고 나를 정면으로 바라보며 이야기했다.

"우리 애들이 엄마 청소일 못하게 해요. 둘 다 취직을 잘했어. 대기업에 다니거든. '엄마, 생활비 많이 줄 테니까 제발 집에 있어' 그래요. 그런데 놀고먹으면 뭐하겠어. 건강한 몸뚱이, 이렇게라도 슬슬 움직이면 운동 되고 용돈 버는데."

"아……"

나는 말을 잇지 못했다. 내 앞에 서 있는 사람은 놀랍게도 선화였다. 믿어지지 않게도 청소 아주머니는 선화였다. 사십여 년이란 엄청난 세월이 흘렀으나 나는 선화를 단박에 알아볼 수 있었다. 인중에 박힌 큰 점, 여전히 작디작은 키, 찌푸린 이맛살…… 아주머니 얼굴에 어린 선화의 얼굴이 겹쳐지고 있었다. 아주머니는, 아니 선화는 나를 기억하지 못하는 것 같았다. 내 얼굴을 보고도 나를 알아보는 기미가 없었다. 하긴 지금의 내 외양을 보고 예전의 모습을 떠올리기는 쉽지 않을 것이다. 계속되는 항암의 부작용으로 얼굴은 까칠하게 메말라 있었고 탈모를 감추기 위해 비니를 쓰고 있었다. 그뿐인가. 머리카락과 함께 빠져버린 눈썹 자리에 화장 펜슬로 인위적인 눈썹을 그려 넣었지만 어딘지 모르게 생경했다. 나 자신도 거울 속에 있는 사람이 내가 아닌 것처럼 느껴지는데 선화가 수십 년의 세월을 거슬러 올라가 잠시 자기 삶을 스쳤던 사람을 기억해 내기가 쉽겠는가. 아주머니, 아니 선화는 고무장갑을 한쪽씩 벗어 양동이 안으로 던져 넣으며 이야기를 계속했다.

"우리 큰딸이 연세대학을 졸업했어요. 작은딸은 이화여대 나오고. 둘 다 공부를 썩 잘했거든. 큰애는 졸업하자마자 삼성에 취직하더니 벌써 과장이야. 걔 밑에만도 직원이 여러 명이에요. 큰애가 내 손에 은행 카드를 이렇게 꼭 쥐여주면서, '엄마 그동안 고생 많이 했는데 맛있는 것 사 먹고 놀러 다니면서 쓰고 싶은 거 마음대로 써요' 하더라고. 고맙지. 얼마나 고마워. 근데 내가 그걸 어떻게 써요. 자식이 힘들게 일해서 번 돈을. 건강한 내가 이렇게 슬슬 움직이는 게 낫지. 죽으면 없어질 몸뚱이, 놀려두면 뭐하겠어……"

선화는 양동이를 집어 든 채 자식들 자랑을 계속했다. 작은딸은 중학교 교사로 근무하는데 퇴근 때마다 엄마 먹으라며 케이크며 과일이며 온갖 맛난 것을 사다 나른다고 했다. 선화에게 내가 누구라고 밝힐까 말까 하는 갈등이 일었으나 알은척하지 않는 편이 낫겠다는 생각이 들었다. 두 딸이 잘 성장해서 좋은 직장에 자리를 잡고 어머니를 정성껏 보살피고 있는데, 굳이 고달팠던 과거의 시간을 떠올리게 할 필요는 없어 보였다. 남루하고 고단하던 당신 삶의 일부를 내가 기억하고 있다고, 다시 만나 반갑다고, 어설프게 손을 내미는 것이 상대편을 쓰라리게 할 수도 있었다. 예전 영등포 디스코장의 일도 얼핏 스쳐갔다. 알은척을 하면 그때 그랬던 것처럼 자기는 선화가 아니라며 또 훌쩍 사라져버릴지도 모를 일이었다.

선화는 양동이를 들고 현관문을 빠져나가 앞동 쪽으로 걸어갔다.

나도 현관 계단 쪽으로 몇 걸음 걸어가 선화의 모습을 지켜보았다. 키가 워낙 작아 양동이가 땅에 닿을 듯했다. 자식들 자랑하며 힘을 얻은 덕분인지 걸음걸이는 씩씩했다. 선화의 겨자색 스웨터 위로 내려앉는 봄 햇살이 따듯해 보였다. 엄마 고생했는데 쓰고 싶은 거 마음대로 쓰라고 했다며, 자신의 한 손으로 다른 한 손에 신용카드를 쥐여주는 시늉을 할 때는 선화의 눈꼬리에 물기 같은 것이 반짝였다.

집으로 돌아와 병원에 갈 준비를 하기 시작했다. 선명한 영상을 위해 물을 많이 마시라고 하니, 오백 밀리리터짜리 생수부터 한 병 마셨다. 속옷부터 겉옷에 이르기까지 단추와 지퍼 등에 금속성 물질이 없는 옷을 골라 입었다. 병원 차트를 챙기고 휴대폰은 미리 꺼놓았다.

"김희영 씨."

"네."

"1시 30분 예약 환자 맞으시죠? 12시간 동안 쭉 금식하셨지요? 지난번에 쟀던 몸무게가 57킬로그램이네요. 맞으세요?"

"네."

"이쪽 주사실 안으로 들어오세요. 어느 쪽 팔에 맞으실 건가요? 주사 맞고 1시간 뒤에 촬영을 시작합니다. 돌아다니시면 안 되고요. 여기 바닥에 그려진 줄을 따라가서 맞은편에 있는 촬영실 안에서만 대기하셔야 합니다."

친절은 하지만 사무적인, 그래서 더욱 건조하게 들리는 목소리였다. 시티(CT), 뼈 스캔(Bone Scan), 무가 스캔(MUGA Scan) 등 받아야 하는 검사들은 이삼 개월 간격으로 끊임없이 나를 기다리고 있었다. 오늘 핵의학과에서 받을 검사는 펫시티(PET/CT)였다. 암의 전이 여부 및 이미 전이된 암의 치료 효과를 진단하기 위해 촬영하는 펫시티는 특별히 힘든 점은 없었으나 좀 번거로웠다. 12시간을 금식하고, 체중 일 킬로그램당 도수 범위가 정해지는 포도당 유사물질인 F-18-FDG라는 핵종의 주사를 맞고, 의약품이 몸에 섭취되도록 한 시간가량을 대기해야 했다. FDG는 양전자를 방출해내는 방사성 의약품이라 다른 사람들에게 방사능 피해를 줄 수 있다고 했다. 병원의 복도나 로비 등을 돌아다니면 안 되고 특별히 설계된 대기실 안에서만 머물러야 했다. 화장실도 대기실 안에 있는 것을 사용해야 했다. 검사 시간도 30여 분이나 소요되었다.

아침 점심을 다 거른 빈속이라 위가 달라붙는 듯했다. 허기가 몰려왔다. 거의 매일 산에 다니면서 부지런히 걷고 열심히 관리를 한다고 해도 검사 결과를 장담할 수는 없었다. 암이 전이된 환자로 끝없는 항암의 대열에 들어선 나에게, 미래가 불확실하다는 것만큼 확실한 사실은 없었다. 후면과 양쪽 옆면이 두꺼운 칸막이로 막힌 의자에 앉아 촬영 순서를 기다렸다. 더디 흐르는 시간을 참아내느라 양손을 올려 어깨를 주무르고 손가락으로 두피를 꽉꽉 눌러 마사지를 했다. 대기실에 놓인 주간지 한 권을 다 훑고도 시간이 남아 잡지 뒤쪽에 실린 '가로세로 낱말 맞히기'를 풀어보기 시작했다. 가로 세 글자. '어떤 일이나 사태에 맞추어 취하는 방책'. 모르겠다. 세로. 대법원장의 제청으로 국회의 동의를 얻어…… '대법관'이다.

그럼 '대'자로 시작하는 가로 빈칸의 답은 '대응책'. 슬쩍 해답을 본다. 맞았다. '관'에서 가로로 이어지는 세 글자는 연극, 영화, 운동 경기 등을 구경할 수 있도록 마련한 좌석…… 문득 아버지가 떠올랐다. 아버지는 고등학교 수학교사였다. 그해 봄 오빠가 세상을 뜬 이래 아버지는 집에 돌아오면 잠들기 전까지 수학 문제를 푸는 일에 몰두했다. 온갖 참고서와 문제집을 펼쳐놓고 옆에는 누런색 시험지를 쌓아놓고 마치 그 문제를 푸는 일에 생명이 달린 사람처럼 잠시도 한눈을 팔지 않았다. 내가 지금 가로세로 낱말 맞히기를 하며 지루한 시간을 견디고 있듯이, 아버지는 수학 문제 풀이를 하면서 아버지의 메마른 시간을 견디고 있었던 것일까. 예측할 수 없는 일들이 벌어지고 그것에 의해 삶이 좌지우지되는 현실의 세계보다 정해진 법칙에 의해 움직이는 명확한 숫자의 세계가 아버지에게 위안을 주었던 것일지도 모른다.

"김희영 씨!"

"네."

"물은 충분히 드셨죠? 화장실에 한 번 다녀오시고요. 브래지어 안 하셨죠? 바지에 쇠로 된 지퍼 같은 것도 없고요? 5분 있다가 촬영 시작하겠습니다."

등을 좁은 침대에 붙이고 얼굴은 천장 쪽을 향해 수평으로 누웠다. 팔을 몸쪽으로 뻗은 상태에서 벨트가 내 복부와 두 팔을 휘감았고, 움직이지 못하도록 벨트의 끈이 꽉 조여졌다. 위잉…… 기계음이 들려오며 찬바람이 일기 시작하자 나는 눈을 감았다. 침대가 자동으로 작동하면서 내 머리 부분이 갠트리 안으로 들어가는 게 느껴졌다. 감은 눈 안에서 생각과 영상들은 두서없이 흘러다니기 시작했다. 검사를 마친 다음에 먹고 싶은 순두부찌개와 주꾸미볶음 같은 음식이 어른거리기도 했고, 십 년 넘게 사용해서 탈수 때마다 굉음을 내는 세탁기를 어서 바꿔야 한다는 생각도 들었다. 아까 본 선화의 얼굴도 스쳐갔다. 아홉 살이던 선화가 어른이 되어 아이를 낳고 그 아이들이 대학을 졸업하고 직장인이 되었으니 어마어마한 세월이 흐른 것이 틀림없었다. 그런데 그 긴 세월이 왜 마치 한순간처럼 느껴지는 것일까. 그냥 바람 한줄기가 스쳐간 시간처럼 느껴지는 것일까. 만약 다른 삶을 살아왔다면 내 인생의 길이가 좀더 길게 느껴질 수도 있었을까. 이혼하지 않고 살아 만약 내게도 아이가 있었다면 추억이 좀더 두텁게 쌓여 인생이 조금 덜 헛헛하게 느껴질 수도 있었을까…… 그런데 선화는 4월 봄날에 왜 그렇게 추워하는 것일까. 추워요, 추워. 날씨만 보면 안 추운 것 같은데 나는 춥다니까…… 사실은 배가 안 고픈데…… 나는 배가 고프다니까…… 침대에 묶인 내 몸처럼 마음의 어느 지점에 묶여 있던 기억들이 하나둘 기지개를 켜고 있었다.

2

기억을 더듬어보면, 내가 처음으로 선화를 본 것은 초등학교 육학년이던 해의 봄날이었다. 무성영화의 한 장면처럼 좁은 골목길이 흑백 영상으로 떠오른다. 삐걱거리는 나무 대문을 열고 나서면 라일락 향기가 맴돌던 골목길이 있었다. 추억은 계절을 초월하는 것인지 나는 햇살이 짧아지던 쌀쌀한 가을 저녁에도, 눈발이 날리던 어느 겨울 오전에도 그 골목에서 라일락 향기를 맡았던 것만 같다. 도시에서 싹이 터, 도시에서 성장하고 살아가는 나는 고향을 향한 그리움 때문에 울고 웃는다는 사람들의 마음에 어떤 추억의 입자들이 들어 있는지를 지금도 잘 가늠하지 못한다. 나의 삶은 한 지점에 세워져 세월에 풍화되어가는 콘크리트 건물처럼 도시에서 한 걸음도 벗어나지 못한 채 도시 안에 구축되어왔다. 나에게 고향이라는 만져지지 않는 단어가 불러일으킬 수 있는 유일한 향수가 있다면 그것은 아마 그 골목의 라일락꽃 향일 것이다. 내 키보다 두 배, 세 배나 길어 보이던 나무들이 새하얀 꽃잎들을 흐드러지게 피워내던 곳…… 골목으로 발을 내디디면 기다렸다는 듯이 하얀 향기들이 성큼 달려들었다. 비릿한 젖냄새와 기저귀, 앙증스런 면 옷들이 있었을 나의 영유아기, 그리고 기저귀와 옷들을 팍팍 삶아 널었던 낡은 빨랫줄이 내 인생의 복선처럼 마당에 걸려 있었을 그 시간들…… 내 인생은 골목길 막다른 집이었던 효자동의 아담한 한옥에서 시작되었다.

선화를 처음 보던 그 봄날, 어쩌면 나는 그 골목길에서 라일락 향에 뺨을 댄 채 눈물을 떨어뜨리고 있었을 것이다. 어린이도 아니고 어른도 아닌 어중간한 열세 살, 어중간한 내 나이만큼이나 세상과 삶을 어중간하게 이해하던 그해에, 내 주변에는 온통 슬프거나 고통스럽거나 노여운 사람들뿐이었다. 고등학교에 막 입학했던 오빠가 과외 수업을 받고 귀가하다 교통사고를 당했다. 빗길을 과속으로 달렸던 노란색 코로나 택시 운전사는 구속되었으나, 오빠는 살아서 집에 돌아오지 못했다. 오빠가 사용하던, 때로는 노랫소리가 들려오고 때로는 큼큼한 땀냄새가 풍기던 방이 소리도 냄새도 없이 바람처럼 비어 있었다. 오빠의 부재를 증명이라도 하겠다는 듯 그 방에는 밤이 되어도 불이 켜지지 않았다. 밥상 한쪽에 성큼 빈 공간이 생겼다. 아침을 먹기 위해 수저를 들다 말고 옆자리에서 젓가락질하는 것 같은 오빠의 기척에 고개를 돌려보기도 하고, 오빠가 유난히 좋아하던 계란말이 앞에서 눈물을 떨어뜨리기도 했다. 양치질하는 동안 눈에 아프게 박혀오는 주인 잃은 칫솔, 오빠가 발을 씻을 때마다 사용하던 플라스틱 슬리퍼, 마당에 세워져 있는 오빠의 자전거, 그런 작은 것들의, 전에는 유심히 살펴보지 않았던 것들의 여운과 숨 막힘이 집안을 떠돌았다. 부모를 위로해주고 싶은데, 내가 밥을 잘 먹는 것이 부모를 위로하는 것인지 아니면 부모처럼 밥을 먹다 말고 수저를 내려놓는 것이 위로가 되는 것인지 도무지 가늠할 수가 없던 시간들이었다.

아버지는 아들을 떠나보내고 몸져누웠다. 아버지가 담임을 맡았던 반의 여고생들이 갈래머리를 땋고 교복을 입은 채 통조림 바구니를 들고 위문을 왔으나 아버지는 그 누구도 만나려 하지 않았다. 오빠가 아버지 곁을 떠난 후 아버지의 마음속에는 오빠 외의 다른 사람이 들어갈 자리가 없었다. 나는 그때부터 아버지의 목소리로 불리는 내 이름을 들어볼 수 없게 되었다. 얼마 뒤 아버지는 다시 출근하기 시작했으나 집에 있을 때는 수학 문제집을 펼쳤고, 문제 풀이에 열중하는 아버지에게는 내가 다가갈 자리가 없어 보였다.

사람들은 마음 한쪽에 유년기나 성장기의 상처로 인한 어두운 빈 공간을 얼마쯤 갖고 산다는 소리를 들은 적이 있다. 나 역시 예외는 아니었다. 지금도 내 마음에 깊이 비어 있는 아버지의 공간, 그곳에선 여전히 차갑고 스산한 바람이 불어오고 있다. 어머니는 바짝 말라갔고 누가 옆에서 건드리면 금방이라도 허물어져 내릴 것만 같았다. 여전히 밥을 짓고 장을 봐왔지만 어머니의 눈가는 붉게 짓물러 있었다. 아침밥을 차리다가도 눈물을 흘리고 밤이면 마당 댓돌에 앉아 울고 오빠가 사고를 당한 날처럼 비가 오는 날이면 불도 켜지 않은 채 오빠 방에 들어가 숨이 끊어지듯이 흐느꼈다. 우리와 함께 살던 할머니는 '장손 방이 비어 있는 걸 보면 숨이 막혀온다'며 삼촌네 아파트로 거처를 옮겨가던 날에도 모진 소리 내뱉기를 멈추지 않았다.

"과외다 뭐다 어미가 극성을 떨어대니 애가 그런 사고를 당한 게야. 밤늦게까지 과외만 시키지 않았어도 우리 집안 장손이, 눈에 넣어도 아프지 않은 내 귀한 손자가 죽지는 않았어. 극성스런 어미가 자식을 잡아먹은 게야. 조상들도 무심하시지. 어떻게 어미를 살려두고 자식을 먼저 데려가시나. 자식을 데려가려면 더 어리고 쓸모없는 계집아이부터 데려가시지 어쩌자고 장손을 데려가셨나. 계집아이부터 데려가셨더라면 얼마나 좋아. 그랬다면 우리 집안에 무슨 걱정거리가 있겠어……"

선화를 처음 보던 날, 만약 내가 그 골목에서 청승맞게 울고 서 있었다면 그건 어머니와 나를 향한 할머니의 폭력에 가까운 질타가 아프고 서럽기 때문만이 아니라, 고통과 슬픔을 다스리기 위해 자

기보다 약한 위치에 있는 누군가를 속죄양으로 삼아야 하는 인간의
속성을 향한 연민 때문이기도 했을 것이다. 사람은 행복 속에서보
다 불행 속에서 더 성큼 자라는 것일까. 오빠의 죽음 이후, 나는 여
전히 열세 살이었으나 내 몸이 말라가는 것에 반비례해서 내 정신
은 부쩍 키가 커지고 있었다. 대문 밖으로 나가기 어려운 저녁 시간
에 눈물이 나려 하면 나는 식구들 눈에 띄지 않는 마루 뒤쪽을 찾아
들었다. 사람 하나가 간신히 걸어 다닐 만한 그 좁은 공간의 벽에는
무청을 새끼줄에 꼬아 말린 시래기들이 주렁주렁 걸려 있었다. 거
기에서는 까슬한 시래기에 눈을 찔려 우는 것처럼 소리만 내지 않
으면 마음껏 울어도 아무에게도 들키지 않을 수 있었다. 그해 봄,
열세 살짜리 계집아이는 오빠가 보고 싶을 때면 할머니 말대로 무
심한 조상들 때문에 살아남은 것 같은 자기 존재를 미워했고, 차라
리 계집아이를 데려갔더라면 얼마나 좋았겠느냐는 할머니의 절규
가 상처를 줄 때는 살아 있는 자기 존재를 미워하지 않으려고 안간
힘을 썼던 것 같다. 열세 살의 감성은 그 모든 장면 하나하나를 확
대, 인화해서 마음에 새겨두었고, 나는 서툰 허무주의자가 되어가
는 동시에 내 존재 자체에 대해 화해하지 못할 애증을 키워가고 있
었다.

　그날, 할머니가 짐 보따리처럼 달고 온 선화를 어떻게 표현할 수
있을까. 우선 그 아이는 작았다. 채송화처럼 작았다. 몸집도 작고,
키도 작고, 손도, 코도 아주 작았다. 그 아이와 처음 마주친 사람이
라면 인중에 박힌 점으로 제일 먼저 시선이 달려가리라. 코와 입술
사이에 있는, 마치 피부색이 변한 것처럼 평퍼짐한 검은 점은 새끼

손톱 크기만 했다. 머리카락은 엉망으로 뜯겨져 있었다. 혼자서 머리를 다듬어보겠다고 서툰 가위질을 했던 것인지도 모른다. 그 아이는 계절이 지나 이제는 아무도 입지 않는 두꺼운 겨울 스웨터 속에서 땀을 흘리고 있었다. 얼굴에 흐르는 땀에서 풍기는 것인지 아니면 겨울 스웨터에서 올라오는 것인지, 그 아이 주변에 가까이 가니 시큼하고 퀴퀴한 냄새가 났다. 나는 그 아이가 무안해할 것을 염두에 두면서도 슬금슬금 물러서지 않을 수 없었다. 바지는 무릎 부분에 구멍이 뚫려 있고, 뚫린 구멍 속으로 들여다보이는 그 아이의 속살은 때 탄 목덜미만큼이나 더러워 보였다. 양말을 신지 않았던 발도 새까맣기는 마찬가지였다. 댓돌에 벗어놓은 그 아이의 작고 닳은 고무신은 내 눈에 왠지 슬퍼 보였다. 어디서부터 달려왔는지는 알 수 없으나 먼 길을 오느라 곤했을 고무신은 양옆으로 젖혀져 마치 잠들어 있는 것 같았다.

돌아보면 그때 선화에게서 풍기던 것은 가난, 바로 궁핍의 냄새였다. 내가 태어나서 한 번도 피부로 접해보지 못하고 샅샅이 구경해보지 못했던 극심한 가난의 실체로 선화는 내 앞에 나타났다. 골목길의 다른 집들같이 마당이 넓지는 않았으나, 큰 냉장고나 피아노를 가지고 있지는 않았으나, 그때까지 나에게 가난은 책 안에서만 존재하고 있었다. 신으면 저절로 빙글빙글 춤을 추게 되는 빨간 유리 구두처럼, 향기로운 물을 졸졸 쏟아내는 마술 호리병처럼 환상의 세계로 가득하던 동화책에는 가난이 징검다리로 간간이 박혀 있었다. 무도회에 입고 갈 드레스가 없던 재투성이 아가씨 신데렐라가 있고, 공양미 삼백 석 사들일 돈이 없어 인당수에 몸을 던져

바다의 제물이 되어야 했던 심청이가 있다. 형님 집에 양식을 얻으러 갔다 대문 밖으로 쫓겨난 불쌍한 흥부도 동화 속에 살고 있었다. 그러나 동화 속의 가난은 선화의 가난처럼 비참해 보이지는 않았다. 남루하던 신데렐라는 언니들이 결혼하고 싶어 하던 멋진 왕자님의 짝이 되었으며, 심청이는 연꽃으로 환생해 임금의 아내가 되었다. 강남 갔던 제비가 물어온 박씨에서 재물이 쏟아져 나와 흥부는 형님보다 더한 부자가 되었다.

동화 속의 가난은 언제나 보상을 받았다. 미래의 달콤한 보상을 기다리는 가난은 찌들고 슬프고 냄새나는, 그래서 피해 가고 싶은 무엇이 아니라 보상받기 전에 실컷 즐겨두어도 괜찮을 것 같은 가난이었다. 훨씬 더 어리던 시절, 나는 종종 신데렐라가 되는 상상을 했다. 헌옷을 입고 구박받는 장면에 오면 나는 마음껏 흐느끼며 울 수 있었다. 조금만 있으면, 조금만 더 지나면, 요정이 나타나 호박이 마차로 변하고 생쥐는 마부로 변해 아름다운 드레스를 걸친 나는 왕궁의 무도회장으로 걸어 들어갈 것이므로, 몇 번의 서러운 밤만 견디면 왕자님이 내 구두 한 짝을 들고 나를 찾아 나설 것이므로, 그 벅찬 환희의 순간을 위해 지금은 가난하면 가난할수록, 서러우면 서러울수록 좋을 것 같았다.

내가 동화 속의 세계를 더 이상 꿈꾸지 않게 된 것은 선화를 만나면서부터였을 것이다. 빈곤이 인간에게 얼마나 무서운 독소인가를 깨닫게 된 것도 선화 때문이다. 그날 돌멩이만 한 선화를 아무리 샅샅이 훑어보아도, 그 아이가 왕자님의 신데렐라가 되는 기적 따위는 현실 속에서 절대로 일어날 것 같지 않았다. 선화의 가난은 그 아이가 아무리 착해도, 또 아무리 열심히 살아도, 제비 수백 마리를 치료해주어도, 동화 속에 존재하는 가난처럼 어느 날 갑자기 보상을 받을 것 같지는 않았다. 나는 처참하기까지 한 선화의 모습에서 시선을 슬그머니 거두고 말았다.

"집안 장손을 허망하게 잃고 나니 내가 제정신이 아니었다. 내가 했던 말들 고깝게 여기지 말고 부디 노력해서 여문 아들을 하나 생산하거라. 아범이나 너나 늦긴 늦었다만 아직은 가망성 있는 나이다. 나이 든데다 몸까지 피곤하면 애가 쉽게 안 들어서는 법이니 앞으로 집안일은 얘한테 거들라고 해라. 마누라 집 나간 뒤 술주정뱅이로 지내던 아비는 작년에 세상 떴고, 애 젖도 떼기 전에 도망간 어미는 죽었는지 살았는지 소식조차 없단다. 혈육이 있길 하나, 선뜻 나서서 돌봐주려는 친척이 있나, 천생 고아원 차지인데 지가 죽어도 고아원은 안 가겠다 해서, 혼자 굶어 죽느니 남의집살이라도 하는 게 낫지 싶어 동네 사람들이 수소문했다더라. 네 시이모가 시가에 다니러 가지 않았었냐. 하도 부탁을 해서 데리고 올라왔다더라."

칠순에 가까운 나이답지 않게 정정하던 할머니는 짐 보따리 떨어뜨려놓듯이 선화를 떨어뜨려놓고 곧장 삼촌네로 발길을 돌렸다. 어머니는 선화를 찬찬히 훑어보더니 긴 한숨을 내쉬고 부엌으로 들어가 라면을 끓여왔다.

"우선 라면이라도 먹으렴. 먹고 나서 얘기하자."

선화는 딱정벌레처럼 상에 달라붙었다. 방금 끓인 라면이 뜨겁지도 않은지 허겁지겁 젓가락질을 시작했다. 젓가락질을 너무 서둔 나머지 라면이 입으로 들어가지 않고 상으로 떨어지면 손으로 냉큼 집어 먹었다. 국물 한 모금 남기지 않고 깨끗이 냄비를 비워내고도 뭐가 아쉬운지 상에서 떨어지지 못하던 선화의 모습은 지금도 내 눈에 선하다.

"할머니 말씀으로는 열두 살이라고 하던데 작아서 그런지 더 어려 보이는구나. 동네 사람들이 어디 가면 열두 살로 대답하라고 시켰니? 겁내지 말고 솔직하게 말해도 괜찮은 집이야. 선화, 너 몇 살이지? 아홉 살? 아홉 살이라고? 아무리 그래도 아홉 살짜리를 남의집살이를 보냈단 말이야. 그럼 학교는? 아무도 안 보내줬어? 그래…… 그럴 수도 있겠구나. 그럼 글을 못 읽니?"

선화는 글을 못 읽는다는 사실이 크게 흠잡힐 일이라고 생각했는지 두려운 눈으로 어머니를 흘깃거렸다. 어머니의 입에서 한숨이 흘러나왔다.

"어린것이…… 팔자가 기구하구나. 그래, 같이 살아보자. 내가 얼마나 이 집에서 더 살아낼지는 모르겠다만 있는 날까지라도 같이 살아보자꾸나…… 선화, 이름이 곱구나. 누가 지어주셨니?"

같이 살자는 어머니의 말이 떨어지자마자 순식간에 얼굴색이 밝아진 선화가 또렷한 목소리로 대답했다.

"아버지가요. 이름처럼 예쁘고 착하게 살라고요."

한 번도 이름을 못 들어본 동네, 선화의 발음으로는 마자리처럼 들리기도 하고 또는 마좌리, 마쟈리처럼 들리기도 하던 선화의 고향은 강원도 어딘가에 있다고 했다. 그날, 선화는 어머니를 따라 동네 목욕탕과 미장원을 다녀왔다. 때를 닦아내고 머리카락을 가지런히 다듬어 처음 봤을 때보다 한결 깨끗하고 예뻐지긴 했으나 이상하게도 선화는 여전히 가난해 보였다. 선화는 저녁밥을 네 공기나 먹었다. 먹었다기보다는 집어삼켰다는 말이 알맞은 표현일 것이다. 누가 옆에서 제 밥그릇을 뺏어가기라도 하는 양, 밥공기를 한쪽 팔 안에 감추고 급하게 밥을 떠 넣던 선화의 모습은 흡사 허기에 시달린 한 마리 작은 짐승 같았다. 빈 공기에 어머니가 다시 밥을 채워주는 동안 선화는 반찬 접시도 팔로 끌어안고 맵다, 짜다 소리도 없이 무조건 음식을 입안으로 쓸어넣는 일에 몰두하고 있었다. 나는 선화의 밥 먹는 모습이 썩 낯설고 기이해서 내 입에 밥을 떠 넣는 일을 잊어버린 채 선화에게서 눈길을 거두지 못했다.

팔다리 부분을 서너 겹씩 접어도 크기만 한 내 옷 속에 파묻혀 부른 배 때문에 일어서지도 못하고 쌕쌕거리던 선화의 표정은 제법 행복해 보였다. 언젠가 선화는 그 저녁의 행복감을 내게 이런 식으로 표현했다. 그날 우리 집에서 먹어본 저녁밥이 자기 기억으로는 이 세상에 태어나서 처음으로 배부르게 먹어본 밥이라고, 배부른 것이 그렇게 좋은 것인 줄은 몰랐다고. 만약에 수기나 자서전을 쓴다면 첫 문장이 "내 인생에서 내가 처음으로 배불리 먹어본 것은 내 나이 아홉 살 때였다"로 시작될 것만 같던 선화는 그날 이후 내 방 한쪽에서 잠을 자고 어머니가 줄여준 내 낡은 옷을 받아 입으며 짧은 팔로 걸레질을 하고 작은 손으로 설거지를 했다.

선화는 어머니로부터 시계 보는 법을 배우고 이름 석 자 쓰는 법을 배우고 한글을 익혔으나 좀처럼 신기해하거나 즐거워하지 않았다. 나는 성장하면서 가끔 유추해보았다. 고통은 인간을 단련시킨다고 자신 있게 말하는 사람들은 그들이 감당해낼 수 있는 범위 안의 고통만을 겪었던 사람들이 아닐까 하는 점을, 또한 인간이 현실 속에서 단련된다는 것은 내면의 풍성함과 따뜻함, 정서의 촉촉함 같은 인간다운 특질의 증가를 의미하는 것이 아니라 단지 현실을 견딜 수 있도록 더 무감각해지고 더 무심해지는 것을 의미하는 것이 아닌가 하는 점을. 자신의 키보다 훨씬 웃자란 고통은 인간 내부의 온기를 박탈해갈 뿐인지도 모른다. 오빠를 잃은 충격과 슬픔 속에서, 차라리 계집아이를 데려갔으면 얼마나 좋았겠느냐고 절규하는 할머니의 숨겨진 얼굴 속에서, 나를 짓누르던 아버지의 침묵 속에서, 내가 내 가슴의 부드럽고 축축한 것들을 상당 부분 상실해왔듯이, 선화는 열악한 유년기를 견뎌내는 동안 웃음이라는 표현 방법을 익히지 못한 듯싶었다. 선화는 제대로 웃지 않았다. 나는 선화가 큰 소리로 또는 환한 표정으로 웃는 것을 보지 못했다. 청승맞던 열세 살의 조숙한 소녀는 눈물이라도 많았으나 선화는 울지도 않았다. 선화가 감정을 표현하기 위해 종종 사용하던 방법은 나이에 걸맞지 않게 이맛살을 찌푸리면서 작은 입술을 약간씩 벌리는 것뿐이었다. 눈물조차 말라버린 듯한 어린 선화는 고비사막에서 피어오른다는 팍팍한 먼지 같았다.

선화는 무엇이든지 입으로 가져갔다. 먹을 것이 있으면 배가 불러도 또 먹어야 했다. 간식으로 삶은 옥수수를 양동이째 끌어안고 정신없이 뜯어먹은 뒤 숨을 제대로 못 쉬고 할딱거리는 선화가 나는 안쓰럽고 미웠다.

"선화야, 왜 그렇게 많이 먹어?"

"먹을 것 있을 때 안 먹으면 어떻게 해. 나중에 배고파져."

"나중에 배고파지면 다시 먹고 지금은 그만 먹어. 배부를 때는 그만 먹는 거야."

"사실은 배가 부른데, 배가 안 고픈데, 그런데 나는 배가 고프다니까."

어느 오후, 모아놓은 빈 병들을 내다주고 받아왔던 강냉이 자루는 크기가 꼭 선화만 했다. 자기 몸통만 한 자루를 끌어안고 강냉이 먹는 일에 지치지도 않는 선화를 지켜보다 나는 내가 책임질 수 없는 약속을 하고 만다.

"제발 그만 먹어. 그 대신 소원을 말해봐. 내가 들어줄게."

선화는 말갛게 나를 쳐다보면서도 강냉이 자루에서 손을 떼지는 않았다.

"내 리본 가질래?"

선화는 고개를 저었다.

"이 스케치북하고 색연필은?"

선화는 또 고개를 저었다.

"그럼 뭐야? 내가 꼭 들어줄게. 소원이 뭔지 말해."

"진짜? 언니가 꼭 들어줘?"

"그렇다니까. 자, 손가락 걸어. 이제 말해봐."

그러나 선화 입에서 튀어나온 소원은 나를 적잖이 당혹스럽게 했다.

"나 엄마 찾아줘."

"……"

"엄마 보고 싶어. 나도 엄마 갖고 싶어. 우리 엄마 찾아줘."

강냉이 자루를 내려놓고 이맛살을 찌푸리며 절박하게 내 팔을 붙잡고 늘어지는 선화에게 약속을 취소하겠다는 말은 차마 할 수 없었다. 내가 그 아이에게 무슨 말을 했던가. 어른이 되면 찾아주겠다고, 지금은 찾을 수 없지만 이다음에 어른이 되면 찾아주겠다고 말했다. 선화에게 이야기하면서 나 스스로도 정말 그렇게 믿었다. 어른이 되면 선화의 엄마를 찾는 일쯤은 어렵지 않게 할 수 있을 거 같았다.

그러나 선화와 함께했던 시간은 채 반년이 되지 않았다. 나는 소원을 들어주겠다던 내 약속을 먼 미래의 일로 남겨놓은 채 선화와 헤어지게 된다. 엄마, 언니, 나 여기서 계속 살게 해달라고 안달하던 선화는, 말 안 들으면 당장 시골로 되돌려 보내겠다는 할머니의 엄포에 눌려 부엌 연탄아궁이 앞에 쪼그리고 앉아 이맛살을 찌푸리고 있었다.

"애를 안 가질 거면 식모가 왜 필요하냐. 자식까지 잡아먹은 어미가 식모 두고 호강하면서 살려고…… 제발 그만 하라고? 너 지금 감히 누구 앞에서 말대답이니. 자식 앞세운 여자가 뭘 잘했다고 시어미한테 대들어. 이웃 부끄러운 줄도 모르니. 집안의 손을 끊어놓을 작정이면 깨끗이 물러나라. 너만 없으면 아비는 새 가정 꾸리면 된다. 그러니 애를 가질 건지 물러날 건지 결정해."

어머니가 추석 때 사줬던 조금씩 커 보이는 새 옷을 입고 새 운동화를 신은 채 선화는 보따리를 안고 할머니를 따라갔다. 선화가 골목길을 빠져나갈 때, 골목길 담벼락에는 붉게 단풍이 든 담쟁이덩굴들이 마치 불꽃놀이를 하듯이 퍼져 있었다. 선화가 내 시야에서 완전히 사라지고 난 뒤 나는 단풍잎을 하나하나 잡아 뜯기 시작했다.

그다음 해 봄에 나 역시 어머니를 따라서 그 골목길을 빠져나오게 된다. 어머니는 할머니의 지시에 따라 임신하려고 노력하는 대신에 아버지와 갈라서려고 노력한 것 같았다. 오빠를 잃은 고통에 더해 할머니의 매서운 질타까지 어머니가 혼자 짊어지는 동안 아버지는 수학 문제 속으로 도피해 가족과는 담을 쌓고 있었고, 어머니와 내가 떠나던 날에도 방문 밖으로 나와보지 않았다.

삐걱거리는 나무 대문을 열고 골목을 다 걸어 나올 때까지 어머니는 뒤를 돌아보지 않았다. 나는 굳어 있는 어머니의 표정을 살피면서 부지런히 어머니 옆을 따라 걸었으나 어머니는 나에게도 곁눈 한 번 주지 않은 채 자꾸 발걸음만 재촉했다. 그날, 어머니의 그림자와 내 그림자가 서로 이체임을 증명이라도 하듯 일정한 간격을 둔 채 흔들리는 것을 나는 아프게 지켜보았다. 어머니와 나의 떠나는 길을 마중해준 것은 라일락 나무들이었다. 그날 불안하고 아프던 내 마음속으로 스며들던 라일락 향은 아직도 내 가슴 안에 그대로 남아 있다. 나는 그 골목에, 딸을 떠나보내면서도 얼굴을 보여주지 않던 아버지와, 선화에게 했던 지키지 못할 약속과, 내 인생의 복선들이 빨랫줄처럼 널려 있던 유년기, 그리고 성장기의 일부를 남겨놓고 외가가 있는 K시로 가게 되었다.

자동침대는 간간이 움직이고 있었다. 주사액에 의해 내 몸에 일어난 생화학적인 변화를 3차원의 영상으로 촬영하는 중일 것이다. 컴퓨터 단층촬영인 시티(CT)와 양전자 단층촬영인 펫(PET)이 동시에 진행되는 펫시티는 포도당 대사가 많이 소모되는 암의 특성을 이용하는 검사였다. 주사실에서 맞았던 정맥주사를 통해 혈관 속으로 들어온 '불화디옥시 포도당'이라는 의약품은 암처럼 포도당 대사가 활발한 부위 근처로 모여들어 양전자를 방출해낸다. 이것을 영상으로 촬영하고 판독해서, 나처럼 암이 전이된 환자의 항암제 치료 효과를 가늠하는 자료로 사용하는 것이다.

마음에 조각도로 새겨진 상처는 암과 닮아 있었다. 상처를 다독이기 위해서는 에너지를 소모해야 했고, 상처를 자극해오는 어떤 상황에 직면하면 포도당 유사체가 암 부위로 모여들듯이 내면의 에너지들이 상처가 있는 부위로 빠르게 모여들었다. 상처는 현실을 살아가는 데 사용해야 할 에너지들을 자꾸 빨아당겼다. 그리고 불안감이나 무력감, 또는 분노와 허무감 같은 부정적인 감정의 양전자들을 방출해냈다. 만약 사람의 일생을 펫시티처럼 3차원적인 영상으로 촬영하고 판독할 수 있다면, 내가 살아온 인생은 어떤 형태로든 열세 살의 시간과 끈이 닿아 있을 것만 같았다.

기계에서 새어 나오던 바람이 멈췄다. 자동침대가 빠른 속도로 움직이더니 덜컹 소리와 함께 정지했다. 의료진이 다가와 몸과 양팔을 조였던 벨트를 풀어주었다.

"검사 끝났습니다. 조심해서 일어나세요. 소지품 잘 챙겨 나가시고요. 결과는 외래에서 확인하십시오."

어두운 촬영실을 빠져나와 복도로 나왔다. 핵의학과가 있는 복도는 밝은 형광등 불빛 때문에 바닥의 작은 얼룩까지 보였지만, 지하층이 주는 음음한 느낌에서 자유롭지는 못했다. 이 복도에 설 때마다 중요한 선택을 내려야 하는 기분이었다. 복도의 한쪽은 지하주차장과 장례식장으로 이어졌다. 다른 한쪽은 몇 걸음 걸으면 V자로 복도가 갈라져 있었고 오른쪽은 식당으로, 왼쪽은 일층 로비로 올라가는 계단으로 연결되었다. 이쪽 복도로 걸어가서 식당에서 더운 밥을 먹거나 또는 로비에서 싱싱한 커피 향을 맡을 것인지 아니면 저쪽 복도로 걸어가서 장례식장으로 들어갈 것인지 내게 선택을 강요하는 것 같은 지점이었다. 삶과 죽음의 경계도 이렇듯 찰나의 선택으로 갈리는 것일까. 나는 단호한 몸짓으로 식당과 계단이 있는 복도 쪽을 향해 걷기 시작했다. 마음의 상처에 확대경을 들이대는 못난 짓을 비로소 멈출 수 있게 된 것은 암 진단을 받은 다음부터였다. 할머니는 이미 돌아가셨다. 아버지는 오래전에 연락이 끊겼다. 어머니는 중증 치매로 요양병원에서 생활하고 있다. 이렇게 굽이굽이 세월이 흘러가버리는 동안에도 한 시절의 시간들은 구름처럼 흐르지 못한 채 몇 겹의 껍질을 둘러 안고 내 가슴에 들어 있었다. 과거를 정리하거나 해석해보려고 애를 썼고 상처가 치유되었다고 여러 번 믿기도 했다. 그러나 그 시절의 시간은 어느 순간 불쑥 고개를 쳐들며 내 삶을 흔들어놓곤 했다. 일에 중독되다시피 바쁘게 살아왔던 것 역시 미래를 향한 밝은 꿈 때문이 아니라 과거에 발목 잡히는 시간을 피하고 싶었기 때문이었는지도 모른다. 잔여 수명이 많이 남지 않았다는 암 환자가 되고서야 나는 과거를 온전히 떠나 보낼 수 있었다. 상처를 버릴 수 있었다. 아니 내가 상처를 버린 것이 아닐 수도 있다. 상처를 치유하고 싶던 내 마음의 욕망이나 희망 같은 것이 어느 순간 강제로 사라져버렸고, 그 자리에 삶을 향한 열망이 고여 오기 시작했다. 그러고 나서야 깨닫게 되었다. 상처는 치유되는 성질의 것이 아님을. 생채기가 나버린 것들 자체가 이미 내 삶의 일부였으므로 그것을 버리고 싶다고 해서 버려지고 극복하고 싶다고 해서 극복하게 되는 것이 아님을. 단지 새롭게 생겨난 더 험한 상처, 더 강한 충격, 또는 더 절박한 희망과 욕망에 의해 예전의 상처들이 차지하던 부피와 중량이 훌쩍 가볍게 느껴질 뿐이었다. 그러고 보면 옛날에 생긴 상처들을 들여다보면서 살 수 있던 삶이 평탄한 삶이었는지도 모르겠다. 자신의 인생에 더 큰 상처, 더 절박한 다른 상황이 생겨나지 않았다는 반증이기도 하니까.

병원 로비로 올라오니 다른 세상이 거기 있었다. 햇살이 정면 유리벽을 통해 환하게 쏟아져 들어오고, 키가 크고 풍성한 초록색 식물들은 근사한 화분에 담겨 로비에 생기를 불어넣고 있었다. 하얀색 벽면에는 색채가 아름다운 그림들이 걸렸고 대리석 바닥은 윤택했다. 로비 한쪽에 자리한 카페에서 커피 향과 비스킷 향이 진하게 풍겨왔다. 흰색 가운을 입은 의료진은 테이크아웃 커피 잔을 들고 담소를 나누고 있었다. 휠체어를 미는 간병인과 휠체어에 앉은 환자까지도 로비의 싱싱한 분위기 때문인지 마치 봄날에 소풍을 나온 사람들처럼 느껴졌다.

병원 앞 식당에서 청국장백반을 주문해 허기진 위를 채우기 시작했다. 어제 저녁식사 이후 생수 외에는 아무것도 못 먹었던 터라 밥공기를 깨끗이 비웠는데도 배가 고팠다. 밥 한 공기를 더 주문하면서 문득 선화의 말투가 떠올랐다. 배가 안 고픈 거 같은데, 아니 안 고픈데, 그런데 나는 배가 고프다니까…… 새 밥을 한 수저 떠서 입에 넣으며 나는 대답해주었다. 그래, 선화야, 나도 그랬어. 내 인생이 괜찮은 거 같은데, 아니 괜찮은데, 그런데 나는 안 괜찮았다니까……

4

내가 선화를 우연히 다시 보게 된 것은 영등포역 근처에 있는, 이름이 기억나지 않는 어떤 디스코장에서였다. 십삼 년이라는, 강산이 한 번은 바뀌었을 그 세월 동안 열세 살 소녀의 삶은 굽이굽이 물줄기를 타고 흐르다 스물여섯이라는 강물에 도달해 있었다.

외형상으로 그 삶은 평탄해 보인다. 학원을 운영하던 어머니 밑에서 평범한 중고등학교 시절을 보내고 서울로 유학을 와 사회학을 공부하고 있는 대학원생이었고, 동갑이지만 초등학교를 일 년 먼저 들어가 군 복무까지 방위로 마친 대학원 동기와 갓 결혼한 신혼 주부였다. 그러나 크게 부족한 것도 모자란 것도 없어 보이는 그때까지의 내 삶을 찬찬히 들여다보면 어느 굽이에서도 행복감 같은 따뜻한 온도의 낱말은 존재하지 않았던 것 같다. 물질적으로는 큰 부족함이 없었을지 모르나 내 가슴은 항상 메마르고 헛헛했다. 열세 살 시절의 절박하던 외로움이 가슴 안에서 그대로 화석으로 굳어버렸던 것일까. 나는 외로운 내 내면의 창을 통해 세상을 관찰하고 있었고, 그런 내게 달려오던 세상은 대부분 음산한 표정이었다.

K시에서의 학창 시절은 쉽지 않았다. 예민한 성격에 스스로 지쳐 고달팠던 면이 없지 않아 있었으나 보수적인 지방 도시에서 이혼녀의 딸로 사람들의 쑤군덕거림을 받아내느라 내 등은 굽어지고 내 시선은 습관처럼 발끝에 머물러 있었다. 대학을 졸업하고 결혼 전에 여고 선생까지 했던 여자가 오죽하면 이혼했겠느냐는 어머니에 대한 동정과, 자식 잃고 이혼한 주제에 대학을 나오면 뭐하고 선생을 했으면 뭐하겠느냐는 빈정거림이 엇비슷하게 뒤섞인 시선들 속에서 나는 마음 붙일 공간을 찾아내지 못했다. 방직공장을 운영하던 외할아버지가 어머니에게 시내 중심가에 작은 학원을 차려주고 생활 기반을 잡아주면서 물려준 재산은 외갓집의 불화 요인이었다. 여자가 한 번 출가했으면 끝이지 왜 친정 근처에 와 재산을 기웃거리느냐며 외삼촌들이 어머니를 질타할 때마다 냉랭한 한기가 내 뼛속으로 스며드는 것 같았다. 어머니는 당신의 상흔을 다스리기 위해서인지 종종 말을 잃곤 했다. 비라도 쏟아져 날씨가 스산한 저녁이면 어머니의 방문은 굳게 닫히기 일쑤였다. 그때, 나에게는 굳게 닫힌 게 어머니의 방문이 아니라 나를 향한 어머니의 마음으로 여겨졌고 내 가슴 안에서는 아버지의 빈 공간 옆에 또 하나의 빈 공간이 성큼 자리 잡아가고 있었다.

외가와 어머니를 떠나기 위해 대학 진학을 일부러 서울로 한 나였으나 팔십년대 초반의 대학 교정 역시 평화롭지 못하기는 마찬가지였다. 당시 학생들 대부분이 그러했듯, 나 또한 가슴의 허기를 숨겨놓은 채 거대한 물줄기에 휩쓸려갔다. 우리 사회 계급 구조와 자본주의 단계 등을 토론하면서, 철저한 프롤레타리아도 못 되는 주제에 프롤레타리아의 적을 마음껏 성토하고 프롤레타리아를 공부하고 분석하면서, 나는 나보다 훨씬 순진하고 순진한 만큼 극렬하던 한 남자를 만나 그를 사랑한다고 믿게 된다. 당시의 그는, 만약 삶에서 가장 중요한 것을 하나만 꼽아보라는 질문을 받게 된다면 서슴없이 '이데올로기'라고 답할 사람이었다.

결혼은 순조롭지 못했다. 이혼한 여자의 딸은 좋은 배우자가 될 수 없다는 것이 시가 쪽의 중론이었고 나는 한 남자의 아내가 되기 위해 톡톡한 수모와 굴욕의 과정을 겪어야 했다. 아버지는 결혼식에 참석하지 않았다. 나는 라일락 향이 가득하던 그 골목길에 아버지를 향한 애정을 남겨놓고 떠나왔으나 그후 길다고 보면 긴 시간 동안 아버지는 내게 한 번도 연락을 취하지 않았다. 그리움보다 서운함의 자리가 더 커져버린 나 또한 아버지를 찾아 나서지 않았다. 내가 처음이자 마지막으로 아버지의 연락처를 수소문해본 것은 결혼식을 앞두고서였다. 할머니 초상 때도 나를 부르지 않았던 아버지는 고등학교 교감 자리를 내놓고 장손의 의무와 책임도 벗어던지고 뉴욕에 가 있었다. 새로 이룬 가족과 함께 이민을 떠나 새 땅에서 새로운 인생을 살아가기에 바빴을 아버지…… 전화선을 타고 흐르던 아버지의 건조한 목소리가 귓가에 묻어 있다. '결혼식에 못 가봐서 미안하구나. 하지만 돌아가고 싶지가 않다. 영원히 돌아가

고 싶지 않아……'

선화를 다시 보게 되던 그해, 나는 졸업 논문을 준비하고 있었다. 노동 계급의 실태와 의식 구조에 관한 연구를 논문 주제로 정했던 나는 잘 풀리지 않는 논문 작업에 도움이 될까 싶어 구로공단 노동자들의 생활 현장을 취재하던 중이었다. 공장, 기숙사, 자취촌 등을 돌아다니는 과정에서 영등포역 건너편 골목에 불을 밝히고 있던 디스코장에까지 발을 들여놓게 되었다. 남편은 늦은 시간 낯선 장소를 찾아가는 나를 마지못해 따라나서면서도 심기의 불편함을 감추지 못했다.

"건전한 장소들을 다 놔두고 왜 하필 디스코장이지? 이런 곳을 찾는 저의가 뭐야? 이럴 시간 있으면 차라리 노동선교위원회나 노동자회를 방문해서 직업병 조사라도 더 하는 게 낫지 않아? 너는 논문 방향을 도대체 어떻게 잡고 있는 거야?"

"저의 같은 거 없어. 구로공단 사람들이 주 고객이라기에 가보는 것뿐이야."

역 근처의 어둠과 네온사인은 습했다. 매표구에 여자인 나는 천 원, 남자인 남편은 이천 원, 각기 다른 금액의 입장료를 지불하고 좁은 통로를 지나자 엄청나게 넓은 홀이 우리를 기다리고 있었다. 천장을 뒤덮은 조명등에서 연속적으로 쏘아대는 붉고 푸른 빛들과 눈조차 뜨기 어렵게 퍼져 있는 매캐한 담배 연기, 그리고 내용을 알아들을 수 없는 디제이의 영어 등이 혼잡하게 얽혀 있던 홀은 무슨 까닭인지 우리에게 썩 낯선 첫인상으로 다가왔다. 디스코장이라고 이름 붙은 장소에 처음 발을 들여놓았던 것은 아니었다. 세미나를 마친 뒤에 '퇴폐적인 부르주아지'임을 자처하는 선배를 따라 서초동의 한 디스코텍으로 우르르 몰려간 적도 있었다. 방금 전까지 도시 빈민을 창출해내는 우리 사회의 선성장·후분배 이데올로기를 분석하다 사치스런 장소에서 술과 안주를 즐기고 있다는 민망함 때문에, 반라의 상태로 무대를 장식하던 디스코걸과 디스코보이 옆에서 집단으로 '해방 춤'을 추는 치기를 부리기도 했었다.

그런데 영등포역 근처의 그 디스코장 분위기에는 쉽게 친숙해지지 않는 뭔가 서먹한 구석이 있었다. 자리를 잡은 뒤 내 낯선 기분을 해명해보기 위해 주위를 찬찬히 둘러보기 시작했다. 변두리 분식점에서나 만날 수 있는 비닐 의자들이 먼저 시야에 들어왔다. 어두운 조명에 차츰 익숙해지자 아무것도 깔리지 않은 더러운 시멘트 바닥이 보였다. 디스코장과 도무지 어울리지 않는 찌그러진 양은 주전자들도 여기저기 눈에 띄었다. 빨강, 노랑, 파랑, 초록, 주황…… 시멘트벽의 모든 장식이, 심지어는 메뉴판 안의 글씨들까지도 알록달록한 원색이 뒤섞여 있다는 사실을 깨달은 것은 한참 시간이 흐른 뒤의 일이었다. 웨이터가 귀찮다는 듯이 다가와 써니텐 두 병을 우리 탁자에 거칠게 내려놓았다. 주문하지 않았다는 남편의 말을 웨이터가 무뚝뚝하게 맞받았다.

"입장료에 포함된 거니까 아까 받았던 입장권이나 주세요."

술이나 안주를 주문하라는 요구는 없었다. 그러고 보니 다른 탁자에도 빨대가 꽂힌 써니텐 병들이 어지럽게 널려 있을 뿐, 맥주병이나 안주 접시 같은 것은 찾아보기 힘들었다. 써니텐 한 병과 단돈 천 원, 또는 이천 원으로 즐길 수 있는 디스코장이라는 것을 짐작하는 순간, 모르긴 몰라도 최소한 삼사십 배의 돈을 지불했을 서초동 디스코장에서의 내 모습이 떠오르면서 가슴에 찬바람이 일기 시작했다. 전면에 네온으로 명멸하고 있는 'Disco Nights'라는 글자를 배경으로 젊은 남녀들은 춤에 취해 있었다. 무대에서 흔들거리는 청춘들을 유심히 훑어보던 중 나는 나를 낯설게 하던 디스코장의 정체를 불현듯 깨닫게 된다. 현란하게 퍼붓는 조명으로도 가시지 않고 눈을 현혹하는 시린 원색의 장식으로도 감춰지지 않는 공기…… 그것은 조금 심하게 말하자면 궁핍의 냄새였다. 써니텐 병에 달라붙어 있던 시커먼 먼지처럼, 본질과는 상관없이 포장에서 풍기는 빈곤의 냄새들이 홀을 지배하고 있었다.

"놀랍군. 충격이야. 한국의 산업노동자들이 이렇게 비틀거리고 있다니…… 이거야말로 천민자본주의의 병폐야."

주변 상황을 자기 시각으로 해체, 종합하여 자신이 알고 있는 사회과학적 용어로 정의 내리지 않으면 불안해지는 남편은 디스코장에 대해 나름의 진단을 내리며 무거운 표정으로 고개를 가로젓고 있었다. 그러나 나는 그 시간 무대의 청춘들 속에서 바로 나 자신의 이면을 만나고 있었다. 여자아이들은 너 나 할 것 없이 당시 인기 절정의 미국 영화배우인 브룩 쉴즈를 본뜬 화장을 덮어쓴 상태였다. 브룩 쉴즈의 변신이 되고자 얼굴에 어색하게 그려놓은 그들의 굵은 눈썹에서, 담배를 물고 폼 잡으려는 노력이 역력한 남자아이들의 작위적인 몸짓 속에서 나는 나를 보고 있었다. 한편으로는 세미나에서 제국주의론과 우리 사회의 종속 경제에 대해 토론하며 머릿속에 반제 반미 의식을 잔뜩 고취하고 다른 한편으로는 어떻게 하면 미국 유학길에 올라 공부를 계속할 수 있을까를 궁리하느라 밤잠을 설치던 나, 앞으로는 천민자본주의를 강도 높게 비판하는 내용의 리포트를 제출하고 뒤에서는 천민자본주의의 부산물인 세계 유명 상표의 물건들을 소중하게 간직하던 이율배반적인 내 모습이 거기에 있었다.

선화를 본 것은 디스코장의 지저분한 화장실에서였다. 홀의 한쪽 구석에서 화장실로 이어지는 좁은 통로는 써니텐이 담겨 있던 노란 플라스틱 상자들로 어지러웠다. 간신히 몸을 세워 화장실 안으로 들어서니 대여섯 명의 여자아이들이 춤에서 덜 깨어난 몽롱한 표정으로 담배를 피우고 있었다. 그 아이들을 헤치고 안쪽으로 들어서던 내게 퍼뜩 다가오는 무엇인가가 있어 내 시선은 반사적으로 그쪽을 향했다. 인중의 검은 타원형 점…… 작고 마른 아이…… 선화였다. 굵은 눈썹을 그리고, 머리에 빨간 리본을 매달고, 짙은 청색 아이새도우를 가면처럼 쓰고 있었으나 나는 그녀를 한눈에 알아보았다. 굶주렸던 유년기의 키는 되찾아지지 않는 것인지 선화는 또래의 다른 아이들에 비해 여전히 작았다. 선화는 나를 알아보지 못했다. 아니 시선 자체가 사람들을 향해 있지 않았다. 손에 들고 있는 것이 담배가 아니라 대마초 따위의 환각제라도 되는 양 그녀의 초점 없이 풀어진 눈동자는 허공을 헤매고 있었다.

선화는 우리 집에 왔을 때처럼 구멍이 난 바지를 입고 있는 것도 아니고 맨발에 낡은 고무신을 신고 있는 것도 아니었는데 이상하게도 아홉 살짜리 선화처럼 여전히 비참하고 가난해 보였다. 풀어진 눈동자가, 진하게 덮어쓴 그러나 피부에 밀착되지 않고 뿌옇게 떠

있는 파운데이션이, 파운데이션으로도 가릴 수 없는 인중의 흉한
점이, 젖가슴이 들여다보이는 노출이 심한 값싼 티셔츠가, 그리고
뭔지 알 수 없는 그 아이의 모든 것이 나에게 또 한 번 구체적인 가
난의 실체로 다가왔다. 스물두 살의 선화는 담배 연기를 뿜어내면
서 변두리 디스코장의 악취 풍기는 화장실에서 온몸으로 외치고 있
는 것만 같았다. 여전히 배가 고프다고, 못 견디게 허기가 몰려온다
고. 선화는 화장실 바닥에 담배꽁초를 던져버리고 침을 뱉더니 화
장실을 나가려 했다. 나는 급하게 선화를 불렀다.

"선화야."

선화는 나를 힐끗 돌아보았다.

"선화야. 나 희영 언니야."

"선화 아닌데요."

"잠깐만 얘기 좀 해."

"아니라니까요."

"효자동 살던 희영 언니야. 잠깐만……"

선화의 팔을 잡으려는데 화장실 앞에 서 있던 남자아이가 먼저
선화의 어깨를 끌어안았다. 아는 사이인 듯 두 사람은 킬킬거렸고
써니텐 상자들에 거칠게 몸을 부딪치며 좁은 복도를 빠져나갔다.
나는 마른침을 삼키며 선화의 뒷모습을 바라보았다. 자리로 돌아온
뒤 내 시선은 선화를 따라다니기 시작했다. 선화는 자기보다 한두
뼘쯤 큰 키들 속에서 '흔들어주세요' 하는 써니텐 광고 문구처럼 자
기 몸을 흔들어주고 있었다. 번쩍이는 조명이 인중의 점을 가리고
짙은 화장이 적절한 음영을 자아내 선화는 화장실에서 봤을 때보다

훨씬 성숙한 모습으로 변해 있었다. 조명이 어두워지자 선화는 아까 그 남자아이의 품에 파묻혀 블루스 음악과 함께 내 시야에서 잠시 사라져버렸다.

내가 내 안에 여러 색깔의 상처를 쌓아오면서도 방직공장 사장의 외손녀로, 학원 운영자의 외딸로 경제적으로 안정된 생활을 누려오는 동안 선화는 쉬지 않고 가난했을 것이다. 가난들 사이를 굽이돌던 그녀 삶의 물줄기는 어느 날 그녀를 구로공단에 실어다 놓았을 것이고 그녀는 한국의 수출 역군이라는 장한 이름 아래 자신의 젊음을 마모시켜가며 배고픔을 해결해왔을 것이다. 내가 취재를 하면서 이미 들여다보았듯이, 선화는 열다섯 명 혹은 스무 명이 한방을 사용하는 공단의 기숙사에서 농약으로 뽀얗고 통통하게 살을 올린 콩나물이 떠다니는 국에 밥을 말아 먹거나, 아니면 동료와 함께 사오십만 원의 전세금을 치른 손바닥만 한 자취방에서 낡은 석유풍로에 홀홀 불을 댕겨 라면을 끓여 먹으며 자기 또래의 대학생들을 선망의 눈길로 바라보고 있을 것이다. 내가 대학원생이라는 신분으로 일주일에 단 네 시간 과외를 가르치고 삼십만 원을 버는 동안 그녀는 나보다 스무 배가 넘는 시간을 고되게 일하고도 십만 원 남짓을 벌어들이기가 쉽지 않았을 것이다. 신물이 풀풀 올라오는 불량 두부를 먹으며 뜨르르르르…… 미싱 돌아가는 소리가 요란한 작업장의 탁한 공기 속에 흘러가고 있을 연화의 강물…… 그녀의 처지에서 보자면 외로움이나 갈등 같은 단어를 달고 있는 내 고통이 공허한 소리로 들릴 수도 있을 것이다. 그러나 그것 역시 한 사람의 삶 속에 박혀 있는 가시인 것을……

그날 선화는 정말 나를 기억하지 못했던 것일까. 그랬을 수도 있다. 아홉 살 시절에 겨우 반년 남짓한 기간을 함께 살았을 뿐이니 내 얼굴이나 이름이 기억에 남아 있지 않았을 수도 있겠다. 그런데 왜 자기 이름조차도 아니라고 했던 것일까. 혹시 나를 알아보고도 모른 척하고 싶었던 것일까. 그해 가을에 할머니를 따라갔던 선화는 할머니의 뜻과는 달리 삼촌네 집에서 살지 못했다고 들었다. 삼촌네뿐만이 아니라 다른 어떤 집에서도 아홉 살짜리를 식모로 받아주지 않아 결국에는 고향으로 되돌려 보냈다고 들었다. 혈혈단신으로 낡은 보따리와 함께 강원도에서 서울로, 서울에서 다시 강원도로, 그리고 또 어딘가로 흘러다닐 동안 이름을 바꾸었던 것일까. 보호자 하나 없이 세상에 던져진 선화의 인생은 어떻게 굽이굽이 흘러왔을까.

다시 시끄러운 음악이 시작되었다. 선화는 무대에서 내려오지 않았다. 선화의 춤은 조금씩 더 격렬해지고 이번에는 천장에서 사이키 조명이 쏟아져 내리기 시작했다. 사이키 조명은 선화의 모습을 여러 가지 포즈로 조각내고 있었다. 허공을 향해 손을 치켜든 선화, 머리카락을 양손으로 움켜잡는 듯한 선화, 무심하게 벌어진 입술의 선화, 상체가 뒤틀린 선화, 한쪽 다리가 들려진 선화, 그날 갈기갈기 하얗게 찢어지는 조명 안에서 빨간 리본의 선화는 세상을 향해 절규하고 있는 것만 같았다. 어쩌다 하룻저녁 놀러 와 흔든다고 해서 세상이 바뀌겠소, 신세가 바뀌겠소. 잔업하고 철야해서 벌어들인 피 같은 돈이라지만 오늘 밤은 하나도 아깝지 않소. 진한 화장했다고 흉보지 마소. 언제 내가 세련된 화장 연습해볼 시간이 있었

나. 블루스 타임에 너무 붙어 있다고 눈총 주지 마오. 우리는 여관 갈 돈이 없으니……

눈길은 무대에 가 있는데 마음에서는 댓돌 위에 양옆으로 젖혀져 있던 작고 닳은 고무신이 떠오르고 밥을 먹을 때마다 밥공기를 팔로 끌어안던 아홉 살 어린아이의 모습이 떠오르고 기쁜 일에도 속상한 일에도 이맛살을 찌푸리는 것으로 감정을 표현하던 강파른 선화의 모습이 떠오르면서 목젖 부분이 뻐근해졌다. 선화는 스물두 살이라는 그녀 삶의 지점에서 무슨 꿈을 꾸고 있었던 것일까. 그날 나는 선화를 놓쳤다. 몇 번인가 음악이 바뀌고 다시 블루스 음악이 흐르고 선화가 조명이 잘 닿지 않는 구석진 자리로 가는 것까지는 봤는데 디스코 음악으로 바뀌었을 때는 선화의 모습이 보이지 않았다. 무대에 없었다. 화장실 통로와 화장실 안쪽, 홀 전체를 찾아보아도 선화는 이미 사라진 뒤였다.

5

다행히도 검사 결과는 나쁘지 않았다. 시티와 뼈 스캔, 펫시티의 영상을 판독한 결과 미세하게나마 원발암의 크기가 줄어들었다는 소견이 나왔다. 전이된 암의 크기는 변화가 없는 것으로 나타났다. 전이된 암이 줄어들지도 않았지만 더 자라지도 않았고, 또 새로 전이된 부위는 없었다. 주치의는 현재 쓰고 있는 항암제가 효과가 있는 것 같으니 동일한 약으로 항암을 계속하자고 했다. 파클리탁셀과 트라스투주맙의 조합으로 진행되는 항암은 일주일 간격으로 나를 기다리고 있었고, 매주 외래주사실을 다녀올 때마다 날씨는 성큼성큼 더워졌다.

어제 받은 항암의 여파로 피곤하고 현기증이 일었으나 여느 때처럼 산으로 갔다. 산길로 접어드는 입구에는 라일락 나무들이 보라색 꽃을 흐드러지게 피우고 있었다. 그 풍성한 부피에 비해 향은 미미했다. 어릴 적 골목길에서 맡았던 진하고 아름답던 향기는 아니었다. 번역을 하다가 '라일락'이 '다소 붉은빛을 띤 연보라색'을 지칭하는 색채 용어임을 알게 되었다. 페르시아어로 푸름을 의미하는 단어, 산스크리트어로 역시 푸름을 뜻하는 단어에서 유래된 이름이라고 한다. 보라색 계통의 라일락이 가장 흔하다는데, 이 산 입구에서 보라색 라일락을 보기 전까지는 라일락 꽃은 흰색이라고만 생각하고 살아왔다. 그 골목길에서 만났던 라일락 나무가 수십 년 동안 내 의식을 지배하고 있었던 모양이다. 산길은 매번 달라 보였다. 어느 때에 오느냐에 따라 햇살이 비추는 각도와 일조량이 달라졌고, 그에 따라 숲의 풍경은 변화했다. 양지바른 흙에서 어물어물 봄기운이 느껴지다가 나무에 여리고 파릇한 싹이 돋는가 싶으면 어느 순간 산기슭에 진달래들이 얼굴을 내밀고 나비들이 날았다. 같은 계절 안에서도 시간에 따라 다른 느낌이었다. 아침에 정적 속에서 맑게 깨어난 숲이 오후에는 잠시씩 나른해졌으며 어둠이 내리면 야성의 본능 같은 것을 드러내기도 했다. 숲처럼 자연스럽게 변화하며 살았으면 좋았을 텐데, 나는 오랫동안 뭔가에 사로잡힌 채 살아왔다. 마음 안에 걸어놓은 낚싯바늘에 매번 낚여 굳어버린 상처를 덧내며 인생에 헛된 발길질을 해왔다. 가슴속 어딘가가 너무 쓰라리게 아파 감당이 안 되면 상상 속에서 과거를 다시 살아보기도 했다. 누렇게 말라버린 낙엽을 봄의 새싹처럼 만들어 나무에 붙여놓으면 마치 그 나무에서 잎들이 푸르게 자라고 꽃이 피기라도 하는 양 상상 속의 과거에서 위안을 받으려고도 해봤다. 슬픔이나 상처에 잡아먹힐 만큼 인생이 비장한 것도 아니었는데, 슬픔이든 상처든 그저 삶을 수놓는 색색 가지 구슬 중 하나였을 뿐일 텐데, 나는 상처를 벗어난 삶만이 자유로운 삶이라고 경직되게 해석해왔다.

산길을 걷는 동안에 땀으로 속옷까지 흠뻑 젖어들었다. 숲을 벗어나 아파트 단지로 접어드는 아스팔트 길 위로 나오자 한여름처럼 지글지글 끓는 햇빛은 아니었지만 바람 한 점 없는 따가운 볕이 도로를 달구고 있었다. 시원한 생수를 마시고 샤워를 하고 싶어 발걸음을 서둘렀다. 아파트 현관으로 이어지는 계단을 오르는데 활짝 열린 현관문 안쪽에 선화가 보였다. 경비실 앞에 놓인 플라스틱 의자에 걸터앉아 유리창을 통해 경비 아저씨와 이야기를 나누고 있었다. 반가웠다. 그러잖아도 지난번에 마주친 이래 통 보이지 않아 궁금하던 참이었다. 자식들도 잘 자라고 몸도 건강하고 크게 부족한 것은 없어 보였으나 뭔가 내 마음을 전하고 싶어 작은 선물을 사놓았다. 내 형편이 닿는 한에서 제일 좋아 보이는 것으로 선화의 여름용 블라우스와 바지, 그리고 마 재킷을 색상을 맞춰 구입했고, 가격이 좀 저렴한 매장에서는 일 다닐 때 입으라고 물빨래가 가능한 티셔츠와 다림질이 필요 없는 바지를 샀다. 핑계 댈 말도 미리 궁리해두었다. 누가 내게 선물을 줬는데 사이즈가 너무 작아 안 맞으니 아주머니가 입으시라고 할 작정이었다. 내가 현관으로 들어서자 선화는 고무장갑을 들고 일어설 채비를 했다.

"아이고, 더워지기 전에 얼른얼른 해야지. 여기는 다 끝냈으니 나는 앞동으로 가요. 여기 사람들은 이삼십 평짜리에 살면서 웬 개새끼들을 그렇게 많이 키우는지 몰라. 엘리베이터에 개 오줌 냄새가 지린다니까. 대학교에서 대기업까지 내가 다 청소해봤지만 요즘처럼 개새끼 오줌까지 닦아내는 건 처음이라니까요."

나는 이마에서 흘러내리는 땀을 손등으로 훔치며 선화에게 말했다.

"아주머니, 여기에 잠깐만 더 계세요. 제가 드릴 게 있어 그래요. 금방 올라갔다 내려올게요."

선화는 지난번에 마주쳤던 것을 기억하지 못하는 듯 무심히 나를 쳐다보며 '네' 하고 대답했다. 마침 엘리베이터는 일층에 있었다. 서둘러서 쇼핑백을 들고 내려오니 선화는 다시 의자에 앉아 경비 아저씨에게 이야기를 하고 있었다. 생각해두었던 핑계를 대었고, 선화는 별 의심 없이 고맙다며 쇼핑백을 받아들었다. 그러고는 경비 아저씨에게 하던 이야기를 계속했다.

"그러니까 자식 잘 키우려면 무조건 사랑을 줘야 해요. 그럼 화초에 물 주듯이 쑥쑥 자라. 저절로 자란다니까요. 내가 우리 엄마 사랑을 엄청 받고 자랐어요. 하나뿐인 딸내미, 예쁘고 귀하다고 엄마가 나를 안고 살았다니까요. 시장에 가면 내 것을 얼마나 사 오던지, 어느 날은 머리핀을 사 오고 크레용이 있는데 또 새 크레용을 사 오고……"

나는 잠시 망연해졌다. 이건 무슨 소리인가.

"우리 엄마가 귀한 딸내미 먹인다고 먹을 걸 얼마나 만들었는지 몰라요. 배불러 죽겠는데 이거 먹어봐라 저거 먹어봐라 했다니까. 그래서 모두들 어려웠다는 그 시절에도 나는 배고픈 게 뭔지 모르고 살았어요."

선화는 한 손으로는 고무장갑이 든 양동이를, 다른 한 손으로는 내가 준 쇼핑백을 든 채 현관 밖으로 걸어나갔다. 나는 청소 아주머니의 얼굴을 다시 들여다보았으나 거기 있는 사람은 선화임이 틀림없었다. 경비 아저씨가 경비실을 나와 주머니에서 담뱃갑을 꺼내 들었다. 현관 밖으로 나가려다 나를 그냥 지나치기가 뭣했는지, 담뱃갑 든 손으로 선화의 뒷모습을 가리켰다.

"저 아주머니가 뻥이 좀 있는 것 같아요. 전기실 박씨 말로는 아주머니하고 잠시 같은 동네에 살았는데 형편이 아주 어려웠대요…… 사람 사는 속내를 누가 알겠어요. 그렇다 하면 그런가 보다 하고 들어줘야지요. 어쨌든 어릴 때는 편안하게 잘살았던 모양이에요. 평생 한 번도 잘살아보지 못하는 사람들도 많은데……"

선화는 양손에 짐을 든 채 뜨겁게 달궈진 길을 걸어 저만치 가고 있었다. 선화를 빨아들이는 듯한 공간을 응시하다가 전도된 기억마저 없었다면 선화의 삶이 얼마나 더 메말랐을까, 하고 잠시 생각했다. 아주머니를 선화로 알아본 내 기억이 착오였을 거라고 받아들이기로 했다. 작고 마른 몸 하나가 아파트 동과 동 사이에 나 있는 좁은 길로 접어드는가 싶더니 이내 시야에서 사라져갔다.

어머니를 떠나기에 좋은

나이

1. 나

　20년간의 어학원 강사 생활에 종지부를 찍은 내가 그다음 날 한 일은 서울 광화문 교보문고 근방의 한 호텔을 찾아든 것이었다. 오랜만에 와본 광화문에는 낯선 바람이 불고 있었다. 사방에 못 보던 초고층 빌딩들이 솟아 있었고, 다양한 외관의 거대한 빌딩들은 마치 소리와 냄새는 사라지고 시각으로만 존재하고 있는 것 같았다. 빌딩들 사이의 좁은 길로 들어서자 나도 모르게 가방을 든 손에 힘이 들어갔고 발걸음은 빨라졌다. 내 몸을 반응하게 한 것은 빌딩의 어두운 그림자였다. 수십 걸음만 걸으면 좁은 길을 벗어나 밝은 길 쪽으로 나갈 수 있는데 그 잠시를 못 견뎌 그림자가 나를 가두기라도 하는 양 심장박동마저 빨라지려 했다. 폐쇄된 공간에 공포심을 느낀다는 폐소공포증까지는 아니더라도, 좁고 어두운 장소나 밀폐된 곳에 있으면 숨이 답답해지면서 가슴이 불안하게 두근거려지는 증상을 나는 꽤 오래전부터 겪고 있었다.

"인터파크를 통해서 예약하셨지요? 신분증 좀 주시겠습니까?"

체크인은 간단히 끝났다. 프런트 데스크의 직원은 내 신분증을 보는 둥 마는 둥 하고 신용카드를 받아 오픈시킨 다음 객실 카드 키를 건네주었다. 15층에서 엘리베이터를 내려 왼쪽 복도를 따라가니 제일 끝에 있는 방이 1515호였다. 카드 키를 오른쪽 벽면의 카드 스위치에 꽂아 객실 전체의 불이 켜지는 순간, 긴장감이 풀림과 동시에 조금 전까지의 염려가 기우였음을 알았다. 혼자 호텔에 숙박하는 것은 처음이라 무섭지 않을까 하는 불안감이 있었는데 정갈하게 펼쳐진 객실의 풍경을 보면서 혼자라도 오기를 잘했다는 생각이 들었다. 룸을 업그레이드해준 모양이었다. 예상했던 것보다 객실은 훨씬 넓고 쾌적했다. 나는 테이블에 가방을 내려놓고 먼저 손부터 씻기 위해 욕실로 들어갔다. 20년 만의 휴식을 환영한다는 듯 욕실의 모든 것은 완벽하게 청결했고 또 질서정연했다. 주름 하나 없이 돌돌 말려 있는 다양한 사이즈의 하얀색 타월들은 어머니를 연상시켰다. 어머니는 집안에 먼지나 때, 주름이 있는 것을 싫어했다. 빈틈없이 쓸고 닦았고, 소독하고 다림질을 했다. 유리알 같다는 표현이 딱 맞았다. 균형이 안 맞거나 어긋나 있는 것은 더더욱 싫어했다. 어머니는 건조대에 빨래를 널 때도 빨래들이 '도 레 미 파 솔 라 시 도' 소리를 낼 것처럼 크기별로 가지런하게 분류했고, 부엌의 그릇들 역시 제식 훈련을 받는 군인들처럼 가로세로 딱딱 줄 맞춰져 있었다.

몇 분 뒤 나는 베드 위에 앉아 있었다. 하얀색 리넨의 촉감이 얼마나 폭신하고 좋던지 나는 호텔에서 할 일들 목록에 한 가지를 더 추가하고 싶은 갑작스러운 욕망을 느꼈다. 테이블 위에 놓인 메모지와 볼펜을 가져와 나는 어학원에서 강의 준비를 할 때처럼 메모하기 시작했다. 1. 먹고 자고 쉰다. 2. 내 인생을 돌아본다. 3. 돈 벌 일을 생각한다. 내가 생각했던 것은 이 세 가지였다. 나는 메모지에 '4'자를 적었다. 그 뒤의 문장은 차마 적지 못한 채 침대 헤드 위쪽에 걸린 그림을 바라보았다. 주황색이 강렬한 추상화였다. 나는 마치 그 그림을 보기 위해 호텔에 온 사람처럼 멍하니 시선을 고정시키고 있다가 볼펜에 힘을 주어 한 자씩 쓰기 시작했다. '섹스를 해 본다.' 그러나 다음 순간 나는 숨 한 번 돌리지 않고 그 문장을 볼펜으로 박박 지운 다음 메모지를 잘게 찢어 휴지통에 버렸다.

나를 불쑥 찾아들었던 욕망을 흔적조차 없이 은폐해버린 채 나는 어학원 강의실에서 수강생들에게 영어 독해를 해주듯이 마흔아홉 살인 내 인생을 돌아보며 독해를 시작하려 했다. 안녕하세요. 만나서 반갑습니다. 저는 캐서린(Catherine)이고요. 오늘 우리가 공부할 내용은…… 아니다. 나는 이제 캐서린도 아니고 카타리나(Katarina)도 아니고 캐시(Cathy)도 아니다. 나는 다시 인사했다. 안녕하세요. 만나서 반갑습니다. 저는 임진영이에요…… 마흔아홉 살이지요…… 오늘이 12월 1일이니 한 달 뒤면 제가 오십대가 되는군요…… 태어난 곳은 서울시 서대문구 북아현동인데요…… 소리는 내지 않은 채 마음속으로 이야기하는데도 누군가가 내 삶을 들여다보는 듯한 느낌이었다. 들키고 싶지 않은 구차스러운 것들까지

고스란히 들키고 마는 것 같았다. 어려운 단어들의 뜻을 짐작하지 못해 제대로 문장 해석을 못해내는 실력 없는 강사처럼, 내 독해는 중간중간 끊겼다. 수강생들이 모르는 척해줌에도 불구하고 얼굴은 붉어지고 입안이 말라왔다. 나는 객실 입구에 있는 미니바로 갔다. 이 객실에는 모든 것이 커플이 기준인 듯싶었다. 모양이 다른 유리 글라스들이, 커피 잔이, 그리고 에스프레소 커피 머신에 들어갈 커피 캡슐이 모두 두 개씩 준비되어 있었다. 나는 커피 머신에 캡슐을 넣어 커피를 추출했고, 커피 잔을 든 채 다시 테이블로 갔다. 강의에 집중하기 위해 테이블에 놓인 인터넷 접속 안내문이나 호텔 레스토랑 및 스파 시설 안내문 등을 한쪽으로 밀어버렸다. 화장대 용도로도 쓸 수 있게 테이블 뒤에는 큰 거울이 달려 있었다. 의자에 앉으니 거울 속에 있는 나와 마주보게 되었다.

거울 속의 나는 자줏빛이 섞인 보라색 원피스를 입고 있다. 옷 색상에 맞춰 자줏빛이 도는 립스틱을 바르고 같은 색상 계열의 아이새도우를 칠했으나 나이는 감출 수가 없었다. 눈가와 미간에, 그리고 목에 세월의 주름이 잡혀 있었다. 나는 나에게 먼저 수고가 많았다는 인사를 건넸다. 나는 오후 1시부터 밤 10시까지 작은 일인용 책상 여덟 개가 놓인 협소한 강의실에서 서서 지냈다. 강의실 벽에는 책 두 권 넓이만 한 작은 유리창이 달려 있었으나 바깥 큰길의 자동차 소음 때문에 창을 열어둘 수는 없었다. 정 숨이 막히는 것 같을 때만 수강생들에게 양해를 구하고 아주 잠깐씩 열었다가 닫는 것이 전부였다. 100분 단위로 진행되는 수업 중간중간에 20분씩 휴식 시간이 있긴 했으나 칠판을 지우고 수강생들의 질문에 답해주고 수업 자료를 복사하다 보면 20분은 후딱 지나갔고 화장실조차도 종종걸음으로 다녀와야 했었다. 아파도 쉴 수가 없었고 또 쉽게 될까 봐 겁을 냈었다. 뭐, 대단한 일은 아니었다. 많은 사람들이 이렇게 힘들게 일하고 돈을 벌어 가족을 부양하는데 나라고 해서 못할 까닭은 없었다. 그러나 일의 특성 때문인지 사십대로 접어들면서부터는 하루하루가 마치 머쉬룸 샐러드나 바질 샌드위치, 뉴욕스트립 스테이크 등을 파는 레스토랑에 잘못 배달되어 온 설렁탕이나 붉은 깍두기가 된 기분이었다. 강사들은 젊었다. 중고등학교 때부터 해외에서 공부한 강사들도 있었고, 최소한 대학이나 대학원 과정 정도는 해외 졸업장을 가진 사람들이었다. 나처럼 국내 대학의 학사 졸업장 한 장을 달랑 들고 외국 거주 경험이나 연수 경험이 없으면서 그 어학원에서 강의하는 사람은 찾아보기 힘들었다. 젊은 강사들은 밝고 자신감이 넘쳤고 컴퓨터를 과자 먹듯이 즐겁게 다루면서 현장감 있는 수업 자료를 준비했다. 내가 그들보다 잘할 수 있는 건 아무것도 없었다. 영어 발음도, 억양도, 현지 생활 경험도, 그리고 자신감이나 당당함조차도 그들에 비해 턱없이 부족했다. 아니다. 내가 잘할 수 있는 게 딱 한 가지가 있긴 했다. 참는 거였다. 나는 나이가 든 만큼 잘 참았다. 젊은 강사들이 분노하며 당장 사표를 던지고 이직했을 만한 일이 벌어져도 나는 그냥 참고 견뎠다.

내가 더 못 참아서가 아니라 이제는 참아야 하는 일 자체가 없어져서 나는 사표를 제출할 수밖에 없었다. 내 수업을 신청하는 수강생들이 하나씩 둘씩 줄기 시작하다가 언젠가부터 한 명이나 두 명만 있다가 마침내 석 달째 아무도 없었기 때문이다. 어학원에서 사용하던 영어 이름을 카타리나에서 캐서린으로, 또 캐시로 바꾸어도, 조금이라도 젊어 보이려고 헤어스타일을 최신 유행으로 해보아도, 잠을 줄이며 강의 준비를 더 철저하게 해보아도, 추세를 따라가기에는 역부족이었다. 수강생들은 캐서린이든 카타리나든 캐시든 그게 세례명이냐, 영어식 표기냐, 애칭이냐의 차이일 뿐이지 다 동일한 이름에 불과하며 그 이름의 주인이 어학원에서 가장 나이가 많은 아줌마 강사라는 사실을 훤히 알고 있었다. 제일 끝 수업인 저녁 8시 20분 클래스에 몇 년째 꾸준하게 등록해주었던 내 또래의 수강생이 아니었더라면 나는 좀더 일찍 어학원 강사 생활을 접어야 했을지도 모른다.

그 수강생의 영어 이름은 마이클이었다. 마이클은 영어 실력을 늘리는 일에도 상당한 열의를 갖고 있었고 동시에 캐서린이라는 여자 강사에게도 그만한 관심을 갖고 있었다. 한 달에 한 번씩, 매월 끝 주 금요일에는 수강생이 가져온 영어 원문을 함께 독해하고 영어로 토론하는 수업이 진행되었다. 마이클은 그때마다 '사랑'을 주제로 한 원문을 들고 왔다. 마이클이 갖고 오는 원문 내용은 철학적이고 배경지식이 있어야 하는 것들이라 내가 당황할 때가 많았다. 마이클을 마지막으로 봤던 날, 그는 로버트 스턴버그(Robert Sternberg)의 '사랑에 관한 삼각형 이론(Triangular Theory of Love)' 원문 일부를 내게 내밀었다. 성숙한 사랑은 상대편에게 느끼는 '친밀감', 감정적 몰입과 성적인 요소를 포함하는 '열정', 그리고 '헌신', 이 세 가지 요소가 삼각형처럼 균형을 잡고 있다는 내용이었을 것이다. 그날은 마이클 외의 다른 수강생들은 결석했고, 마이클은 작정한 듯이 내게 이야기했다. "당신의 결혼생활은 어떤가요? 내 경우는 이 이론대로라면 친밀감과 열정은 없는, 헌신적인 사랑만 있는 결혼생활이지요. 아내를 사랑해야 한다고 매일매일 결심함으로써 유지되는 사랑 말입니다. 내가 왜 당신 수업을 계속 등록하는지 압니까? 나하고 똑같이 닮은, 고장 난 삼각형을 보는 듯해서요. 내가 느끼는 외로움이 당신에게도 똑같이 담겨 있는 것 같아서요. 당신의 연락처를 물어보고 싶지만 안 알려줄 것 같아 내 명함을 드립니다. 나는 다음주 화요일에 샌프란시스코로 떠나요. 6개월 동안 파견 근무를 하고 다시 돌아옵니다. 언제든지 당신 마음이 내킬 때 메일을 보내거나 전화를 하세요. 기다리겠습니다. 그리고 6개월 뒤 한국에 왔을 때 당신과 특별한 감정으로 만나게 되기를 바랍니다." 마이클이 영어로 이야기했기에 한발 떨어져서 들을 수 있었지 만약 우리말로 '당신' 운운했었다면 당혹감 때문에 내가 먼저 강의실을 나왔을지도 모른다.

마이클은 떠났고 다음달부터 내 수업에 등록한 수강생은 아무도 없었다. 강사들의 평균 나이가 삼십대 초반인 어학원에서 나는 참으로 때 묻은 껌처럼 오래 눌어붙어 있었다. 대학 선배인 어학원 원장의 배려가 없었다면 나는 아마 마이클을 만나기도 전에 그만두어야 했을 수도 있었다. 거울 속의 내 눈가에 쓸쓸하게 습기가 비추는 것 같아 나는 내 손에 커피 잔을 들려주었다.

나는 거울에서 시선을 거두어들였고 커피를 한 모금 마셨다. 속에서 답답한 게 올라오는 것을 보니 객실이 너무 더운 듯싶었다. 컨트롤 버튼을 찾아 온도를 낮게 맞춰놓은 다음 나는 욕실로 갔다. 원피스와 속옷을 세면대 위에 던져놓고 오른쪽에 있는 샤워실로 들어가서 더운물의 온도를 맞추었다. 천정에 있는 원형의 샤워기에서 물줄기가 소나기처럼 쏟아지고 나는 거기에 몸을 맡겼다. 잠시 감상에 젖었던 눈물의 흔적은 사라져버렸다. 문득 마이클에게 메일을 쓰고 싶던 충동도 물에 씻겨 내려가는 것 같았다. 특별한 감정이라니…… 나는 그렇게 위험한 것은 싫다…… 고개를 뒤로 젖힌 채 목덜미와 가슴에 샤워기의 물줄기를 맞으며 나는 내가 느꼈던 감상과 충동이 오십대를 눈앞에 둔 쓸쓸함 때문일 거라고 생각했다. 여자 나이 마흔아홉은 마흔 살이 되던 무렵에 느끼던 쓸쓸함 같은 감정들이 아홉 배쯤 겹쳐서 오는 나이인지도 모르겠다. 특히 나처럼 완벽한 남편과 사는 여자는 그 신산스런 쓸쓸함이 폭풍이 되고 지진이 되어 모래밭 위에 쌓아왔던 보잘것없는 사랑을 거대한 해일로 덮쳐오는 것을 보게 된다.

몇 시간 전, 집에서 나올 때도 남편은 다정하게 말했다. "당신 정말 오랜만의 휴가지? 아무 염려 말고 푹 쉬다가 와. 나? 나는 집에서 음악 듣는 게 제일 좋아. 호텔 방에선 제대로 된 음악을 들을 수가 없잖아. 그냥 당신 혼자 다녀와요." 남편의 이런 면을 긍정적으로 보는 사람들은 내게 남편이 간섭하지 않아서 정말 편하겠다고, 아내를 자유롭게 해주는 내 남편이 참 괜찮은 배우자라고 이야기했다. 여기에 더해 내 남편이 클래식 음악 애호가라는 사실을 알게 된 젊은 여자 강사는 낭만적이고 완벽한 남편을 둔 나를 부러워하기까지 했다. 간섭하지 않는 남편이 좋은 남편의 기준이라면 틀린 말은 아닐 것이다. 그가 나를 간섭하는 일은 좀처럼 없었다. 딱 두 가지만 빼놓으면 나도 내 남편이 완벽한 배우자라는 말에 동의해줄 수 있었다. 돈을 벌려고 하지 않는 것과 섹스를 하지 않는 것…… 이 세상에 흥미를 가지고 즐길 것은 다양하며, 부부가 함께 뭔가를 즐기면 좋겠지만 서로의 취향이 다르다고 해서 억지로 맞춰갈 필요는 없다는 것이 남편의 논리였다. 자기가 모차르트 음악을 좋아하는데 내가 그걸 같이 듣지 않으면 자기 혼자 들어도 아무 상관없는 것처럼, 내가 느끼는 욕망을 자기도 느끼는 것은 아니니까 나 혼자 그것을 즐기면 된다는 이야기였다. 이십사 년의 결혼생활 동안 우리 부부가 잠자리한 횟수를 헤아려보면 아마 휴대전화를 바꾼 횟수쯤이나 될 것이다. 나도 마이클과 같았다. 나는 결혼했으니까, 저 사람은 내 배우자니까, 사랑해야 한다고 매일매일 결심하면서 살아왔다.

샤워기를 잠그고 선반 위에 놓인 대형 타월로 젖은 머리카락을 대충 닦은 다음 하얀색 타월 가운을 걸쳤다. 타월의 까칠한 촉감이 상쾌했다. 냉장고에서 차가운 캔맥주를 꺼내려다 보니 가격표가 눈에 띄었다. 편의점에서 사는 것보다 네다섯 배는 비싼 가격이었다. 나는 냉장고 문을 닫고 커피나 마시기 위해 테이블로 다가갔다. 어학원 퇴직일 다음날이 마침 결혼기념일이어서 결혼 후 처음으로 큰맘 먹고 예약해두었던 호텔에 혼자 오게 된 여자는, 네다섯 배 비싸봤자 만몇천 원인데 그걸 못 마시고 냉장고에 도로 넣어버린 여자는, 당장 며칠 뒤부터 동네 문화센터 영어 강좌에서부터 번역 거리에 이르기까지 뭐든지 일을 구하기 위해 이력서를 들고 뛰어야 하는 여자는, 지금 이 순간 아무것도 아닌 것 같은 자기 인생을 견디기 위해 어떤 희망을 붙잡아야 하는 것일까. 거울 속의 나는 젖어 있었다. 머리카락 끝에서는 물방울이 떨어지고 물을 닦지 않은 채 가운을 걸쳐 가슴골 사이에도 물방울이 맺혀 있었다. 영화나 드라마에서 봤던 외로운 여자 흉내를 내보고 싶었던 것일까. 나는 가방에서 립스틱을 꺼내 입술에 바르기 시작했다.

온몸이 젖은 채 자줏빛의 입술을 하고 있는 거울 속의 여자를 보며 나는 사십대가 끝나기 전에 내 인생에 흠집을 내보기로 작정했다. 내게 주어진 인생에 격렬하게 저항하거나 까마득히 달아날 용기는 없었지만, 못으로 벽을 긋듯이 작은 흠집 하나 정도는 낼 수도 있을 것 같았다. 이왕이면 흠집의 정도가 예리하고 강렬해서, 남은 생을 살아가는 동안 불면의 밤마다 두고두고 핥아야 할 정도의 깊이를 가진 상처면 더 좋을 듯싶었다. 한 번도 상처받지 않은 것처럼 사랑하라고 한다. 그런 사랑이 어떤 것이었는지 잊어버렸다. 한 번도 상처받지 않았던 시절에 내가 어떤 사랑을 했는지조차 기억이 나지 않는다. 그렇지만 상처받지 않은 것처럼 다시 사랑해보는 것은 불가능하다 할지라도, 여러 번 상처받은 것처럼 사랑해볼 수는 있을 것 같았다. 여러 번 상처받은 것처럼 하는 사랑은 어떤 것일까. 모기향의 빨간 꽃불이 거울 속에 떠오르고 있었다.

내 오른쪽 손바닥에는 지금 보기에도 아파 보이는 흉터가 있다. 여름 저녁이었다. 마루 한가운데에는 모기를 쫓기 위해 모기향이 피워져 있었다. 둥글둥글 원들이 그려진 것 같은 초록색 나선형의 모기향이었다. 피레스로이드계 화학 물질과 톱밥 분말이 섞인 모기향의 끝부분은 빨갛게 달아올라 있었고, 거기서 매캐한 연기가 피어올랐다. 마루에는 아무도 없었다. 잠에서 깬 나는 마루로 걸어갔고 모기향이 신기했다. 불타고 있는 모기향의 끝부분이 마치 예쁜 빨간 꽃 같다고 느꼈다. 나는 벌겋게 달아오른 모기향을 손으로 덥석 잡고 말았다. 뭔지 모를 소스라쳐지는 느낌에 화들짝 놀라 손을 뗐지만 불타던 모기향의 끝부분은 이미 몸체에서 떨어져 나와 내 손바닥에 달라붙어 있었다. 살이 타들어갔다. 뜨겁고 무섭고 놀라서 처음에는 울음조차 터져 나오지 않았다. 좀 있다가 나는 크게 울기 시작했지만 어머니가 내 울음소리를 듣고 마루로 달려온 것은 아주 한참 뒤였다. 시간이 흘렀다. 나는 붕대를 감은 내 손의 통증이나 병원에서 내 살을 찔렀던 주삿바늘보다 겁도 없이 모기향을 만졌다고 화를 내는 어머니가 더 무섭고 아팠다. 오른손을 다쳐 수저질을 못하게 되었는데 끼니때 내 입에 거칠게 밥을 넣어주며 눈을 흘기던 어머니가 두려웠다. 성난 어머니의 손길 끝에서 수저가 내 이에 아프게 부딪히고 내 입가를 찢는 것 같을 때도 그 부분이 아픈 게 아니라 어머니의 거친 손길이 아팠다. 어머니에게는 내게 밥을 먹이거나 나를 병원에 데리고 다니는 것보다 냉장고 안의 반찬 그릇들을 가지런하게 줄 맞춰놓거나 비뚤게 걸린 듯한 액자를 정확하게 바로 걸기 위해 줄자로 바닥에서 액자까지의 거리를 몇 번씩 재보는 것이 더 중요했다. 집안의 모든 것을 반듯하고 청결하게 하기 위해 어머니는 너무 바빴고 나는 늘 어머니의 시선 밖에 있었다.

  그런데 참 이상했다. 그렇게 다쳐봤으니 모기향 주변에 다시는 안 갈 것 같은데, 나는 모기향을 피워놓으면 무엇에 홀린 듯이 다시 그쪽으로 다가가곤 했다. 불안해서 마음이 쿵쾅거려도, 놀랐던 가슴이 또 놀라고 있어도, 나는 어머니 모르게 모기향이 있는 쪽으로 살금살금 가까이 갔다. 만지지는 않았다. 다치지 않을 만한 거리에서 초록색 나선형의 모기향을 자꾸 들여다보았다. 그게 무엇인지 알고 싶어 했다. 나를 아프게 했기 때문에, 다치게 했기 때문에, 거기서 떠나지 못한 채 관심을 쏟았다. 모기향은 제 몸을 태우면서 아주 느린 속도로 중심을 향했고, 마침내 불꽃이 서서히 죽어가면서 몸 전체가 회색빛 재가 되었다. 그러나 곧 다시 살아났다. 새 초록색 모기향에 불이 붙어 더 튼튼해 보이는 새로운 불꽃을 만들며 그 자리를 지키고 있었다. 모기향은 마치 절대로 죽지 않는 불사조 같았고 나는 여름마다 그 주변을 맴돌았다.

2. '나'

모기향의 빨간 불에 다시 한 번 데이고 싶은 위태로운 욕망이 빠른 속도로 '나'를 침범하고 있었다. 노트북을 꺼내 전원을 연결하고 무선 마우스를 클릭하기 시작했다. 가방을 열어 받아두었던 마이클의 명함을 꺼냈다. 마이클에게 메일을 보낸 적은 없었다. 그러면서도 명함을 버리지 못했다. 뭐라고 쓸까 생각하기도 전에 내 손이 먼저 타자를 치고 있었다.

I miss you.

　'나'는 마이클을 그리워했던가. 스스로 대답도 하기 전에, 내 손은 마이클의 메일 주소를 입력했고 메일을 발송해버렸다. 내가 누구란 것도 밝히지 않은 채 말이다. 미니바 쪽으로 가서 맥주를 꺼냈다. 호텔에 머무는 1박 2일 동안만이라도 돈 생각을 하지 않기로 마음먹었다. 갈증이 시원하게 가시지 않아 다시 새 맥주캔을 꺼내 들었다. 미니바 위에 놓인 가격 안내 인쇄물을 북북 찢어 휴지통으로 던지는데, 아까 버렸던 종잇조각들이 눈에 들어왔다. 섹스를 해보고 싶은 욕망이 뭐가 그리 잘못된 것이라고 종이를 저렇게까지 잘게 찢었나 싶은 회한 한줄기가 마음을 긋고 지나갔다. 노트북 앞으로 돌아왔다. 마이클의 메일이 벌써 도착해 있었다.

　I miss you, too.
　캐서린, 당신 메일을 기다려왔습니다.
　여기가 밤 1시니 한국은 오후 5시군요.
　지금 어디에 있습니까.
　강의실은 아닌 것 같은데 당신 지금 어디 있어요?

　'나'라는 것을 어떻게 알았을까. 메일을 보낼 때 내 닉네임은 'Katharos'였다. 여기에서 캐서린이란 이름이 파생되었으니 마이클은 메일의 주인이 '나'라는 것을 쉽게 짐작할 수도 있었겠다. 순수하고 깨끗하다는 의미의 이 닉네임을 언제부터 사용해왔던 것일까.

주름 하나 없이 청결하게 돌돌 말려 있던 욕실의 하얀색 타월들이 떠올랐다. 그 타월들을 거칠게 흩뜨려서 욕실 바닥에 내동댕이치고 싶어졌다. 고작 맥주 두 캔을 마셨을 뿐인데 술 취한 흉내를 내며 알코올의 힘을 빌려서라도 순수하고 깨끗한 것들을 비웃어주고 싶어졌다. '나'는 정갈하고 깨끗하고 깔끔하고 순결하고 청초하고 청결하고 말끔했던 그 모든 지긋지긋했던 것들을 향해 냉소를 날려주었다. 그리고 내가 얼마든지 흐리고 더럽고 불순한 존재가 될 수 있다고 생각하니, 마이클이 보낸 글자들이 노트북 화면에서 화려한 불꽃놀이를 시작했다. 우리말로 적힌 '당신'이란 단어가 '나'를 매혹적으로 끌어당겼고, 당신은 지금 어디 있느냐는 질문이 마치 사랑하는 연인의 안타까운 울부짖음처럼 느껴졌다. 낭만적 사랑의 서막이 오르고 있는 것 같았다. 그날 마이클은 내게 명함을 건네주고 다시 한 번 또박또박 이야기했다. "당신에게는 남편이 있고 내게는 아내가 있고 또 각자 책임져야 하는 가족이 있어서 우리가 서로에게 헌신은 못할지도 모릅니다. 하지만 이 삼각형의 나머지 두 가지 구성 요소, 내게 결핍되어 있고 아마 당신에게도 결핍된 것처럼 보이는 이 두 가지 부분에서는 우리가 충만한 사랑을 이뤄갈 것입니다. 스턴버그의 용어로 정의하면 친밀감과 열정, 이 두 가지가 합쳐진 사랑은 바로 낭만적 사랑이군요." 나쁘지 않았다. 낭만적 사랑이라니. 그 이름만으로도 낭만적이었다.

'나'는 답장을 쓰는 대신 가운 위로 가만히 내 손을 가져갔다. 가슬가슬한 타월 가운의 감촉과 함께 손바닥에 내 젖가슴의 부드러운 윤곽이 느껴졌다. 여러 번 상처받았던 사람은 상상 속에서도 무의식적으로 상처받기를 원하게 되는 것일까. '나'는 위태롭고 불안한 것에 욕망을 느꼈다. 마이클은 내 욕망을 자극했다. 모기향의 빨간 불처럼 '나'를 잡아당겼다. '나'는 상상 속으로 빠져들기 시작했다.

내 몸이 먼저 반응하고 있었다. 마치 누군가의 부드러운 손가락이 내 이마 중앙에서부터 콧등과 입술을 거쳐 가슴 사이를 흘러 발등까지 서서히 직선을 그어 내린 양 몸에 미세한 소름이 돋으며 전신의 솜털들이 일어서고 있었다. 솜털들은 서서히 가라앉았지만 전압을 가한 것처럼 피부 감각을 통해 감응되었던 성애의 느낌은 무거운 질량과 빠른 속도로 몸 내부를 관통해 들어오기 시작했다. 하복부 저 안쪽에서 둔탁한 통증과도 비슷한 것이 일렁이며 전신을 순환하던 혈액이 그리로 몰려드는 느낌이었다. 그와 '나'는 아주 잠시, 종잇장보다도 얇은 시간 동안에 서로의 피부가 간지럽게 스쳤을 뿐이다. 내 손은 컴퓨터 자판 위에서 머뭇거렸고, 그가 건네주는 머그잔을 안정감 있게 받지 못했다. 뜨거운 커피가 담긴 흔들리는 머그잔을 두 사람이 동시에 붙잡느라 그의 팔 어느 부분인가가 내 팔등에 닿았고, 두 개의 흔들리던 곡선이 잠시 접촉점을 만들었다 멀어져간 것이 전부였다.

내게 커피를 타주는 친절을 베풀었던 그는 자기 자리로 돌아가 '나'를 등지고 앉은 채 컴퓨터 모니터를 보며 하던 일에 몰두하기 시작했다. 그러나 '나'는 시선을 거두어들이지 못했다. 그의 뒷모습에 내 중심 시야는 고정되었고, 내 몸안에서 기타 줄을 건드린 듯 이미 튕긴 욕망 속에 나는 갇혀 있었다. 마치 몽롱하게 꿈을 꾸고 있는 기분이었다. 안갯속에 갇힌 듯 내 몸에서 습기가 느껴졌다. 얼마나 시간이 지났을까. 문득 길고 먼 파장으로 안갯속을 뚫고 달려오는 빛 같은 것이 있어 그의 어깨에 고정되었던 시야를 넓혀보니 붉은 저녁놀이 유리창을 물들이고 있었다. 주홍색의 노을이 창을 삼키고 있었다. 유리창을 통해 들어오는 석양빛이 눈을 부시게 하는지 그는 자리에서 일어서더니 블라인드를 내렸다. 뒤돌아서던 그의 시선과 내 시선이 맞부딪혔을 때도 '나'는 여전히 몽상 속에 갇혀 있었다. 그가 내게로 걸어와주기를 소망했다. 아무 말도 필요하지 않았다. 그냥 뚜벅뚜벅 내게 와주기만 하면 되었다. 지금 이 순간, 바로 이 자리에서, 폭풍우처럼 격렬한 정사를 나눌 수만 있다면, '나'는 기꺼이 『주홍글씨』의 헤스터 프린처럼 내 가슴에 간통을 의미하는 A자를 달 수 있을 것 같았다. 정사의 불길이 아주 맹렬하고 사나워서 내 몸의 습기를 말려줄 뿐만 아니라 '나'를 옭아매고 있는 하찮은 양심이나 이성 같은 것들을 잿더미로 만들어줄 수만 있다면, '나'는 A자를 다섯 개, 여섯 개, 아니 열 개라도 달 수 있을 것 같았다. 침실의 벽들이 조금씩 앞으로 전진해서 '나'를 숨 막히게 에워싸는 것 같은 밤마다, '나'는 가슴에 A자를 달게 한 오늘 저녁을 회상하면서 그 벽들을 밀어낼 수도 있을 것 같았다.

그러나 그는 내게로 걸어와주지 않았다. 시간은 얼마나 더 깊이 가라앉은 것일까. 성애의 상상 속으로 빠져들었으나 어느 순간부터 '나'는 '나'를 에워싼 벽들에 갇혀 있었다. 어머니의 그림자가 거기 어른거렸다. 어머니는 빨간색이나 주홍색을 싫어했다. 그것도 아주

진저리치면서 싫어했다. 누가 빨간 립스틱을 바르거나 주홍색 스웨터를 입고 있으면 경박스럽고 천박하다고 이야기했다. 내가 사탕이나 머리핀을 고를 때 빨간색을 집으면 어머니는 엄하게 당장 내려놓으라고 했고, 마치 빨간색을 만지기만 해도 무서운 병균이 달라붙는 양 내 손을 털게 했다. '나'는 보라색 다음으로 빨간색을 좋아했으나 어머니가 그 색을 싫어했기 때문에, 학교나 미술 학원에서 그림을 그릴 때는 절대로 빨간색 크레용이나 물감으로 손을 뻗지 않았다. 내가 도화지에 그렸던 그림들은 대부분 청색 계열의 색상들로 이뤄져 있었다. 프러시안 블루와 스모크 블루, 딥스카이 블루와 로열 블루 등 파랗기 그지없는 내 그림들을 놓고 미술 학원 선생님은 내 어머니에게 자녀분의 개성이 매우 강한 것 같다고 말했다. '나'는 그건 내 개성이 아니라 그냥 우리 어머니가 좋아하는 색일 뿐이라고 말하고 싶었으나 물론 입 밖에 내지는 않았다. 맹렬하고 사나운 정사를 갈망했으나 그가 뚜벅뚜벅 내게 걸어오는 대신, 상상 속에서조차 전진해온 듯한 침실의 벽들이 '나'를 그림자 같은 공간에 가두고 있었다. '나'는 그 공간을 알고 있다. 다락이었다. 전등이 없었고 햇빛이 들지 않던, 좁고 밀폐된 어둠의 공간이었다. 그 공간의 음습했던 느낌을 내 몸은 기억하고 있다. 숙제부터 다 해놓은 다음에 놀아야 하는데 숙제를 다 마치지 않은 채 친구들과 놀다 오면 '나'는 그곳에 갇혔다. 밖에서 돌아오면 반드시 손부터 씻어야 하는데 그걸 깜빡 잊으면 '나'는 또 거기에 갇혔다. 시험 점수가 형편없어도 갇혔고, 착한 아이가 하면 안 되는 행동을 했을 때도 갇혔다. 가끔은 내가 왜 갇혔는지도 모르는 채 갇혔다. 그렇게 내 인생의 견고한 감옥이 만들어지기 시작했다. 결혼했으니까 남편을 사랑해야 하는데 사랑하지 못하니까 '나'는 갇혔다. 세상에서 내가 제일 겁나고 자신 없었던 것이 어머니가 되는 거였는데, 내가 어머니가 되었으니까 혹시라도 내가 겪었던 일들을 자식에게 반복할까 봐 '나'는 스스로를 가두었다.

내가 내 어머니의 딸인 것은 선택할 수가 없었던 것이었다. 그 선택할 수 없었던 것이 '나'를 가두었고, '나'는 그 감옥에 길들여져서 어느 순간부턴가 내가 '나'를 감시하고 처벌해서 가두었다. '나'는 가운 위에 놓여 있던 내 손을 가져와 눈가의 눈물을 닦았다. 나쁜 아이는 울면 안 된다. 나쁜 아이의 눈물은 위선이고 그건 울지 않는 것보다 더 나쁜 것이니까. '나'는 상상 속에서조차도 갇혀 있었다. 모든 자식은 이미 존재하던 어머니로부터 나온다. 내 어머니가 자신의 인생을 앓으면서 살아간 기억은 내 안에 그렇게 끔찍하게 각인되었고, 마흔아홉 살이나 되었는데도 이 호텔 방까지 따라와서 '나'의 성적인 환상까지도 조종하고 있었다. '나'는 어머니에게 저항하듯이 다시 상상 속으로 빠져들려고 노력했다.

'나'는 그의 든든해 보이는 어깨를 바라본다. '나'는 그에게 홀리고 싶다. 찰나의 스침으로 내게 성애의 감각을 느끼게 해준 그와 사랑에 빠져버리기로 결심한다. 그의 팔 어느 부분인가가 내 팔등에 닿았을 때 전신을 스치던 전율과도 같은 그 느낌을 온몸을 빈틈없이 밀착한 채 느껴보고 싶었다. 눈송이들이 녹아내리듯이, 빗방울들이 섞이듯이 그렇게 서로 가까이 다가가 한줄기 바람이 되어 시간 속을 나부끼다가 서로가 서로의 안으로 걸어 들어가고 싶다. 마침내 어느 순간 마법에 걸린 듯 견고한 내 욕망만이 남으리라. 그러면 동물적인 본능만으로, 불온한 욕망만으로, 내 몸 내부를 관통해 들어오던 그 일렁이던 느낌의 마지막 호흡까지 따라가보고 싶었다. 그렇게 일을 저지르고 나면 피폐해졌던 내 몸의 세포들이 윤기를 찾고 구석구석에서 숨죽이고 있던 내 몸의 소리가 발산되리라. 위축되었던 근육들이 제 부피를 찾고, 내가 철창에 갇혀 있는 식어버린 체온의 새가 아니라 뜨겁게 살아 있는 몸으로 날 수 있는 새임을 확인할 수 있으리라.

아니, 어쩌면 이런 진지한 정사보다는 가벼운 것이, 가벼운 만큼 더 위태롭고 더 자극적이고 음란한 것이 '나'를 해방시켜줄지도 모르겠다. 원 나이트 스탠드? 훅 업(hook up)? 그런 것들도 괜찮아 보이는 방법 같았다. 평균 수명으로만 따져도 삼만 일이 넘는 날들을 살게 되는데 삼만 분의 일에 불과한 하루쯤은 미친 척하고 누군가를 유혹하고 누군가의 유혹에 넘어가 잠시 님포마니아가 되어본들 어떻겠는가. 안전하고, 반듯하고, 항상 의무와 책임을 다하고, 있어야 할 자리에 놓여 있고, 원칙대로 사는 것만이 인생이라고 세뇌시킨 어머니를 완전하게 배반할 수만 있다면, '나'는 그 모기향에서 피어오르던 마약 같던 연기를 최대한 들이마시고 약에 취해 비틀거리는 모기가 되었다가 그 뜨거운 불빛 위로 온몸을 던질 수도 있을 것 같았다. 이등변 삼각형도 있고 직각 삼각형도 있고 세 변의 길이가 각각 다른 여러 형태의 부등변 삼각형들도 있을 수 있는데, 세 개의 삼각형으로 이뤄진 삼각형이나 열두 개의 삼각형으로 이뤄진 평행 사변형도 있을 수 있고 삼각형이 여러 개 이어진 입체 도형도 있을 수 있는데, 오로지 세 변과 세 각이 똑같은 정삼각형만이 인생이고 나머지는 다 죄악이라고 강박관념을 심어준 어머니를 내 안에서 온전하게 버릴 수만 있다면 러브리스 섹스인들 못하겠는가. 러브리스 모성도 있는데 그까짓 러브리스 섹스가 무슨 대수겠는가.

'나'는 자리에서 일어나 룸을 서성거리기 시작했다. 옷장을 열어보고, 보드라운 파우치 안에 들어 있는 헤어드라이어를 꺼내보고, 나무로 된 창문턱을 만져보고, 테이블의 서랍을 당겨보고, 컨트롤 버튼이 있는 전자기기에서 룸의 온도를 낮췄다가 다시 올려보고, 환풍기의 속도 조절 기능을 자동에서 수동으로 바꿔보고, 지구 환경 보존을 위해 타월 재사용 협조를 부탁한다는 안내문을 돌려놓았다가 다시 원래 방향으로 바꾸고, 호텔 마크가 선명한 탁상달력을 엎었다가 세웠다. 그러다 거울을 마주했을 때 거울 속의 '나'는 잠시 동안에 더 여위어 있었다. 어느 정도 물기가 마른 머리카락이 창백한 얼굴 위에 엉켜 있었고 급하게 마신 두 캔의 맥주 때문인지 입술은 더 붉게 젖어 있었다. 노트북에서는 마이클이 보낸 두 통의 새 메일이 '나'를 기다렸다. '나'는 그중 먼저 도착한 것을 열어보았다.

다음주에 며칠 휴가를 받을 수 있습니다.
한국에 도착하자마자 연락드리지요.
우리 만납시다. 무조건 만나요.

마이클을 만난다면, 그의 말대로 무조건 만난다면, 마흔아홉의 여자와 또래의 남자 사이에서 벌어질 일들은 어떤 것들일까. 아까 내가 작정했듯이 사십대가 끝나기 전에 성공적으로 내 인생에 흠집을 내볼 수는 있을 것이다. 뜨거운 불에 다시 한 번 데이고 싶은 욕망 때문에 메일을 보내기 시작했던 사람은 '나'였는데, 화면으로 들어가 마이클의 손을 덥석 잡고 싶은 충동 속에서도 '나'를 멈춰 서게 하는 뭔가가 있었다. 불꽃들은 화려하고 아름다웠으나 지나치게 뜨거워 보였다. 아련하고 아득해서, 아득하지 않은 것들보다 더 위험해 보였다. 내 안의 냉정한 이성이 정신을 차리라고 '나'를 몰아세워서가 아니었다. 본능 때문이었다. 사랑이나 성애를 향한 본능보다 한층 더 깊은 곳에서 '나'를 허덕이게 하는 본능, 그것은 두려움이었다. 얼마든지 다쳐도 좋을 것 같은 덫에 걸려들고 싶은 욕망과 두 번 다시 다쳐서는 안 될 것 같은 두려움이 씨줄 날줄을 만들었고, '나'는 거미줄에 걸려든 날벌레처럼 '나'를 옭아매는 그곳에서 파닥거리기 시작했다.

　'나'는 마이클의 세번째 메일을 열어보는 대신 A에게 메일을 쓰기 시작했다. A는 내 대학 동기이자 오랜 친구였다. '나'는 가끔 A를 남자로 봐주기도 했는데, A는 '나'를 여자로 봐주지 않았다. 내가 지금처럼 맨몸에 목욕가운만 걸친 채 다가간다 해도 '나'를 한번 힐끗 보고는 '야, 너 옷 입고 나와. 징그럽게 왜 그래!' 하며 휴대전화나 들여다볼, 내가 아는 모든 남자 중에서 가장 '안전한' 이성이었다. 어학원을 그만두었다는 것, 호텔에 와 있다는 것, 위험한 감정에 빠져들고 있다는 것, 일을 저질러버리고 싶다는 것, 한편으로는 두렵다는 것, 이런 현재의 내 상황과 감정 상태를 두서없이 써 내려갔다. 메일을 발송했고 '나'는 다시 A에게 새 메일을 쓰기 시작했다. 어린 시절 이야기를 쓰다가 지웠다. 다락 이야기를 쓰다가 또 지웠다. 마이클에게 빠져들게 만드는 내 상처의 작동에 대해 쓰다가 지웠다.

무언가를 쓰지 않으면 안 될 것 같은데, 무언가를 써야지만, 어두운 것들을 꺼내놓아야만, 스스로를 가둔 감옥의 문이 열릴 것 같은데, 뭐를 어떻게 써야 할지를 몰랐다. 그렇지만 '나'는 계속 썼다. 메일을 쓰는 동안에 '나'는 온전한 나 자신이 되었다가 어머니에게 벌 받는 나쁜 아이가 되었다가 욕망을 발산하는 여자가 되었다가 그 음란함을 벌하는 어머니의 분신이 되기도 했다. 분열의 시간은 그렇게 흘러가고 있었다. 지칠 때까지 메일을 쓰고 또 쓰던 어느 순간 '나'는 불꽃놀이가 멈췄다는 것을 알았다. 노트북 화면에서 터지던 불꽃들은 사라져버렸고 파편만이 남아 있었다. 거미줄에서 간신히 빠져나온 '나'는 조금쯤은 차분해진 마음으로 마이클의 세번째 메일을 열어보았다.

화요일 15:15 인천공항 도착입니다.
출국은 목요일 오후입니다. 제 휴대전화는 010-36**-****.
당신을 사랑합니다.

마이클은 그사이에 비행기 표까지 예약한 모양이었다. 화면 속에 떠오른 '사랑'이라는 단어에 눈길이 닿자 마치 마이클의 뜨거운 입김이 내 귓불과 목덜미를 스쳐 지나가는 것 같았다. 파편들 속에서 불꽃이 살아나고 있었다.

3. "나"

얼마나 하염없이 주저앉아 있었을까. 문득 "나"는 내가 오늘 아침부터 맥주 외에는 아무것도 먹지 않았다는 데 생각이 미쳤다. 마이클에게 빠져드는 이 감정이 낭만적인 사랑이어도 괜찮고 얼빠진 사랑이어도 괜찮다. 사랑의 삼각형 세 변 중 한 변만 있거나 두 변만 있는 것이어도 상관없고, 어느 변도 존재하지 않는 찰나의 허상에 불과해도 상관없었다. 다만 내가 나 자신에게 바라는 것은 어떤 일이나 혹은 어떤 감정에 너무 사로잡히지 말고 먹을 것 먹어가면서, 쉬어야 할 때는 쉬어가면서 일도 하고 생각도 했으면 좋겠다는 거였다. 호텔에서 하고 싶던 첫번째 일이 먹고 자고 쉬는 게 아니었던가. 더 늦기 전에 저녁식사부터 하는 것이 좋겠다. 벌써 9시가 가까워져 오고 있었다. 차가운 공기를 쐬는 게 도움이 될 것 같아 창가로 가서 커튼을 젖히고 유리창을 조금 열었다. 효과가 있었다. 찬 겨울바람이 객실 안으로 쏟아져 들어오자 서둘러 욕실로 달려갔고 옷을 갈아입었다. 코트를 걸쳤고 지갑과 객실 카드 키를 잘 챙겼다.

호텔 로비에서 움직이는 사람들을 보고 이야기 소리를 듣고 투숙객들의 짐을 옮기면서 부지런히 일하는 직원들을 보니, 몇 시간 동안 무중력 상태에 놓여 있는 것 같던 몸이 현실감을 되찾기 시작했다. 이곳에서 산책 삼아 쭉 걷다 보면 더 케이 트윈타워라는 빌딩이 나오고 그 안에 '한일관' 분점이 있다고 했다. 그리로 갈 생각이었다. 뜨거운 갈비탕에 밥을 말아 먹고 나면 마음이 한결 든든해질 것이다. 호텔 밖으로 나오니 오후보다 기온이 뚝 떨어진 채 바람이 매서워져 있었다. "나"는 코트의 깃을 세우고 머플러를 조였다. 교보문고 주변만 사람들로 좀 부산했지 중학동 쪽으로 접어들자 어둠에 잠긴 토요일의 도심 거리는 적막하기까지 했다. 빌딩들은 대부분 사무 공간이기 때문인지 불이 꺼져 있었고 추위에 어깨를 웅크리고 걷는 행인들 역시 드문드문 눈에 띌 뿐이었다. 그나마 군데군데 주차하고 있는 경찰 버스들과 순찰을 하는 의경들이 눈에 띄어 마음 편히 어둑한 길을 걸어갈 수 있었다.

객실에서 마이클과 A에게 메일을 쓰고 있을 때는 그 내용만이 내 진실이고 인생인 것 같았는데, 이렇게 몇 걸음 떨어져서 보니 마치 조금 전의 내가 현실과 동떨어진 가상 공간에 머물다 나온 느낌이었다. 내가 메일을 쓰거나 상상을 하는 행위가 다른 사람들에게 해를 끼치는 것은 아니니 굳이 해로울 것은 없었으나, "나"는 이제 내가 제발 좀 그만 했으면 좋겠다는 생각도 들었다. 간음을 의미하는 A자를 가슴에 달았을 때 헤스터 프린은 아름답고 무엇보다도 젊은 나이의 여자였다. 비록 당시 사회에서 사람들의 지탄을 받는 불명예스러운 죄를 저질렀으나 그 죄가 추해 보이지는 않는 나이였다. "나"는 올해 무려 마흔하고도 아홉의 나이이다. "나"는 얼굴에 열이 올라오는 갱년기 증상도 겪고 있다. 밤에 잠을 편히 못 자고 거실에서 서성거렸고, 냉장고에서 얼음을 꺼내는 횟수가 잦았다. 어학원에 출근할 때도 텀블러에 얼음을 가득 담아가곤 했었다. 그뿐만이 아니다. 내 앞머리에서는 흰 머리카락들마저 눈에 띄고 있었다. 그런데 젊음이 사라진, 아니 젊음의 흔적마저도 희미해져버린 중년의 나이가 되어서도 여전히 정염의 충동에 갇힌 듯한 내가 안타깝고도 답답했다. 차라리 누군가와 해버리지. 그게 뭐라고. 아무한테도 들키지만 않으면 아무도 알 수가 없을 것이고 그러면 되는 일이 아니겠는가. 사람들은 자기가 모른다는 사실조차도 모를 테니 무슨 문제가 있겠는가. 해버리고 잊어버리는 편이 오십을 바로 눈앞에 둔 나이에 전신의 솜털들이 어떻고 하는 상상을 하는 것보다는 몇 배쯤 낫지 않겠는가 말이다.

"나"는 물론 내가 삼십대, 사십대를 지나오는 동안에 흘렸던 눈물의 농도와 양을 알고 있다. 남편은 여전히 내게 사랑한다고 말하곤 했으나, "나"는 점점 생기를 잃었고 공허해져 갔다. 내가 단호한 눈빛으로 미용실에 가서 머리카락을 짧게 커트하거나 독한 몸살을 앓으며 침대에서 봄빛을 멀거니 바라볼 때면 내 마음이 뭔가 단단히 결심했다는 표시였다. 아무 남자나 만나서 섹스를 하기로 또는 내 인생에서 섹스는 없는 것으로 받아들이고 살기로. 문제는 그 어느 쪽도 내가 제대로 실천하지 못한다는 것이었다.

아무 남자나 만나서 섹스를 하기에는 내가 보기에도 바라고 있는 조건들이 너무 까다로웠다. 결혼할 때는 따져보아야 할 조건들을 하나도 따지지 않고 덥석 해버리더니, 섹스 파트너를 고르는 일에는 조건이 보통 까다로운 것이 아니었다. 우선 감정이 움직여야 했다. 내 마음 안에 내가 생각하기에 사랑이라고 느껴지는 감정의 씨앗이 심어져야 했다. 또 상대편이 안전한 남자일 거라는 확신이 생겨야 했다. 혹시라도 둘이 있을 때 돌변해서 과격한 행동을 하는 위험한 남자는 아닌지, 수용하기 힘든 성적 취향을 가진 사람은 아닌지, 몸을 통해 옮길 수도 있는 병 같은 것은 없는 사람인지, 해보지 않고서는 알 수 없는 것들을 "나"는 미리 알고 싶어 했다. 장소가 어딘가도 중요했다. "나"는 여행을 할 때도 돈이 부족하면 KTX 대신 무궁화호를 타고 분식집에서 라면을 먹을지언정 잠만은 특급 호텔의 깨끗한 방, 깨끗한 침구 속에서 자야 했다. 더 어처구니없는 조건은 상대방이 유부남이어서는 안 된다는 것이었다. 요약건대 "나"는 남의 가정에 갈등을 일으킬 수도 있는 장본인은 안 되겠다는 것인데, 이렇게 자기 사정, 남의 사정 골고루 다 봐주고 위생적인 것까지 살펴야 하니 어느 세월에 불륜을 저질러보겠는가 말이다. "나"는 내 인생에 섹스는 없는 것으로 생각하고 살자고 수백 번 다짐했으나 그것 역시 번번이 실패했다. "나"는 자주 외로워했고 일탈도 못하면서 일탈하는 꿈을 놓아버리지도 못했다.

만약 내가 불륜에 빠진 것을 사람들이 알게 된다면, 그건 사람들이 내게 특별한 호기심이 있어 질문을 퍼붓거나 내 뒤를 추적해봐서가 아니라, 나 스스로 열정의 무게를 못 이겨 사람들 앞에서 허물어진 경우일 것이다. "나"는 십중팔구 가정을 버리고 지금까지의 내 인생도 버리고 불나방이 되어 불길 속으로 뛰어들 사람이다. 불나방들이야 잠시 뒤에 닥칠 자신들의 운명을 모른 채 불 속으로 뛰어든다지만, 앞일을 뻔히 내다볼 수 있으면서도 뛰어들 게 분명한

"나"는 어떤 면에서는 무모하기가 짝이 없었다. 자신을 누르고 억압하기를 반복하다가 더 이상 견딜 수 없는 어느 한계점에 다다르면 스스로를 폭파해버리려는 경향이 있었다. "나"는 뭔가에 홀린 듯한 사랑을 꿈꾸고 있었다. 이런저런 조건을 염두에 두는 것을 보면 안전함이나 안정감을 우선시하는 것 같았지만 실상은 그렇지도 않았다. 내가 바라는 것은 아무것도 생각할 수 없도록, 내 마음이나 이성을 한순간에 날려버리는 맹렬한 사랑이었다. 어느 정도의 맹목적인 열정을 수반하는 것이 사랑의 본질이라 할지라도, 내가 원하는 것은 열정의 차원을 넘어서서 그냥 "나" 자체를 삼켜버리는 사랑이었다. 몸으로 먼저 시작되었든 마음으로 먼저 시작되었든 나와 상대편의 모든 것을 동시에 태워버리고 연소하는 성질의 것을 갈망했다. 하지만 그런 사랑은 내가 보기에도 무모하고 불안하고 동시에 병적인 것에 다름 아니었다. 또 실체와 그림자가 한 치의 빈틈도 없이 겹쳐지는 것처럼 불가능한 일이기도 했다. 왜 지금까지의 인생을 파괴하는 대가로 얻어지는 것이 온전한 사랑이라고 생각하는 것일까. 현재의 것들을 잘 지키고 유지하면서 덤으로 얻게 되는 것이 오히려 더 바람직한 사랑일 수도 있을 텐데 말이다.

"나"는 이런 내 경직성이 두려울 때가 있었다. 또한 내가 비장한 것도 마찬가지로 마음에 걸렸다. 지금이 어떤 시대인데 『주홍글씨』가 집필되던 시대의 간음을 떠올리고 있는가. 더군다나 결혼생활 내내 섹스리스로 지내고 있는 상황에서 내가 남편 이외의 남자와 밤을 보낸다고 해서 그걸 비난할 수 있는 사람이 얼마나 있겠는가. 설사 비난을 받은들 대수인가. 남들이 뭐라고 하든지 자기 인생 자기가 원하는 대로 살아야 하는 게 아니겠는가. 그런데 한 번의 뜨거운 정사를 치른 대가로 사회적 낙인인 주홍색 A자를 다섯 개, 여섯 개, 아니 열 개라도 달 수 있을 것 같다니, 내 비장함에 놀라서 어떤 남자가 내게 접근이나 할 수 있겠는가 말이다. 사람들의 눈을 피해 은밀하게 즐기고 끝내고 싶은 남자들은 어디 무서워서 내 가까이 올 수나 있겠는가.

"나"는 조금 더 자랐을 때 모기향의 불붙은 끝부분 가까이 살그머니 손가락을 뻗어 뜨거운 열기를 느껴보기까지 했었다. 얼마만큼 가까이 가야, 또는 얼마만큼 멀리 있어야, 그 뜨거운 불에는 데지 않으면서 나를 아프게 했던 것의 실체를 볼 수 있는 건지 자꾸만 확인하려고 들었다. 자기를 불안하게 만드는 것에 최대한 가까이 다가가서, 그렇지만 이만하면 안전하다고 여겨지는 거리만큼은 떨어지려 하면서, 그것을 자꾸 들여다보게 되는 마음의 흉터 같은 것을 아마 누구나 하나쯤은 갖고 있을 것이다. 이미 자기 것이 되어서 떼어놓을 수 없는 자신의 그림자 같은 상처 말이다. "나"는 좀더 집요했다. 어른이 되어서도 초록색 나선형의 모기향을 보게 되면 그것을 살그머니 만져보거나 어떤 때는 코 가까이 가져와서 냄새를 맡아보았다. 불붙은 모기향의 끝부분에다가 흉터가 있는 내 손바닥을 펴서 뜨거운 열기를 다시 느껴보기도 했고, 백과사전에서 모기향의 제조 과정과 성분 등을 찾아보기도 했었다. 나선형의 흡연제인 모기향이 알레트린, 목분, 녹말, 착색제 등으로 만들어지며 모기향의 초록색을 내주는 말라카이트 그린은 발암물질로 분류되어 2006년 이후로는 사용이 금지되었다는 내용 등이 내 살을 데게 하고 흉터를 남게 한 그날 밤의 모기향과 어떤 연관을 맺는 것인지는 잘 모르겠으나 "나"는 그렇게 했다. 또 "나"는 내가 맹렬한 사랑에 끌리는 이유를 알기 위해 책을 찾아보고 읽어보고 고민했었다. 『너무 사랑하는 여자들』이라는 책에서 발견한 "어릴 때 충분한 사랑을 받지 못한 여성들은 끊임없이 사랑을 갈구하고, 과거에 겪었던 좌절감을 반영하는 기이한 관계에 쉽게 이끌린다"라는 문구는 어딘가에 잘 메모해두기까지 했었다.

놋그릇에 담긴 갈비탕은 맛깔스러워 보였다. "나"는 천천히 식사를 마쳤고 같은 빌딩에 있는 카페에서 아이스 아메리카노를 테이크아웃해서 왔던 길을 되짚어 걷기 시작했다. 호텔 근처에 다다르자 "나"는 편의점으로 들어갔다. 밤새워 마셔도 될 만큼 바구니 가득 맥주를 담아 계산대로 갔다. 1515호 객실의 불이 다시 켜졌다. 그사이에 마이클의 새 메일이 두 통이나 더 와 있었다. 아까 밤 1시라더니 마이클은 잠도 자지 않고 메일을 보내고 있는 것 같았다. 어딘지 모르게 마이클도 "나"와 닮은 점이 있어 보였다. 지난 몇 년간, 정확하게 세어보니 3년 4개월간 마이클은 내 강의를 수강했었다. 사람을 속속들이 알 수는 없다 할지라도 상대편이 어떤 유형의 사람인가를 짐작해볼 수 있을 만큼의 세월은 지난 것 같았다. 성애가 내 삶에서 충족시키고 싶은 중요한 요소라면 마이클을 만나 차근차근 서로를 알아가도 나쁠 것은 없어 보였다. 나는 맥주를 마셔가며 아까 읽었던 마이클의 첫번째 메일부터 차례차례 답장을 쓰기 시작했다. "어학원은 그만두었습니다. 좀 쉬기 위해 잠시 다른 곳에 와 있어요." 발송한 뒤 마이클의 두번째 메일에 답했다. "네, 만나요. 저도 만나보고 싶습니다." 세번째 메일에 답장을 썼다. "제 휴대전화는 010-81**-****입니다. 수요일에 만나면 좋겠군요." 마이클이 새로 보낸 두 통의 메일은 나중에 천천히 열어보기로 했다. 밤은 길고 맥주는 넉넉하고 "나"는 충분한 외로웠으므로 언제든지 열어볼 수 있는 메일 두 통과 함께 시간을 보내도 좋을 것 같았다.

4. 나

카페 라미에 들어갔을 때 마이클은 이미 도착해 있었다. 내가 정성껏 화장하고 나왔듯이 마이클 역시 그랬던 듯 지금까지 봐온 어느 모습보다도 젊고 매력적이었다. 우리는 반갑게 인사를 나눴고 커피를 주문했으며 미국에서 마이클이 어떻게 지내는지, 내가 어학원을 왜 그만두었는지 하는 일상의 이야기들을 나누었다. 대화하던 중에 내 또래일 거라고 짐작했던 마이클이 나보다 여섯 살이나 연하라는 것을 알고 나는 당황했다. 가슴에 주홍색 A자를 달게 할 수도 있을 상대편에 대해 상상해본 적은 많았으나 나이에 대해서는 미처 생각해보지 못했다.

"내가 연하라서 많이 놀라셨습니까? 그동안 노력해왔던 보람이 있네요. 나이 차이 난다고 내게 관심조차 안 가지실까 봐 중후해 보이려고 엄청 애를 써왔습니다. 하지만 나이가 무슨 상관입니까? 나는 캐서린의 나이를 진작 알고 있었거든요."

마이클은 나에 대해 이런저런 정보를 갖고 있었다. 어학원 홈페이지 강사 소개에 있는 내 학력과 경력뿐만 아니라 어떻게 알았는지 정확한 내 나이와 내가 사는 동네까지 알고 있었다. 나는 마이클이 내게 관심을 표시한다는 것을 오래전부터 느껴왔고 수강생 명단을 통해 그의 본명은 알았으나, 마이클의 직업을 알게 된 것은 그의 명함을 받았을 때였다. 그는 공기업 부설 연구소에서 일하고 있었고, 그 연구소의 성격으로 미루어보아 마이클이 공학 쪽을 전공한 게 아닌가 짐작했다. 화기애애한 시간이 흐르는 만큼 그의 나이에 대한 당혹감은 사라져갔다.

"나는 캐서린을 처음 보던 순간을 잊을 수가 없습니다. 삼 년 전 여름에 등록을 마치고 강의실에 들어갔는데 거기 당신이 서 있었지요. 내가 늘 그려오던 상상 속의 여자를 현실에서 만났답니다. 가냘픈 인상이면서도 정열을 감추고 있는 눈빛, 품위 있는 분위기, 뭔지 모르게 묻어나는 우울함까지, 당신은 내 마음을 단숨에 차지했어요. 캐서린 강의가 폐강될까 봐 마음을 졸이기도 했었지요. 당신에 대해 한 가지씩 알아가는 기쁨이 컸습니다. 당신은 아메리카노를 좋아하고, 뜨거운 음료보다는 차가운 음료를 좋아하고, 강의실 유리창을 자주 열고 싶어 하고, 많이 외로운 것 같을 때마다 머리카락을 짧게 커트하는구나…… 뭐 이런 사소한 것들입니다만 나는 다 기억합니다."

마이클이 발음하는 '당신'이란 어휘는 메일에서 읽었을 때보다 더 강하게 나를 흡인하고 있었다. 어느 순간에는 그 느낌이 너무 강렬해서 내 얼굴이 어제 머리카락을 염색했던 붉은 버건디 컬러로

붉어지기도 했다. 우리는 리필한 커피가 바닥을 드러낼 때까지 서로에게 열중했다. 마이클은 나와 이렇게 만나기 위해 지난 몇 년 동안 자기가 얼마나 공을 들였는지 유쾌하게 이야기했고, 나 역시 그가 보낸 메일들을 열어볼 때의 설레던 감정들을 솔직하게 털어놓았다. 우리는 마치 몇 년을 사귀어온 연인인 듯 서로에게 빠른 속도로 친숙해지고 있었다. 그가 레지던스로 가자고 제안한 것은 카페 근처에 있는 일식집으로 자리를 옮겨 늦은 점심을 마친 다음이었다.

"이번 휴가는 오로지 캐서린만을 위해 낸 것입니다. 한국에 왔다는 것을 아무에게도 알리지 않았어요. 레지던스에 묵고 있습니다. 카페에 계속 있는 것도 피곤하실 텐데 괜찮으시다면 그리로 가시지요. 아, 물론 안심하고 가셔도 됩니다."

마이클은 안심하고 가도 된다고 했으나 그와 만날 약속을 해놓고도 지난 며칠 동안 끈질기게 나를 괴롭히던 질문이 이제는 내게 확실한 대답을 요구하고 있었다. 안전한 거리만큼 떨어져 있으면서도 동시에 위태로운 욕망을 느낄 수 있는 것, 그러니까 안전하면서도 위태롭고 위태로우면서도 안전한 것은 어쩌면 내 상상 속에서나 가능한 것인지도 모르겠다. 나는 더 이상은 내가 나를 바라보면서 자신을 검열하고 가두는 인생은 살고 싶지 않았다. 위태로운 것들 가까이 다가가서 모기향의 빨간 불을 잡아보기로 했다. 나는 마치 이런 반란의 순간을 위해 지금까지 살아온 사람 모양 결연해져서 마이클에게 고개를 끄덕거렸다.

마이클이 묵는 곳으로 들어서자 마치 방금 체크인하고 들어온 객실처럼 모든 것이 정돈되어 있었다. 투숙객이 외출한 동안에 룸을 청소해놓은 모양이었다. 안쪽으로 침실이 있고 중앙은 소파와 테이블, 텔레비전 등이 놓인 거실 공간이고 입구 쪽에 주방과 욕실이 있었다. 나는 마이클에게 양해를 구하고 습관처럼 손을 먼저 씻기 위해 욕실로 들어갔다. 세면대 옆에, 수건걸이에, 그리고 선반에 청결하고 깔끔하고 순결하고 청초하게 놓인 하얀색 타월들을 보자 어머니의 단단히 성난 목소리가 들려오는 것 같았다. 너 미쳤구나. 가정이 있는 여자가 미쳐도 아주 더럽고 천박하게 미쳤어…… 그 음습했던 다락을 기억하는 내 몸이 나도 모르게 움찔했다. 그러나 나는 타월을 거칠게 펼쳐 손을 닦으면서 대답했다. 아니요. 내가 지금 미친 게 아니고 여태까지 미쳐 있다가 이제야 제정신이 돌아온 거랍니다. 나는 나 자신을 미워하지 않고서는 스스로를 사랑할 수 없는 세월을 살아왔어요. 이제는 절대로, 두 번 다시는, 당신에게 조종당하면서 살지 않을 겁니다…… 어머니를 떠올렸기 때문인지 가슴안에 담겼던 정염의 감정이나 조금 전까지 나를 스치던 성애의 충동 같은 것들은 사라져버렸다. 그러나 나는 기꺼이 침대로 갈 각오를 다졌고 내 안의 어머니를 걷어차듯이 방금 손을 닦은 타월을 욕실 구석에 있는 빨래 바구니 안으로 던져 넣었다.

욕실 밖으로 나왔을 때 마이클은 침대 안쪽에서 커튼에 손을 대고 있었다. 레이스 커튼으로만 가려져 있어서 그가 그 위에 두꺼운 커튼을 칠 거라고 짐작했으나 마이클은 오히려 레이스 커튼을 절반쯤 열었다. 유리창 가득 하늘이 보였다. 그는 내게 다가와 내 코트를 받았고 옷장 안에 걸어주었다.

"혹시 답답하실까 봐 커튼을 조금 열었습니다. 열지 않은 쪽은 앞 빌딩이 가리고 있습니다. 여기 슬리퍼 꺼내놓았으니 갈아 신으시고 편히 계세요. 캐서린이 뭘 좋아하는지 몰라 어젯밤에 이것저것 사다 놓았는데 맥주나 와인을 드릴까요? 아니면 오렌지 주스도 있고 커피도 물론 있습니다."

나는 마이클이 권하는 대로 부츠를 벗고 슬리퍼를 신었다. 발이 편안해지면서 피로가 풀렸다. 맥주를 마시겠다고 하자, 마이클은 유리 글라스 두 개와 여러 병의 맥주, 그리고 미리 준비해놓은 듯 접시에 담긴 안주를 테이블로 가져왔다.

"캐서린에게 이렇게 따라드리고 싶어 일부러 병맥주를 사놓았지요. 자, 우리의 사랑을 위해 건배할까요?"

나 역시 마이클의 유리잔에 맥주를 따라주었고 우리는 건배했으며 어학원 수업 시간에 있었던 일들부터 대학 시절의 이런저런 에피소드, 그리고 앞으로 해보고 싶은 일에 이르기까지 이야기를 주고받으며 과거와 현재와 미래가 세 겹으로 겹쳐져 있는 듯한 시간 속을 걷고 있었다. 빈틈없는 밀도로 흘러가던 시간에 뭔가 서걱거리는 느낌이 들기 시작한 것은 마이클이 노트북을 들고 오면서부터였다. 그가 보여주는 노트북 화면에는 짙은 청색을 배경으로 삼각형 하나가 마치 밤하늘의 큰 별처럼 떠 있었다. 그리고 삼각형 주변으로는 아주 작은 글씨의 영어 단어들이 은하수처럼 뿌려져 있었다. 이게 뭔가 싶어 자세히 들여다보니 일전에 그가 원문을 들고 왔던 '사랑의 삼각형 이론'을 도표화한 그림이었다.

"캐서린, 당신께 내 꿈을 이야기해드리고 싶어 이걸 보여드립니다. 이런 색을 프러시안 블루라고 하더군요. 당신을 처음 보던 날, 당신은 짙은 파란색의 반팔 원피스를 입고 있었는데 나는 그 색이 그렇게 매혹적이라는 것을 그날 처음 알았습니다. 그래서 내 꿈에다가 '프러시안 블루 프로젝트'라는 이름을 붙였지요. 당신만 옆에 있어준다면 내 꿈을 이룰 수 있겠다 싶었습니다. 지금 우리가 이렇게 같이 있다니 믿어지지 않을 만큼 행복합니다. 계속 이야기해도 되겠습니까? 피곤하시면 음악을 켤까요?"

나는 마이클에게 계속하라고 답변했다. 삼각형 도형과 프러시안 블루라는 색깔이 썩 즐겁게 느껴지지는 않았으나 나는 마이클에게 빠져 있는 만큼 그의 프로젝트가 어떤 내용인지 기꺼이 들어보고 싶었다. 마이클의 얼굴에 웃음기는 여전했으나 표정은 눈에 띄게 진지해지고 있었다.

"나는 화면 속의 이 정삼각형처럼 사랑의 세 가지 요소가 완벽하게 균형을 이루는 사랑을 늘 꿈꾸어왔습니다. 세 변의 길이가 동일하고 또 세 각의 크기가 동일한 사랑 말입니다. 스턴버그의 삼각형 그림이 보여주듯이 열정과 헌신과 친밀감이 빈틈없이 균형을 이루는 사랑입니다. 예전에 당신에게 이야기할 때는 우리가 기혼자라서 이 세 가지 구성 요소 중에서 '헌신'이라는 부분은 제외되지 않나 싶었습니다. 그런데 다시 고민해보니 배우자와 가정에 헌신하는 것과는 달리, 또 다른 성질의 헌신이 있을 수 있겠다는 생각이 들었습니다. 헌신의 요소까지 포함한다면 정말 우리는 완벽하고 빈틈없는 정삼각형의 사랑을 이뤄갈 수가 있지 않을까요? 어떤 불순물도 끼어들지 않는, 캐서린이라는 당신 이름처럼 순수한 사랑 말입니다.

나는 당신과 이뤄갈 아름다운 사랑을 '프러시안 블루 프로젝트'라고 명명한 것입니다."

내가 실제로 해보지 않으면 미리 알기 힘든 것들, 가령 상대편의 성적 취향 같은 것들을 미리 알고 싶어 했듯이 마이클은 경험하지 않고는 알 수 없는 사랑의 방향을 미리 상정해놓고 있는 것 같았다. 순수하고 깨끗한 것들을 마음껏 비웃고 조롱함으로써 마이클과의 만남을 시작할 수 있었던 호텔 방에서의 내 모습이 떠올랐고, 나는 잔을 급하게 비운 다음 맥주병으로 손을 뻗었다. 마이클 역시 내게 맥주를 따라주기 위해 병을 잡았고 우리의 손이 아주 잠시 스쳤다. 내 상상 속에서처럼 그의 손 어느 부분인가가 내 피부에 닿았고, 두 개의 흔들리던 곡선이 접촉점을 만들었다가 멀어져갔으나 정삼각형 그림을 앞에 두고 있기 때문인지 피부 감각을 통한 성애의 느낌은 깊게 감응되지 않았다. 나는 마치 강사 캐서린으로 돌아온 듯한 기분으로 마이클에게 이야기했다.

"마이클의 프로젝트는 충분히 이해가 갑니다만 삼각형에도 여러 형태가 있지 않겠어요? 정삼각형이 아니라고 해서 삼각형이 아닌 것도 아니고 또 반드시 그 형태가 삼각형이어야 할 필요는 없지 않을까요? 삼각형과 역삼각형을 적절히 배열하면 사다리꼴을 만들 수도 있고 평행사변형이 만들어질 수도 있고요. 트라이앵글도 한쪽 끝은 열려 있지 않나요? 그래야 끈도 걸 수 있고 소리도 울릴 수 있으니까요. 사랑에 관한 삼각형 이론은 그냥 이 사람의 이론인 것뿐이지 우리가 반드시 이 이론에 맞추려고 애쓸 필요는 없지 않을까요?"

270

이번에는 마이클이 잔을 다소 급하게 비웠다. 이번에도 두 사람이 동시에 맥주병을 잡느라 손이 스쳤다. 마이클은 맥주를 따르는 내 손을 뚫어질 듯이 보다가 나를 올려다보았다. 마이클의 눈 안에 불길이 담겨 있었다.

"캐서린, 이런 이야기가 당신을 불편하게 할지 모르겠습니다만, 나는 당신을 오랫동안, 너무나 깊게 그리워해왔습니다. 당신을 만난 그 여름날 이후 당신을 내 품에 안아보는 상상을 해보지 않았던 날이 단 하루도 없었을 겁니다. 마치 당신에게 홀린 듯 당신에게 빠져들고 마침내 온몸을 빈틈없이 밀착한 채 당신을 느끼는 상상을 해왔었지요. 지금도 나는 당신에게 미칠 것 같은 욕망을 느끼고 있습니다. 다가가서 당신을 안은 채 저 침대로 가고 싶은 욕망이 들끓고 있습니다."

마이클의 입에서 흘러나오는 '당신'이라는 단어가 다시 아까처럼 유혹적으로 느껴지기 시작했다. 시간의 밀도 역시 다시 빽빽해졌고 공간은 압축되는 듯 마이클과 나 사이의 거리가 좁혀지고 있었다. 마이클이 조금만 더 이런 이야기를 계속했더라면 아마 내가 먼저 일어서서 맞은편에 있는 그에게 다가갔을지도 모른다. 입고 있던 니트를 스스로 벗어던졌을지도 모른다. 엊그제 마이클과의 만남을 위해 백화점에서 구입했던 니트의 와인레드 색상은 모기향의 마지막 불꽃을 연상시켰다. 끝까지 타들어가서 더는 태울 초록색 몸체가 남아 있지 않으면 작고 빨간 불덩어리는 자신을 스스로 태우기 시작했다. 그리고 절정의 순간에 이런 와인레드 색으로 반짝 빛났다가 서서히 스러져 재가 되어갔다. 나는 그 마지막 불꽃을 놓치고 싶지 않았다. 그러나 마이클은 맥주를 몇 모금 마신 다음에 차분해지고 있었다.

"하지만 아무리 내 욕망이, 내 열정이 강렬하다고 해도 당신에게 성급하게 다가가지는 않을 것입니다. 성적인 열정과 균형을 맞출 수 있도록 우리가 친밀감을 쌓아가고 또 헌신의 관계를 형성해야 이 아름다운 프러시안 블루의 완벽한 정삼각형이 만들어지니까요. 나는 당신을 더 깊이 이해하고 더 알아가고 싶습니다……"

마이클은 나를 더 깊이 이해하고 더 알아가기 위해서, 웃는 얼굴로 '사랑의 삼각형 이론'을 다시 친절하게 설명해주었다. 마이클은 여전히 매력적이기는 했으나 그의 입에서 '정삼각형'이라는 단어가 튀어나올 때마다 나는 두통을 느끼기 시작했고, 모기향의 마지막 불꽃이 회색으로 변해가는 것을 지켜보아야 했다.

집 근방까지 배웅해준 마이클과 헤어지고 나서 나는 추운 줄도 모른 채 집 앞 벤치에 주저앉았다. 마이클은 돌아가기 전에 아주 조심스럽게 악수 한번 해도 되겠냐고 내게 물었고, 나는 무표정하게 장갑을 벗고 내 오른손을 내밀었다. 깊어진 겨울밤의 어둠 때문이었겠지만 그는 내 손바닥에 있는 흉터는 보지 못한 채 잠시 부드럽게 내 손을 잡았다가 놓았고 우리가 서로를 더 알아가기 위해 매일 한 번씩은 메일을 쓰겠노라고 이야기했다.

「사랑은 아무나 하나」라는 유행가 제목처럼 정말 사랑은 아무나 할 수 있는 게 아닌가 보았다. 섹스도 아무나 하는 것은 아닌 모양이었다. 사십대가 나를 떠나가기 전에 내 인생에 한번쯤 황홀하고도 아름다운 홈집을 남기고 싶었던 내 낭만적인 갈망은 아무래도 이뤄질 가망성이 없어 보였다. 그냥 나 혼자서 빗방울이 된 듯 눈송이가 된 듯 서로 가까이 다가가 바람이 되어 나부끼다 절정에 이르는 섹스를 상상하는 편이 훨씬 황홀할지도 모르겠다. 그래도 만약 누군가가 내 인생에서 마흔아홉 살은 어떤 의미의 나이였느냐고 물어봐준다면, 나는 마흔아홉 살은 내 마음속의 어머니를 비로소 버릴 수 있었던 나이였다고 대답해줄 것 같다. 좀더 쉬다 들어가고 싶었으나 내가 앉은 벤치는 등받이와 팔걸이가 없는 평 벤치였다. 내힘으로 내 몸을 지탱하고 앉아 있다가 나는 집으로 가기 위해 벤치에서 일어섰다. 마흔아홉 살의 마지막 달을 보내는 여자가 너무 쓸쓸할까 봐 내 밤그림자가 부지런히 나를 따라오고 있었다.

괜찮은 것 같은데, 아니 괜찮은데,
안 괜찮은 인생

이병훈(문학평론가·아주대 교수)

1

　내가 이수경 씨를 처음 본 것은 『문학과의학』이라는 잡지 모임에서다. 잡지 편집을 맡고 있던 내게 선배 하나가 이수경 씨를 필자로 소개했고, 나는 작가의 글을 '의무적으로' 읽게 되었다. 사실 주변머리가 없던 내가 잡지 일을 하는 게 쉽지는 않았다. 경제적인 여유도 없는데다 이름마저 생소한 잡지에 선뜻 글을 써주겠다는 작가도 없었고, 그래서 늘 청탁하는 데 애를 먹었다. 그러니 일 년에 두 번 나오는 잡지에 글을 써주신 작가들을 가끔 만나 저녁 먹는 것이 유일한 낙이었던 내게 그녀는 일종의 귀빈이었던 셈이다. 이수경 씨가 우리 잡지에 글을 쓴 이유는 안타깝게도 몸이 아팠기 때문이다. 잡지의 성격이 그러했다. 작가들이 겪은 질병 체험은 어딘가 색다르고 깊이가 있을 거라고 기대했던 터였다. 첫인상은 작가의 글을 처음 읽었을 때와 비슷했다. 그녀는 마치 끔찍한 겨울을 견뎌낸 수줍은 소녀 같았다. 얼굴에서 반사되는 연약하지만 생명력 강한 빛들이 비현실적으로 보였다. 인간은 자신이 감당할 수 없는 것을 겪고 나면 묘한 심리 상태를 간직하게 마련이다. 작가의 수줍은 얼굴 모습에서 어떤 고요함이 느껴졌다. 사람을 만나면서 이런 인상을 받은 건 처음이었다.

아프면 누구나 예민해진다. 왜 나만 아프지? 제일 먼저 찾아오는 몹쓸 생각이 이렇다. 그다음에는 주변 사람들을 원망하게 된다. 눈에 보이는 모든 것, 기억에 남아 있는 온갖 잔상들이 이러저러한 이유로 새삼 질타의 대상이 된다. 하지만 문학적으로 보면 여기에 하나의 반전이 존재한다. 아픈 '작가들'은 절대 침묵하지 않는다. 아서 프랭크의 말대로 아픈 몸이 침묵하지 않는 것처럼 작가에게 아픈 몸은 흥미로운 문학적 모티프가 되기도 하고, 새로운 이미지들의 원천이 되기도 한다. 이렇게 보면 아픈 몸은 문학의 다양한 소재 중에서도 각별한 의미를 지닌다. 작가들은 몸이 아파서 쓰지 못하기도 하지만 또 아픈 몸 때문에, 아니 아픈 몸을 위해 혹은 아픈 몸을 쓰기도 하는 것이다. 아무튼 질병 체험이 문학의 소중한 자양분이 되는 것은 사실인 것 같다. 이수경의 최근작들이 그러하다.

이 책은 18년 전 신춘문예로 등단한 작가가 처음 묶어내는 소설집이다. 그런데도 이 작품집에는 모두 여덟 편의 단편만이 수록되어 있다. 그중 최근작인 「작고 마른 인생」(2015)과 「어머니를 떠나기에 좋은 나이」(2016)를 빼고 나머지 작품들은 등단 직후인 1998년에서 2001년 사이에 발표된 것들이다. 작가의 작품 활동에 긴 공백기가 있었다는 이야기다. 이 시기에 작가는 출구가 보이지 않는 고단한 투병 생활을 견뎌왔고, 최근에야 비로소 한숨을 돌리게 되었다. 이런 이유 때문인지 소설집을 읽으면서 묘한 느낌이 들었다. 투병 이전의 작품들과 최근 것들 사이의 정서적 간격이 크게 다가 왔기 때문이다. 하지만 작가는 자신의 고유한 문제의식을 놓치지 않고 도리어 거기에 새로운 인생의 무게를 얹어 그 사이를 연결하고 있다. 이런 점에서 보면 작가는 두 번 등단을 한 셈이다. 그런데 등단한 지 이십 년 가까이 된 소설가 이수경에게 첫 작품집은 어떤 의미일까? 그것은 아마도 도둑맞은 인생을 돌려받은 것 같은 의미도 있을 것이고 혹은 너무 먼 길을 돌아온 자신을 되돌아보는 의미도 있을 것이다. 그것이 무엇이든 간에 이 소설집은 작가에게 새로운 출발을 알리는 중요한 디딤돌이 될 것이다.

2

이 소설집에서 제일 먼저 주목할 작품은 이수경의 신춘문예 당선작 「가위바위보」다. 이 소설은 부모로부터 버림받은 기억을 가지고 살아가는 젊은 여성의 이야기를 다루고 있다. 여주인공 박경아는 대학을 휴학하고 서울 주변 도시에 위치한 백화점 방송실에서 일하고 있다. 어느 날 그녀는 백화점 음악 방송에 적합하지 않은 노래를 반복해서 내보냈다는 이유로 해고당한다. 그녀는 자신의 느닷없는 행동이 사흘 전 부모 잃은 아이를 만난 것과 관련이 있다고 생각한다. 사실 그녀는 어린 시절 부모로부터 버림받은 아픈 기억을 가지고 홀로 살아왔던 터였다. 그녀의 기억 속 부모는 이혼을 하면서 아이 양육을 가위바위보로 결정했다. 그리고 후에 아버지라고 불리는 '그 남자'는 결국 그녀를 버리고 만다. 그녀는 해고당한 날 친구 소개로 한 남자와 맞선을 보게 된다. 그 남자도 그녀와 마찬가지로 씻지 못할 마음의 상처를 가지고 있었다. 결혼을 약속한 여자와 예물을 함께 고르려고 S백화점에서 만나기로 했는데, 백화점 건물이 붕괴되어 신부가 죽고 만 것이다. 그들은 과거의 기억들로 인해 무기력한 삶을 살고 있는 공통점을 지니고 있었다. 그녀는 남자 어머니의 심한 반대에도 불구하고 그와 함께 조그만 셋방을 얻는다. 여기서 그녀는 삶에 대한 새로운 희망을 찾게 된다. 그녀는 이 방에서 밤늦게까지 돌아오지 않는 남자를 불안한 마음으로 기다린다. 그녀는 임신한 몸이기도 하다. 그녀는 기다리다 못해 어두운 골목길로 나선다. 그리고 불안한 마음으로 허공의 달을 바라본다. 그러는 사이 그녀의 눈가에는 원인 모를 눈물이 번진다.

　이 소설을 읽으면서 가장 눈에 띄는 것은 작품 속에서 다양한 역할을 하고 있는 '가위바위보'다. '가위바위보'는 작품의 제목이고, 형식이며, 주요 모티프다. 먼저, 형식적 요소로서 '가위'는 작품의 첫 부분을 구성하면서 자연스럽게 사건의 발단 역할을 한다. 그리고 그것은 주인공 인생에 깊은 상처를 남기는 또 다른 의미가 된다. 그녀는 아버지로부터 버림을 받으면서 "인생의 날줄을 자르는 날카로운 금속성의 **가위** 소리를 들었다"(19쪽, 강조는 인용자)고 고백한다. 이렇게 가위가 작품의 앞부분에서 사건의 발단 역할을 하

는 중의적 의미로 등장하는 것과 같이 '보(褓)'는 작품의 결말에서
같은 역할을 한다. 보는 놀이의 마지막 순서로서 결말의 형식이 되
고, 또한 포대기라는 의미로서 새로운 삶의 공간을 나타내는 소박
한 상징이 되는 것이다. 여기서 하나 더, 작품의 모티프로서 '가위
바위보'는 더욱 의미심장하다. '가위바위보'는 주인공이 직장에서
쫓겨나는 결정적인 이유가 되는 노래 제목이고, 부모가 그녀를 떼
놓기 위해 하는 얄궂은 놀이이며, 남자 등장인물의 입장에서 보면
"우연에다 자신의 결정을 위탁해버리는"(22쪽) 행위이고, 결말에
서는 인간의 운명을 결정하는 숨어 있는 손들의 유희이기도 하다.
이렇게 작가는 가위바위보를 문학적으로 전용하여 작품의 결정적
인 대목마다 새로운 의미 형성의 도구로 활용하고 있다. 이것은 작
가가 형식을 완전히 장악하고 있다는 사실을 방증하는 것이다.

이 작품의 백미는 마음의 상처를 딛고 새로운 삶을 꿈꾸는 여주
인공의 불안하고 위태로운 심리 상태를 감각적으로 그리는 대목이
다. 작가는 세련된 솜씨로 그녀가 자신의 운명을 새롭게 바라보는
마지막 장면을 다음과 같이 묘사하고 있다.

우리 방의 불빛은 골목의 어둠을 밝히지도 못하고 어둠 속으로 함께
침몰하지도 못한 채 차가운 허공에서 부유하고 있었다. 창백한 빛을
내보내고 있는 사각의 방, 우리는 저 안에서 우리만의 갈래길을 꿈꾸
었지만 지금 저 방은 잠들지 못하고 있다. 멀고 어두운 겨울밤을 불빛
하나로 버텨야 하는 그와 나의 방은 삭정이에 걸린 연처럼 위태로워
보였다. 어쩌면 우리가 펼쳤던 보(褓) 또한 두 사람 사이에 새롭게 탄

생하는 한 생명의 낯선 운명을 감싸 안기에는 너무 작은 것이 아닐까. 그는 아직도 돌아오지 않고 있다. 눈물 때문에 내 눈에 어리는 달은 자꾸만 기울고 있는데.(35쪽)

단편소설의 마지막 장면으로는 손에 꼽을 만큼 인상적인 결말은 독자들의 심금을 울리기에 모자람이 없다. 위 대목은 세련된 비유와 깊은 사색이 잘 어우러진 한 폭의 그림을 보는 듯하다. 특히 새로운 운명 앞에 선 여주인공의 불안한 심리 상태를 과장 없이 차분하게 처리하는 솜씨에는 장인의 숨결이 느껴진다. 그들의 "이 방은 단순한 주거 공간이 아니었다. 그와 내가 서로의 상처를 흡입해주던 방이었고, 가슴에 영원히 정지해버린 기억들에도 불구하고 삶을 끝까지 살아보고 싶도록 서로에게 꿈을 투입해주던 방이었다. 이 방은 서로의 생을 감싸 안기 위해 우리가 펼쳐놓았던 운명의 보(褓)였다."(30쪽) 여기서 그들의 방을 '운명의 보(褓)'로 연결하는 작가의 예술적 사유는 놀랍도록 치밀하고 섬세하다. 여기서 우리는 작가의 형식에 대한 탁월한 감각을 발견할 수 있다.

「가위바위보」는 또한 이수경 소설의 특징들을 고스란히 담고 있는 작품이기도 하다. 이 작품에서 보듯이 작가의 소설에서 가장 두드러진 점은 첫째, 주인공들이 대부분 씻을 수 없는 마음의 상처를 경험하고, 그것을 기억의 트라우마로 간직하고 있다는 것이다. 예컨대 「바람 이야기」의 여주인공은 30대 미혼모인 자서전 작가인데, 그녀는 일찍 부모를 여의었고, 유일한 혈육인 오빠도 이역만리 외국으로 이민 간 상태이다. 그녀는 유부남과 사랑에 빠졌다가 현재는 자신의 인생을 "혈혈단신 인적 없는 삶"(51쪽)이라고 한탄하며 살아간다. 「당신의 기억색」의 여주인공은 어떠한가. 30세, 한혜주. 그녀에게는 사람의 얼굴을 인지하지 못하는 증세가 나타난다. 어떤 사물이나 현상을 보고 특정한 색이 떠오르거나 반대로 어떤 색을 보고 특정한 사물이나 현상을 떠올리는 것이 '기억색'의 역할이다. 하지만 그녀는 이런 기억색과 유사한 기능에 혼란이 일어나는데, "보이는 것을 알지 못하고 아는 것을 보지 못하는 게 첫 단계였고 대상 자체가 아예 보이지 않는 게 두번째 단계였다."(130쪽) 그녀는 "가족이란 밀폐된 공간에서 벌어지는"(114쪽) 정신적 폭력의 피해자로, 특히 자신을 미워하는 어머니에 대한 분노가 극에 달해 있다. 그리고 기억색의 혼란은 이런 가족사와 무관하지 않다. 「빈 의자」의 '나'는 산업교육 현장을 돌아다니는 강사로 이수경 소설에 나오는 유일한 남자 주인공이다. 그는 이혼남으로 타인과의 의사소통에 어려움을 느끼며 의사로부터 '불안'과 '고독'이라는 병을 앓고 있다고 판정받는다. 「넉넉함을 위하여」는 다른 작품과 달리 서간체 형식을 띠고 있다. 이 작품의 여주인공 역시 이혼녀로 아버지의 강압과 폭력으로 인해 마음에 깊은 상처를 입는다. 그녀는 자신을 "다치고 상처 입었지만 그 상처에 대해 소리 내어 말하지 못하고 자기 입으로 자기 상처를 빨면서 살아야 하는 사람"(189쪽)으로 여긴다. 그녀는 형진이라는 남자의 청혼을 거절하면서 그 이유를 원칙만 아는 아버지와 닮았다는 데서 찾는다. 여기서 예외가 있다면 「하얀 기차」의 여주인공이다. 그녀는 '하얀 기차'라는 이름의 카페를 운영하는 여성인데, 아이러니하게도 특별히 내세울 만한 트라우마가 없어서 그런지 이수경 소설의 주인공들 중에서 덜 매력적인 편에 속한다.

둘째는 이수경 소설에서 많은 비중을 차지하고 있는 사변적 요소들이 잘 드러나 있다는 점이다. 작가의 작품에는 예외 없이 주제와 관련된 사변적 요소들이 등장한다. 사변적 요소는 작품에서 너무 비중이 크면, 다시 말해 그로 인해 인물, 사건 등이 왜소해지면 작품의 생기를 해치지만, 반대로 문학적 장치들을 도드라지게 하는 윤활유 역할을 하면 작품의 풍미는 더 깊고 진해진다. 예컨대 「바람 이야기」 「하얀 기차」 「넉넉함을 위하여」가 전자의 경우라면 「가위바위보」 「당신의 기억색」 「빈 의자」는 후자에 해당된다고 할 수 있다. 특히 「빈 의자」에서 사변적 요소는 가히 압권이라고 할 만하다. 여기서 작품을 추동하는 원동력은 더 이상 사건이 아니다. 사건은 사사로운 배경에 머물 뿐, 그 자리를 사변적 요소가 차지한다. 주인공 '나'는 청중들 앞에서 강연을 하면서 포로노그래피 화면의 조각난 육체들처럼 파편화되는 자신을 발견한다. 말이 넘쳐나는 세상, 진실한 대화가 불가능한 익명의 관계, 절단된 육체만이 존재하는 포로노그래피 세상에서 '나'는 고독하고 불안하다. 주인공은 게오르게 그로스의 「담배-술집」에 나오는 빈 의자를 보고 마음 깊은 곳으로부터 우러나오는 공감을 느낀다. 그로부터 '빈 의자'는 주요 모티브로 반복적으로 등장한다. 그림 속의 빈 의자, 전화방의 빈 의자, "저 멀리 나를 기다리는 빈 의자"(163쪽), 결국 '나'는 현실 속에서 빈 의자의 주인이 되지 못하고 파국을 맞이한다. 이 작품에서 사변적 요소가 예술적 요소로 전환되고 있는 곳은 작가가 주인공의 고독한 내면세계를 그림 속 세계와 오버랩시키고 있는 대목이다.

　나는 게오르게 그로스의「담배-술집」을 바라보다 천천히 몸을 일으
켜 그림 안으로 걸어 들어갔다. 마른 사내는 '나의 자리'에 앉아 술을
마시고 담배를 태우기 시작했다. 주홍, 노랑, 갈색의 강렬한 술집 차양
을 담배 연기가 휘감아 도는 것으로 보아 어디선가 바람이 불고 있는
것 같기도 했다. 저 사내는 오늘도 거리를 다녀왔다. 거리에는 더위의
심장이 세차게 뛰고 있었다. 더위의 커다란 입속으로 빨려 들어가는
느낌이었다. 자칫 잘못하다간 그 거대한 괴물의 식도와 위장을 거치면
서 당질과 아미노산 따위의 원소로 산산이 분해되어버릴 것만 같았다.
더위는 호시탐탐 사내를 삼킬 기회를 엿보았고, 사내는 자신의 즙과
향을 탐하는 더위의 널름거림 앞에서 불현듯 누군가를 그리워했다. 누
군가가 저 맞은편 의자에 앉아준다면 사내는 가슴을 육중하게 압박하
는 것의 한쪽 끄트머리를 잡아 쥐고, 도대체 나는 누구인 것이냐고 소
리쳐 물어볼 수도 있을 것 같았다. 그러나 거리에서 사내 앞에 있는 것
은 화상 입은 바람뿐이었다.(161쪽)

이 장면은 작가의 사유 능력이 얼마나 대단한지를 보여준다. 위
인용문의 앞부분, 즉 그림에 대해 사유하는 부분은 작품의 주제를
확장하고 심화시키는 데 긍정적으로 기능하고 있다. 여기서 주인
공은 그림 안으로 들어가 '나의 의자'에 앉음으로써 '빈 의자'의 효
과를 극대화하고 있다. 뿐만 아니라 그림 속 풍경은 더위를 형상화
하는 신선한 문체와 이미지들로 인해 주제를 새로운 차원으로 한껏

끌어올린다. 작가는 더위에 대한 비유적이고 과장된 문장들을 나열한 뒤에 사내가 불현듯 느끼는 그리움을 언급한다. 일종의 콘트라스트 효과로 왜소한 사내의 존재를 부각시키기 위함이다. 그 결과 사내의 절규("도대체 나는 누구인 것이냐고 소리쳐 물어볼 수도 있을 것 같았다.")는 진한 여운을 독자에게 남긴다. 다시 말해 사변적 요소가 예술적 장치들을 통과한 뒤 작품의 주제로 발전하고 있는 것이다.

3

「작고 마른 인생」은 앞선 작품들과 여러 점에서 구별된다. 우선 이 작품이 「넉넉함을 위하여」를 발표하고 십여 년이 지난 시점에서 완성된 것이라는 사실을 기억할 필요가 있다. 작가는 그동안 긴 투병 생활을 극복했고, 마침내 작품을 다시 쓸 수 있게 되었다. 작가는 이 작품을 통해 비로소 과거의 세계와 결별하고 있다. 세상을 좀 더 관조적으로 볼 수 있는 여유와 시야가 생겼고, 그 결과 소설 속에 현실과 생활의 비중이 높아졌다. 이로 인해 이수경 특유의 사변적 요소가 더욱 설득력을 얻었다. 그것은 이제 관념의 소산이 아니라 생활의 결과물이 되었다. 이에 대해 작가는 다음과 같이 선언하고 있다. "암 환자가 되고서야 나는 과거를 온전히 떠나보낼 수 있었다. 상처를 버릴 수 있었다. 아니 내가 상처를 버린 것이 아닐 수도 있다. 상처를 치유하고 싶던 내 마음의 욕망이나 희망 같은 것이

어느 순간 강제로 사라져버렸고, 그 자리에 삶을 향한 열망이 고여오기 시작했다."(216쪽)

이 작품의 여주인공 김희영은 이혼녀로 암 치료를 받고 있는 환자다. 그녀의 부모는 오빠가 불의의 사고로 죽고 나서 헤어진다. 그녀는 어머니의 손에 이끌려 아버지와 할머니가 살고 있는 집을 떠난다. 아버지는 할머니 초상 때도 그녀를 부르지 않았다. 어머니는 중증 치매로 요양병원에서 생활하고 있다. 어느덧 중년이 된 희영은 살고 있는 아파트 단지의 청소 아주머니가 어릴 적 자신의 집에서 일했던 선화라는 사실을 우연히 알게 된다. 그녀는 선화를 알은체하려고 하지만 불우했던 자신의 과거를 잊고 사는 그녀의 모습을 보고 그대로 인정하고 받아들인다. 그녀 또한 평탄치 않았던 삶을 살면서 아픈 상처를 마음속에 간직하고 있었기 때문이다. 이렇게 「작고 마른 인생」은 '상처'와 '치유'의 문제를 다루고 있는 작품이다. 여기서 흥미로운 부분은 이 문제에 대한 작가의 사유가 예술적 장치로 전환되는 대목이다. 주인공은 질병 체험을 통해서 삶에 대한 새로운 깨달음을 얻게 되는데, 작가는 이것을 '내러티브의 전환'을 통해 독자에게 전달한다.

그러고 나서야 깨닫게 되었다. 상처는 치유되는 성질의 것이 아님을. 생채기가 나버린 것들 자체가 이미 내 삶의 일부였으므로 그것을 버리고 싶다고 해서 버려지고 극복하고 싶다고 해서 극복하게 되는 것이 아님을. 단지 새롭게 생겨난 더 험한 상처, 더 강한 충격, 또는 더 절박한 희망과 욕망에 의해 예전의 상처들이 차지하던 부피와 중량이 홀쩍 가볍게 느껴질 뿐이었다. 그러고 보면 옛날에 생긴 상처들을 들여다보면서 살 수 있던 삶이 평탄한 삶이었는지도 모르겠다. 자신의 인생에 더 큰 상처, 더 절박한 다른 상황이 생겨나지 않았다는 반증이기도 하니까.(216쪽)

작가에 따르면 마음의 상처는 치유되는 것이 아니다. 그것은 이미 내 삶의 일부가 되었기에 버릴 수도 없고, 극복할 수도 없다. 마음의 상처는 버리려고 하면 할수록 더 깊이 내면으로 가라앉고, 억지로 극복하려고 하면 할수록 더 큰 상처가 되기 때문이다. 하지만 그것을 있는 그대로 받아들이고 관조할 수 있다면, 즉 상처를 절대화하지 않고 상대화할 수 있다면 그것은 인생의 무늬가 된다. '내러티브의 전환'은 바로 이 순간에 발생한다. 암 환자인 희영은 펫시티 촬영을 마치고 병원 앞 식당에서 청국장백반을 먹으며 허기진 배를 채우면서 선화의 말투를 떠올린다. "배가 안 고픈 거 같은데, 아니 안 고픈데, 그런데 나는 배가 고프다니까…… 새 밥을 한 수저 떠서 입에 넣으며 나는 대답해주었다. 그래, 선화야, 나도 그랬어. 내 인생이 괜찮은 거 같은데, 아니 괜찮은데, 그런데 나는 안 괜찮았다니까……"(217쪽) 여기서 희영은 선화의 내러티브를 자신의 것으로 전환한다. 그것은 인생에 대한 부정적이고, 소극적이며, 과거 지향적인 내러티브가 긍정적이고, 적극적이며, 미래 지향적인 내러티브로 바뀌는 극적인 순간이다.

「어머니를 떠나기에 좋은 나이」는 어머니에 대한 트라우마가 있는 여주인공의 홀로서기를 다루고 있다. 이런 점에서 이 작품도 「작고 마른 인생」과 더불어 앞서 언급한 이수경 소설의 특징 중 하나인 가족 트라우마의 연속선상에 있다고 할 수 있다. 이십 년간 어학원 강사 생활을 이어오던 마흔아홉의 임진영은 직장을 그만두고 새로운 자아를 찾아 나선다. 그녀는 홀로 호텔에 묵으며 그동안 하고 싶었던 일을 해보려고 하는데 그중에서 특히 '섹스를 해보고 싶은' (247쪽) 욕망에 사로잡힌다. 어학원 시절 수강생이었던 마이클이라는 남자에게 메일을 보내고 둘은 드디어 다시 만나게 된다. 하지만 마이클은 그녀가 기대했던 남자와는 다른 사람이라는 사실이 드러나고, 그녀의 일탈은 무위로 끝난다. 하지만 그녀는 이런 계기를 통해 자신이 어머니의 굴레에서 벗어났다는 사실을 깨닫는다. 여기서 여주인공의 자아 찾기는 애정이 없는 부부관계로부터 벗어나고 싶은 욕망에서 비롯되었지만, 동시에 자신의 인생을 완벽하게 지배하고 있었던 어머니로부터 자유로워지는 것을 의미하기도 한다.

이 작품의 형식은 첫 작품 「가위바위보」를 떠올리게 할 만큼 매우 독특하다. 주인공의 자아 찾기에 걸맞게 소설의 형식은 나를 찾아가는 과정으로 구성되어 있기 때문이다. 작품은 모두 네 개의 장으로 이루어져 있다. 나→'나'→"나"→나. 하지만 처음의 나와 마지막 나는 다르다. 마지막 나는 어머니를 극복한 나다. 그리고 중간의 나('나'와 "나")는 처음의 나로부터 벗어나고 있는 혹은 기존의 삶으로부터 일탈하는 나라고 할 수 있다. 이것은 욕망에 나를 맡기고 싶은 주인공의 상태를 의미한다. 소설의 주요 사건은 여주인공과 마이클의 관계지만 사실 작가가 공들이고 있는 부분은 어머니의 굴레에서 벗어나는 과정에서 여주인공이 겪는 심리적 상태이다. 혈연 관계가 만들어놓은 강압적인 감시와 지배가 주인공을 가두었고, 그녀는 거기에 길들여져 종국에는 스스로를 가두었다. 그리고 그로부터 벗어나려고 발버둥 친다. 작가는 여기서 자신의 강력한 재능을 발휘한다. "안전하고, 반듯하고, 항상 의무와 책임을 다하고, 있어야 할 자리에 놓여 있고, 원칙대로 사는 것만이 인생이라고 세뇌시킨 어머니를 완전하게 배반할 수만 있다면, (……) 오로지 세 변과 세 각이 똑같은 정삼각형만이 인생이고 나머지는 다 죄악이라고 강박관념을 심어준 어머니를 내 안에서 온전하게 버릴 수만 있다면 러브리스 섹스인들 못하겠는가. 러브리스 모성도 있는데 그까짓 러브리스 섹스가 무슨 대수겠는가"(253~254쪽)라는 구절에서 이수경은 여주인공의 처절한 심정을 탁월하게 표현하고 있다. 여기서 작가는 러브리스 모성과 섹스리스 사랑의 운명적 조우를 조롱하고 있다.

이수경은 첫 소설집에 앞서 산문집을 출간했다. 작가는 이 책에서 "시련을 겪었다는 사실이 삶을 응시하는 시선의 깊이를 가늠해주는 척도라고는 생각하지 않는다"라고 말한 바 있다. 시련의 경험 때문에 오히려 삶에 대한 시선이 굴절될 수 있다는 말이다. 하지만 작가의 인생을 통째로 바꿔놓은 시련, 그리고 마침내 인생이 되어버린 혹독한 시간이 작가의 작품 세계에 선명한 흔적을 남겼다는 사실은 분명한 것처럼 보인다. 이수경은 이 시련을 통해 삶을 응시하는 깊이 있는 시선을 얻었기 때문이다. 이것은 그냥 주어진 것이 아니라 수많은 눈물, 고통, 외로움, 낯익은 것들과의 결별, 공포, 사랑, 간절함, 희망 등이 빚어낸 결과일 것이다. 그리고 이 모든 것을 받아들이고 이겨낸 작가의 생명력이 있기에 가능한 일이었을 것이다. 나는 이제 작가가 새로운 출발선 위에 서 있다고 생각한다. 이수경은 이미 자신에게 익숙했던 가치들로부터 자유로워지고 있다. 그래서 작가가 찾아 나선 새로운 가치들이 궁금하고 기대된다. 이수경은 잘해낼 것이라고 믿어본다. 나는 무엇보다 작가의 문학적 재능을 확신하며, 그이가 만들어낼 세계가 낙담하며 막다른 골목에 다다른 인간들에게 새로운 희망을 줄 거라고 믿는다.

산문집을 발간하고 얼마 지나지 않아 소설집을 내게 되었다. 연이어 책을 펴내니 상당히 부지런한 작가 같아 보이지만, 사실은 등단 이후 처음으로 내는 소설집이다.

열 번 넘게 신춘문예에 떨어지다 당선되었을 때 소설가가 내 천직이라고 생각했다. 정말 그런지 시험해보겠다는 듯이 인생의 이런저런 시련이 닥쳐왔고, 그중에서도 제일 큰 것은 4기 암 진단을 받은 일이었다. 죽음이 추상의 존재로서가 아니라 구체적인 실체로 다가오자, 나는 삶과 죽음의 갈림길에서 어떻게든 삶 쪽으로 발을 디밀기에 바빠 내가 소설가인지 아닌지 글쓰는 일이 내 천직인지 아닌지 생각할 겨를조차 없었다.

우리가 뭔가에 대해 깊이 사고할 수 있는 때는 그 뭔가가 아직 벌어지지 않은 지점이거나 또는 벌어졌다가 어느 정도 수습된 다음이 아닐까 하는 생각을 해본다. 하지만 이것도 치열하지 못했던 내 작가정신에 대한 변명에 다름 아니다. 늦게나마 소설집을 내고 또 계속해서 글을 쓸 수 있게 된 지금의 상황이 감사할 따름이다.

이 책에 실린 여덟 편의 소설 중 등단작인 「가위바위보」를 비롯한 여섯 편은 등단 초기에 발표한 작품이고, 「작고 마른 인생」과 표제작인 「어머니를 떠나기에 좋은 나이」는 최근에 발표한 작품이다. 예전에 썼던 소설에 '피시(PC) 통신' 같은 어휘가 나오는데 요즘 상황에 맞게 바꿀까 하다가 그냥 두었다. 그때 글은 당시의 배경 속에서 읽혀야 할 것 같아서다.

긴 공백기를 거쳐 다시 글을 발표한 첫 지면이 반년간 문예지인 『문학과의학』이었다. 그때의 인연으로 기꺼이 작품 해설을 맡아준 이병훈 선생, 그리고 소설집을 단아하게 엮어준 강출판사의 정홍수 대표, 이진선 편집자와 편집진께 고마운 마음을 전한다.

위로가 되는 소중한 얼굴들이 떠오른다. 한 분 한 분께 감사하면서 이 소설집을 보내드릴 것이다.

2017년 2월
이수경

수록 작품 발표 지면

「가위바위보」_「한국일보」 1998년 신춘문예 당선작

「바람 이야기」_「현대문학」 1998년 4월

「하얀 기차」_「문학과의식」 1998년 겨울호

「당신의 기억색」_「세계의문학」 2000년 가을호

「빈 의자」_「한국소설」 2001년 봄호

「넉넉함을 위하여」_「라쁠륨」 2001년 여름호

「작고 마른 인생」_「작가들」 2015년 겨울호

「어머니를 떠나기에 좋은 나이」_「문학과의학」 2016년 11호